Johannes Seiffert

MYSTERIÖSE VERBRECHEN

Zwanzig rätselhafte, berühmt-berüchtigte und spektakuläre Kriminalaffären

edition berolina

ISBN 978-3-95841-118-0

1. Auflage

Umschlaggestaltung: BEBUG mbH, Berlin
Umschlagabbildungen: Adobe_stock/Tinnakorn – 301762209 (Foto); kjpargeter/Freepik.com (Hintergrund)
Druck und Bindung: CPI Moravia Books s.r.o.

eb edition berolina
Axel-Springer-Straße 52
10969 Berlin
Tel. 030 / 206 109 – 0

www.buchredaktion.de

Inhalt

Ein Milliardär verschwindet

Samstag, 7. April 2018. Ein strahlender Sonnenmorgen zieht über der Schweizer Skimetropole Zermatt herauf. Jenem idyllischen, 1.600 Meter hoch gelegenen Ort mit seinen 6.000 Einwohner:innen und den vielen hier ihren Urlaub verbringenden Gästen, der nun langsam erwacht. Die Menschen freuen sich auf einen weiteren schönen Tag in der herrlichen Umgebung der Schweizer Alpen. Sie wollen die letzten Tage der Wintersportsaison genießen. Wobei die umliegenden Viertausender dafür sorgen, dass man auch im Sommer dem Skisport frönen kann. Der Ort ist kein Hotspot des Massentourismus. Als »Zentrum der Reichen und Schönen« wäre er zutreffender beschrieben. Einige von ihnen geben sich hier dem Sport hin, ansonsten führen sie ihre edlen Haute-Couture-Bekleidungen und Pelze aus. Die luxuriösen Limousinen der wohlhabenden Reisenden müssen im fünf Kilometer entfernten Talort Täsch bleiben. Falls man nicht ohnehin per Helikopter oder Privatjet anreist. Das am Matterhorn gelegene Zermatt ist seit 1931 autofreie Zone. Aber das nur nebenbei. Im Luxushotel *The Omnia* bricht um 7.30 Uhr ein drahtiger, durchtrainierter Endfünfziger nach einem sportlich kargen Frühstück auf. Ein Alpinsport-Tag liegt vor ihm. Er ist zweckmäßig, aber teuer gekleidet. Die Talstation der Bergbahn hinauf aufs Klein Matterhorn ist nur rund 600 Meter, sprich: ein paar Gehminuten, vom Hotel entfernt. Die erste Gondel startet jedoch erst um 8.30 Uhr. Schon hier setzen die Rätsel ein, die diesen Mann umgeben. Wie hat er die folgende Stunde verbracht? Wie kam er zur Talstation? Ist er gelaufen? Mit der Ski-Ausrüstung auf der Schulter? Eher unwahrscheinlich. Nahm er eines der Elektrotaxis und wartete dann in der Talstation? Sicher ist, dass er mit der ersten Gondel um 8.30 Uhr bergwärts fährt. Er hat einen Plan. Und der ist ziemlich ambitioniert.

Er möchte am zehn Tage darauf stattfindenden, härtesten Skitourenrennen der Welt teilnehmen. Der berühmten *Patrouille des Glaciers* (»Gletscherpatrouille«). Als vorbereitende Trainingseinheit soll ihm die Tour an diesem Wochenende dienen. Knapp vierzig Minuten dauert die Passage mit der Bergbahn bis hinauf auf 3.800 Meter. Kurz nach neun Uhr kommt er dort oben an. Lagen die Temperaturen in Zermatt an diesem Morgen um 0 Grad, so herrschen an der Gipfelstation Klein Matterhorn eisige minus 15 Grad.

Der Mann will allein trainieren. Obwohl hier oben normalerweise Bergführer als Begleitung vorgeschrieben sind, hat er sich eine Sondergenehmigung ausstellen lassen. So kann er auf eigene Verantwortung als erfahrener Skitourengänger die Gegend unbegleitet erkunden.

Das Rennen, für das er trainiert, hat es in sich. Nicht weniger als 53 Kilometer Luftlinie sind es bis zum Zielort Verbier einige Täler weiter. Doch es ist keineswegs eine ebene Strecke. In diesem Teil der Alpen stehen die meisten Viertausender. Ihre Flanken, ihre Grate müssen überwunden werden, will man ins Ziel kommen.

Die Strecke ist von ausgesuchter landschaftlicher Schönheit. Immer nach Westen, nah entlang der Grenze zum südlich benachbarten Italien, geht es durch die Berge. Der Streckenrekord liegt – erzielt von italienischen Soldaten 2018 – bei knapp über fünfeinhalb Stunden. Natürlich bei besten Wetterbedingungen, die nicht jedes Jahr gegeben sind.

Die besonderen Gefahren dieser Strecke lauern unter dem Schnee. Es geht über mehrere Gletscherzungen, die viele Hundert Gletscherspalten aufweisen. Stellenweise nur von einer dünnen Schneedecke verdeckt, droht hier tödliche Gefahr. Denn diese Spalten sind mitunter zwanzig oder mehr Meter tief. Ein Absturz kann schwerste Verletzungen oder den Tod bedeuten. Zudem brechen manchmal auch die über die Spalten ragenden Schneebrücken zusammen, die zum Teil mehrere Tonnen wiegen. Stürzt man mit einer solchen Schneebrücke in die Tiefe, wird man von Bergen von Schnee begraben, ohne Aussicht auf Rettung. Deshalb soll hier oben mindestens zu zweit und ausschließlich angeseilt Ski gefahren werden, um die Überlebenschancen im Fall der Fälle zu erhöhen.

Doch dieser Mann ist sich seiner Sache sehr sicher. Er hat sein Handy schon in der Seilbahngondel ausgeschaltet. Er hat auch darauf verzichtet, einen GPS-Sender mitzunehmen, über den man ihn notfalls orten könnte – gerade in dem im Frühjahr nicht ausgeschlossenen Fall, dass er in eine Lawine gerate und verschüttet werde. Aber solche Gedanken sind dem Mann fremd. Er ist das Siegen gewohnt. Furchtlose Dominanz ist seine Maxime.

Wer das ist, werden Sie sich fragen. Um welche Person geht es hier?

Es geht um eine Persönlichkeit, die bestens nach Zermatt passt. Denn der Mann gehört zur Top-Liga der Elite. Er ist einer von 2.208 Milliardären, die für das Jahr 2018 weltweit verzeichnet werden – bei einer Erdbevölkerung von mehr als sieben Milliarden Menschen. Er stammt aus Deutschland. 2018 listet die Statistik hier 114 Milliardäre auf. Einer von 114 in ganz Deutschland. Das Gefühl, zur obersten Elite der Welt zu gehören, wurde ihm schon in die Wiege gelegt. Denn auch sein Vater war bereits Milliardär.

Ich will Sie nicht unnötig auf die Folter spannen: Der Mann, von dem hier die Rede ist, hört auf den bemerkenswerten Namen Karl-Erivan Warder Haub. Geboren wurde er 1960 in den USA, wo seine Eltern, Erivan Karl Matthias Haub und Helga Haub, geborene Otto, sich damals aufhielten. Aufgrund des US-Geburtsorts erhielt Karl-Erivan zusätzlich zur deutschen automatisch die US-Staatsbürgerschaft (ebenso wie seine beiden jüngeren, 1962 und 1964 in den USA geborenen Brüder).

Wenden wir uns nun für einen Augenblick der Geschichte des elterlichen Unternehmens zu, der Geschichte jener Dynastie, in die Karl-Erivan hineingeboren wurde. Er ist also, das sei nochmals betont, Milliardär aufgrund familiärer Wurzeln und ererbten Vermögens – wie das, statistisch gesehen, in den meisten Fällen zu sein pflegt. Die Geschichte des elterlichen Unternehmens mit dem Namen »Tengelmann« reicht bis ins 19. Jahrhundert zurück.

Aus der Taufe gehoben wurde der Betrieb von einem Mann mit dem prosaischen Namen Wilhelm Schmitz (1831–1887) in Mülheim an der Ruhr. Als Sohn eines Tuchhändlers hatte er 1847 eine Lehre in der Mülheimer Kolonialwarenhandlung »Joh. Wilh. Meininghaus Sohn« begonnen, deren kinderloser Inhaber ihn später zu seinem Nachfolger bestimmte. Ab 1856 führte Schmitz gemeinsam mit Ludwig Lindgens, der sich auf die finanzielle Teilhabe beschränkte, die Geschäfte des nun als »Wilh. Schmitz & Lindgens« firmierenden Unternehmens. Nachdem Lindgens sich zehn Jahre später aus der Kolonialwarenhandlung zurückgezogen hatte, benannte Schmitz das nunmehr als alleiniger Inhaber von ihm geführte Unternehmen zum 1. Januar 1867 in »Wilh. Schmitz-Scholl« um. Seinem eigenen verwechselbaren Namen hatte er zwecks besserer Unterscheidbarkeit den Geburtsnamen seiner Frau Louise angefügt.

Die Geschäfte liefen von Anfang an prächtig. Schon bald konnte es sich Schmitz-Scholl leisten, in der Ruhrstraße 3 zu Mülheim die einstige Unterkunft des Kolonialwarenhändlers Meininghaus umzubauen und deutlich zu vergrößern. Es wurde eine elegante Villa, welche die Zeitläufte überstand. Sie wird heute als Kunstmuseum, Kunstgalerie und Atelierhaus genutzt.

Schmitz-Scholl handelte vor allem mit Kaffee, Tee und Kakao. Als Konkurrent Josef Kaiser (»Kaiser's Kaffee«) 1880 in Viersen bei Mönchengladbach begann, die bisher meist in grünem Rohzustand verkauften Kaffeebohnen industriell zu rösten, zog Schmitz-Scholl 1882 nach. Er gründete ebenfalls eine Kaffeerösterei, die eigene und weitere Geschäfte belieferte. Nach dem Tod des Dynastiegründers übernahm dessen jüngster Sohn Karl Schmitz-Scholl 1887 im Alter von gerade einmal neunzehn Jahren zunächst zusammen mit seinem Bruder Wilhelm Schmitz-Scholl junior die Führung des Unternehmens. Unter tätiger Mithilfe des firmeneigenen Prokuristen Emil Tengelmann, der zum Dank als Namenspatron dienen durfte, gründeten sie 1893 das Unternehmen »Hamburger Kaffee-Import-Gesellschaft Emil Tengelmann« und zogen damit ein deutschlandweites Filialnetz auf. Schon bald sorgten 560 Filialen für einen stetig sprudelnden Umsatz.

Als Karl Schmitz-Scholl senior 1933 starb, übernahm sein Sohn Karl Erivan Schmitz-Scholl im Alter von 37 Jahren die Geschäftsführung des Unternehmens. Welchen Grund der Vater hatte, dem 1896 geborenen Sohn den ungewöhnlichen Vornamen Erivan zu geben – darüber schweigt sich die Familie bis heute aus. Der Name verweist rein formal auf die Hauptstadt des damals zum russischen Zarenreich gehörenden Armenien, Jerewan. Ob es verwandtschaftliche oder sonstige Beziehungen in den hinteren Kaukasus gab, ist bis heute ungeklärt. Die drei Jahre später geborene Schwester hieß zeitgemäß und gediegen Amalie Luise Elisabeth. Als Karl Erivan Schmitz-Scholl 1933 das väterliche Unternehmen als alleiniger Geschäftsführer übernahm, wurde seine Schwester Mitgesellschafterin.

Zur Firmengruppe gehörten zu diesem Zeitpunkt Hunderte von »Tengelmann«-Lebensmittelfilialen, Kaffeeröstereien und Nährmittelwerke sowie die Schokoladenfabrik »Wissoll« (benannt nach den Anfangsbuchstaben des Dynastiegründers Wilhelm Schmitz-Scholl). Schmitz-Scholl trat im Jahr seiner Firmenübernahme der NSDAP bei und wurde später Mitglied der SS. Er produzierte mit »Tengelmann« Spezialnahrung für die Wehrmacht. Für seine »Verdienste um Entwicklung und Einsatz neuartiger Nahrungsmittel für die Massenverpflegung des Heeres« erhielt er das Kriegsverdienstkreuz 1. und 2. Klasse und wurde 1938 zum NS-Wehrwirtschaftsführer ernannt. 1945 interniert, entließen ihn die Alliierten 1947. 1950 verfügte sein Unternehmen bereits wieder über 220 Filialen. Als Konkurrent »Kaiser's« 1952 den ersten Selbstbedienungsladen eröffnete, zog »Tengelmann« 1953 nach. 1968 erreichte das Unternehmen erstmals einen Umsatz von einer Milliarde D-Mark.

Karl Erivan Schmitz-Scholls Ehe blieb kinderlos. Seine Schwester Amalie hatte mittlerweile Erich Haub geheiratet, der aus einer Wiesbadener Architekten-, Hoteliers- und Ärztefamilie stammte. Als Schmitz-Scholl 1969 in seinem Altersruhesitz im Tessin starb, stellte sich daher die Frage, wer die Führung des Unternehmens übernehmen solle. Da traf es sich gut, dass seine Schwester und

Mitgesellschafterin 1932 einem Sohn das Leben geschenkt hatte. Dieser Neffe Schmitz-Scholls, ein Einzelkind, hatte den rätselhaften Vornamen des Onkels erhalten und hieß Erivan Karl Matthias Haub. Damit trat der Haub'sche Familienzweig der Dynastie die Herrschaft im Unternehmen an.

Erivan Haub war in der Nähe von Idstein (nördlich Wiesbadens) auf dem elterlichen Gutshof aufgewachsen. Nach dem Abitur 1952 war er zur weiteren Ausbildung in die USA gegangen und hatte anschließend in Hamburg Volkswirtschaft studiert. Dort lernte er auch seine künftige Ehefrau kennen – eine Tochter aus der Versandhändler-Dynastie Otto –, die er 1958 heiratete. 1963 trat er in das Unternehmen seines Onkels ein, das er 1969 als alleiniger Geschäftsführer übernahm.

Bereits nach zwei Jahren kaufte er 1971 in einem finanziellen Kraftakt, der die Firma kurzzeitig an die Grenzen ihrer Belastungsfähigkeit brachte, den größten Konkurrenten auf, die »Kaiser's Kaffee AG«. Ein Jahr später begann er den Aufbau der als zusätzliches Standbein gedachten Discountkette »Plus«. Mit dem Einstieg bei der Baumarktkette »Obi« erweiterte Haub das Sortiment 1985 in den Nonfood-Bereich, mit dem Kauf von »Modea« (1990) und der Beteiligung an der Gründung von »KiK« (1994) trat er in den Textildiscountmarkt ein. Pünktlich zum 100. Geburtstag des Unternehmens »Tengelmann« konnte Haub 1993 einen Rekordumsatz von über fünfzig Milliarden D-Mark vermelden. Damit gehörte der Konzern zu den größten Lebensmittelfilialisten der Welt.

Haub sorgte Anfang des Jahres 2000 für die geordnete Unternehmensübergabe an die nächste Generation: an seine Söhne Karl-Erivan Warder Haub, um den es in dieser Geschichte geht, und Christian W. E. Haub. Er vertraute ihnen die Leitung des Unternehmens an, blieb aber bis 2012 Vorsitzender des Beirats von »Tengelmann«.

Ich bin Ihnen noch ein paar Informationen zur Lebensgeschichte Karl-Erivans schuldig. Dieser wurde 1960 geboren und wuchs hauptsächlich in Wiesbaden auf, er absolvierte eine Berufsausbildung zum Einzelhandelskaufmann in der Unternehmensgruppe »Tengelmann« und studierte anschließend an der Universität Sankt Gallen Wirtschafts- und Sozialwissenschaften. 1983 erwarb er dort den Abschluss als Diplom-Kaufmann und arbeitete anschließend unter anderem bei der Unternehmensberatung »McKinsey« in Düsseldorf. 1991 übernahm er im familieneigenen Unternehmen den »Aufbau Ost«, wurde 1992 Stellvertreter seines Vaters und bekam 1997 das operative Geschäft in Europa übertragen.

Nach dem Ausscheiden ihres Vaters im Jahr 2000 leiteten Karl-Erivan und sein jüngster Bruder Christian Haub den radikalen Umbau des Konzerns ein. Unternehmensteile wurden verkauft, Konkurrenten übernommen und wieder abgestoßen. So wurde eine generelle Änderung der Unternehmensausrichtung deutlich. Aus dem bisherigen Lebensmittelfilialisten sollte ein ganz anders aufgestelltes Unternehmen werden.

Der Donnerschlag erfolgte Mitte 2015. Karl-Erivan Haub gab seine Absicht bekannt, sämtliche Lebensmittelfilialen, also das bisherige Herzstück des Unternehmens, an den Konkurrenten »Edeka« zu verkaufen. Im März 2016 erteilte der Bundeswirtschaftsminister Sigmar Gabriel (SPD) dem beabsichtigten Verkauf seinen Segen. Doch nun legte Konkurrent »Rewe« Klage beim Oberlandesgericht Düsseldorf ein, das den Verkauf im Juli 2016 untersagte. Unter Mithilfe des Wirtschaftsministers Gabriel und des Vorsitzenden der Gewerkschaft ver.di, Frank Bsirske, konnte eine Einigung zwischen »Edeka« und »Rewe« erzielt werden. Die »Tengelmann«-Filialen wurden zwischen »Edeka« und »Rewe« aufgeteilt, der Rest geschlossen.

Schon 2009 hatte Haub zudem damit begonnen, sich mit der Tochtergesellschaft »Tengelmann Ventures« im E-Commerce zu engagieren. Das Unternehmen investierte in Start-up-Unternehmen und entwickelte sich mit rund vierzig Beteiligungen rasch zu einem führenden Risikokapitalgeber in Deutschland.

Damit kommen wir zum Ausgangspunkt dieser Geschichte zurück. Nachdem wir den Menschen Karl-Erivan Haub und seine familiäre wie wirtschaftliche Herkunft näher kennengelernt haben, wenden wir uns nun wieder dem Geschehen im April 2018 zu. Der als »harter Hund« verschriene Karl-Erivan pflegte seit langem, im Sport einen Ausgleich für den beruflichen Stress zu finden. Er begeisterte sich nicht nur für das Skifahren, sondern hatte auch schon mehrere Marathon-Läufe absolviert, er galt als körperlich durchtrainiert.

Dieser Mann also kam um 9.08 Uhr an diesem Samstag, dem 7. April, auf dem Klein Matterhorn an, legte seine Ski an, schloss den Anorak, zog Handschuhe über und die Mütze tiefer ins Gesicht, setzte schließlich noch Helm und Sonnenbrille auf und begann die Abfahrt mit weiten, eleganten Bogenschwüngen. So zeigen ihn die Bilder der Überwachungskameras oben auf dem Gipfel, die letzten Aufnahmen, die es von ihm gibt.

Was ab diesem Zeitpunkt weiter passierte, ist völlig unklar. Für den späteren Nachmittag war Haub mit Freunden in Zermatt für einen Après-Ski-Umtrunk verabredet. Als er dort bei Einbruch der Dunkelheit nicht eintraf und auch Versuche scheiterten, ihn per Handy zu erreichen, alarmierten die Freunde die Schweizer Bergrettung. Denn mittlerweile war das Wetter umgeschlagen, es war deutlich kälter geworden, Wolken zogen tief über die Berge und Schneefall hatte eingesetzt.

Die nächste Etappe der Geschichte lässt sich in wenigen Worten zusammenfassen. Dieser äußerst reiche, äußerst mächtige, bestens vernetzte Mann blieb von Stund an verschwunden. Und ist es bis heute. Die Rettungsaktion der Suchmannschaften lief am Samstagabend an und wurde am Sonntag mit Hubschraubern, Rettungstrupps und Spürhunden fortgesetzt. Der andauernde Schneefall, der mehrere Meter Neuschnee brachte, erschwerte die Suche jedoch erheblich. Die Suchaktionen endeten Anfang Mai 2018 ergebnislos. Es hat sich seither nicht die kleinste Spur ergeben, was mit Karl-Erivan Haub passiert sein könnte.

Dafür schossen die Spekulationen ins Kraut. Es kamen Informationen ans Tageslicht, die ein etwas anderes Bild des »erfolgreichen, profitorientierten, streng rational agierenden« Unternehmers Haub zeichnen. Das neue Bild zeigt eher einem neurotischen, von Verfolgungswahn gepeinigten Menschen, dessen Misstrauen gegen alles und jeden beispiellos ist. Woran lässt sich das festmachen? Zum Beispiel daran, dass Karl-Erivan Haub die Menschen seiner engsten Umgebung systematisch überwachen ließ. Um das besser zu tarnen, erwarb er sogar eigens ein Detektivbüro in Hannover.

Dessen Angestellte überwachten nicht nur den Leibwächter Haubs – den Haub verdächtigte, der Liebhaber seiner Frau zu sein –, sondern auch Geschäftspartner, Nachbarn und sogar seine Brüder. Niemand sollte vor Haub Geheimnisse haben. Gleichzeitig sollte niemand Haubs eigene Geheimnisse kennen. Die entsprechenden Unkosten der Überwachung bezahlte er aber keineswegs aus seiner privaten Tasche. Er ließ die Firma »Tengelmann« eingehende Rechnungen begleichen. Allein für die Überwachung seines Bruders Georg gab Haub insgesamt acht Millionen Euro aus.

Doch damit nicht genug. Der erfolgreiche Unternehmer und Familienvater soll zudem seine Ehefrau jahrelang betrogen haben. Schon zehn Jahre vor seinem Verschwinden hatte er angeblich eine Affäre mit einer russischen Geschäftsfrau begonnen. Diese arbeitete bei einer russischen Eventagentur, die eine der Geburtstagsfeiern für Haubs Mutter Helga ausgerichtet hatte. Um seine Freundin regelmäßig treffen und unauffällig nach Russland ein- und wieder ausreisen zu können, erwarb Karl-Erivan offenbar sogar die russische Staatsbürgerschaft.

Bei den Reisen nach Moskau verzichtete er angeblich auf die Begleitung durch Leibwächter. Unternehmerisch engagierte er sich ebenfalls in Russland, agierte dabei aber eher glücklos. Denn beim Erwerb von Grundstücken und Filialketten soll ein höherer zweistelliger Millionenbetrag verschwunden sein. Als die »Tengelmann«-Revision ihn auf Unklarheiten in diesem Zusammenhang aufmerksam machte, habe Haub persönlich die weitere Untersuchung des Sachverhalts untersagt.

Seiner angeblichen Geliebten galten offenbar seine letzten Kommunikationen per Handy. So erhielt er von ihr eine Kurznachricht, in der sie ihm unter anderem mitteilte, dass sie auf dem Weg nach Moskau sei. Am Abend vor seinem Verschwinden telefonierte Haub darüber hinaus stundenlang mit unbekannten Gesprächspartnern in Russland. Eine andere Information besagt, dass im Zermatter Hotel *The Omnia* an diesem Wochenende angeblich drei russische Gäste mit Geheimdienstkontakten logiert hatten, darunter auch die mutmaßliche Freundin Haubs. Die damals 41-Jährige verfüge über eine Pilotenlizenz für Hubschrauber, hieß es aus »befreundeten Kreisen«. Ebenfalls auffällig: In zeitlichem Zusammenhang mit dem Verschwinden Haubs kündigte die Frau ihre Arbeitsstelle bei der Eventagentur und ist seither nicht mehr öffentlich aufgetreten.

Eine Woche nach dem Verschwinden des Unternehmers gab die Familie bekannt, davon auszugehen, dass Karl-Erivan Haub wohl nicht mehr lebend gefunden werden könne. Doch erst im Oktober 2018 wurden die von der Familie betriebenen Suchmaßnahmen endgültig eingestellt. Die Schweizer Bergrettung gab bekannt, dass alle Maßnahmen, den Leichnam Haubs zu finden, vergeblich gewesen seien. Jetzt bleibe nur die Hoffnung auf einen Zufallsfund, beispielsweise nach der Schneeschmelze im nächsten Jahr oder bei einer Veränderung der Gletscheroberfläche.

In der Konzernzentrale in Mülheim übernahm kurz nach dem Verschwinden von Karl-Erivan der jüngste Haub-Bruder Christian im April 2018 das Ruder. Doch wer geglaubt hatte, dass nun Ruhe einkehre, sah sich erneut getäuscht. Es gab Streit – und zwar jede Menge. Worum ging es? Um Geld. Um viel Geld. Denn nun musste das milliardenschwere Erbe Karl-Erivans geregelt werden. Und da sah sich die trauernde Witwe Katrin mit ihren beiden Kindern einem unvorhergesehenen Problem gegenüber. Noch war Karl-Erivan nicht für tot erklärt worden, noch galt er als vermisst. Doch am Tag seiner Todeserklärung würde Katrin mit einer erheblichen Herausforderung konfrontiert werden: der Erbschaftssteuer in Höhe einer neunstelligen Summe.

Seit dem Tod ihres Vaters waren die Anteile am »Tengelmann«-Konzern wie folgt auf die drei Brüder – Karl-Erivan, Christian und Georg – aufgeteilt gewesen: Georg besaß 31,1 Prozent, Karl-Erivan und Christian jeweils 34,45 Prozent. Das Problem für Katrin als Erbnehmerin: Kenner der Materie schätzten die von ihr zu entrichtende Erbschaftssteuer auf knapp eine halbe Milliarde Euro. Diese wäre laut Gesetz ab dem Tag der Todeserklärung zu begleichen gewesen. Und zwar in bar. Das hätte laut Katrins Anwalt die umgehende Privatinsolvenz des verbliebenen Familienzweigs von Karl-Erivan (Katrin und die beiden Kinder) zur Folge gehabt.

Katrin versuchte also zunächst, den Zeitpunkt der Todeserklärung so weit wie möglich in die Zukunft zu verschieben. Um Zeit zu gewinnen und mit Christian eine Einigung über eine mögliche finanzielle Hilfe des »Tengelmann«-Konzerns bei der Begleichung der Erbschaftssteuer zu erzielen. Christian dagegen sah seine Stunde gekommen und setzte alles daran, seine neue Machtposition auszunutzen. Der Plan: in einem großen Aufwasch eine endgültige Klärung herbeizuführen und zwar dergestalt, Karl-Erivans Familienstamm komplett aus der Firma zu drängen. Daher versuchte Christian nun seinerseits, Katrin unter Druck zu setzen, indem er die Todeserklärung für Karl-Erivan beantragte. Genau wissend, dass er sie damit vor unlösbare finanzielle Probleme stellte.

Christian wollte Katrin damit dazu zu bringen, ihre Firmenanteile möglichst billig zu verkaufen. Katrin zog – beraten von prominenten Anwälten – nun andere Saiten auf. Sie trug den Geschwisterzwist im Hause Haub in die Öffentlichkeit. Böse Briefe wurden gewechselt und die Öffentlichkeit mit reichlich Stoff aus diesem sprichwörtlichen Kleinkrieg ums Erbe versorgt. Bekanntlich enthüllt sich der wahre Charakter von Menschen in vielen Fällen erst, wenn es ans Erben geht – gerade im Verhältnis zu Geschwistern und Mit-Erben. So auch in diesem Fall.

Katrin beantragte nun – was als Mitgesellschafterin ihr gutes Recht war –, einen Teil der »Tengelmann«-Konzernrücklagen in Höhe von knapp zwei Milliarden Euro aufzulösen. Damit sollte ihr ein zinsloser Kredit zur kompletten Begleichung der Erbschaftssteuer zur Verfügung gestellt werden, wie das offenbar schon im Fall des väterlichen Erbes bei Karl-Erivan und Christian gehandhabt worden war. Alternativ erklärte sie sich bereit, dem Verlangen Christians nach Alleinherrschaft im geschrumpften »Tengelmann«-Konzern entgegenzukommen (und damit auf jegliche künftige Rolle für ihre Kinder im Konzern zu verzichten). Christian lehnte beides zunächst ab. Und ließ nun seinerseits von Anwälten böse Briefe aufsetzen. Darin wurden Katrin Haub jede Menge Vorwürfe gemacht. Sie habe nicht das Wohl des Unternehmens im Sinn, sondern würde »Tengelmann« bewusst schädigen. Zudem sei sie als Vertreterin ihres verschollenen Ehemannes ungeeignet. Das habe sich nicht zuletzt daran gezeigt, dass sie interne Streitigkeiten vor Gericht gebracht und damit in die Öffentlichkeit gezerrt habe. So etwa im Fall ihrer Klage vor dem Landgericht Duisburg gegen die Nominierung des Ruhrpott-Milliardenerben Franz Haniel für den neuen »Tengelmann«-Beirat. Durch solche Maßnahmen hatte Katrin tatsächlich versucht, den Druck auf Christian zu erhöhen.

Doch die Vorwürfe gegen sie gingen noch weiter. Katrin Haub habe angedroht, Angriffe gegen Christian und das Unternehmen fortzuführen, bis sie das Geld für die Erbschaftssteuer oder eine hohe Abfindung bekomme. Tatsächlich ließ Katrin nun verbreiten, Christian Haub habe bislang nur durch gerichtliche Entscheidungen daran gehindert werden können, legitime Gesellschafterrechte eklatant zu missachten. Der »Tengelmann«-Chef habe in diesem Zusammenhang wiederholt sein Wort gebrochen.

Doch woher kam die Heftigkeit der Auseinandersetzungen? Was trieb die jeweiligen Protagonisten an, so aggressiv zu agieren? Dafür muss man einen Blick in die jüngere Firmenvergangenheit werfen. Bis zu Karl-Erivans Tod lebten Bruder Christian, seine Ehefrau Liliane und deren vier Kinder in den USA. Dort war Christian mit der Betreuung der Tengelmann-Anteile (fünfzig Prozent) an der Supermarktkette »A&P« betraut worden. Doch »A&P« war 2017 in die Insolvenz gegangen. Dies hatte Karl-Erivan offenbar als Beleg dafür erachtet, dass Christians unternehmerische Fähigkeiten eher bescheiden ausgeprägt waren. Christian und Liliane seien damals mancherlei Demütigungen ausgesetzt gewesen. Daraus mag das Verhalten Katrin gegenüber resultieren.

Seit dem Verschwinden Karl-Erivans sei speziell Liliane auf Rachefeldzug, hieß es nun. Diese habe erheblichen Einfluss auf Christian. Dazu gehöre, dass der neue »Hausherr« alles ausräumen lasse, was in der »Tengelmann«-Zentrale an Karl-Erivan Haub erinnere. Von massivem gegenseitigen Hass war die Rede. Speziell Liliane sei von Karl-Erivan und auch von der Schwiegermutter Helga über die Jahre schlecht behandelt worden. Katrin habe daher nun sogar Probleme, die persönlichen Dinge des Ex-Konzernchefs Karl-Erivan zurückzubekommen, so auch mehrere wertvolle Oldtimer, die auf dem Firmengelände lagerten.

Christian traf nun wichtige Entscheidungen für das künftige Schicksal der verbliebenen Reste des »Tengelmann«-Konzerns. So löste er die bisherige, nach dem Schrumpfkurs der Firma überdimensionierte Firmenzentrale auf. Er verhandelte mit der Stadt Mülheim darüber, was künftig mit der 50.000 Quadratmeter großen Fläche passieren solle. Auch die 230 verbliebenen Mitarbeiter bangten um ihre Jobs. Die ehemalige Zentralverwaltung des Handelskonzerns sollte nach Christians Vorstellungen bis auf geringe Restbestände verkleinert werden und nur noch die Funktion eines *Family Office* ausüben, sich also künftig auf die Verwaltung des Familienvermögens beschränken.

Im Frühjahr 2021 gab »Tengelmann« bekannt, dass die Konfliktparteien sich geeinigt hätten. Christian bekam von Katrin die bisherigen Firmenanteile Karl-Erivans übertragen. Somit konnte Christian nun mit insgesamt 68,9 Prozent der Anteile durchregieren. Katrin und ihre beiden Kinder schieden endgültig aus der Firma aus. Bruder Georg behielt entgegen anfänglichen Gerüchten, dass Christian auch ihn loswerden wolle, seine 31,1 Prozent der Anteile.

Damit wäre die Geschichte zu Ende. Wären da nicht Gerüchte, die das Verschwinden von Karl-Erivan Warder Haub in einem ganz speziellen Licht erscheinen lassen. Diesen Gerüchten zufolge gibt es Hinweise, dass Haub mit dem russischen Geheimdienst Verbindung aufgenommen hatte. Haub wird demnach irgendwo in den Weiten Russlands vermutet, im trauten Beisammensein mit seiner russischen Freundin, die er diesen Informationen zufolge sogar schon seit zwei Jahrzehnten kennen und lieben soll. Selbst der US-Geheimdienst soll in Zermatt diesbezüglich ermittelt haben, war Haub doch auch US-Staatsbürger.

Dass er selbst und freiwillig sowohl sein Mobiltelefon vor Beginn der Tour ausgeschaltet und auf die Mitnahme eines GPS-Senders verzichtet hatte, deutet tatsächlich nachdrücklich darauf hin, dass Haub seinen mysteriösen Abgang geplant und nach einem selbstgeschriebenen

Drehbuch durchgezogen hat. Ob ihn tatsächlich die hubschrauberpilotierende russische Freundin heimlich außer Landes brachte, lässt sich allerdings nicht belegen.

Was wirklich mit Haub passiert ist, wird womöglich allein der Zufall ans Tageslicht bringen. Falls er doch »nur« Opfer eines Unfalls geworden sein sollte, könnte seine Leiche eines Tages in den Schweizer Bergen entdeckt werden. Falls Haub noch lebt und sich irgendwo ein neues Leben aufgebaut hat, könnte er eines Tages erkannt werden. Vielleicht klärt sich dann eine weitere mysteriöse Frage: Warum ist Karl-Erivan Haub auf den Tag genau vier Wochen nach dem Tod seines Vaters – der am 6. März 2018 verstarb – verschwunden?

Das verfluchte Schiff

Gibt es so etwas? Ein verfluchtes Schiff? Ein Schiff, das in besonderer Weise das Unglück anzieht? Das Schlagzeilen ausschließlich negativer Art macht? Es scheint so zu sein, wenn man sich den Fall der *Estonia* näher anschaut.

Beauftragt wurde der Bau des Frachtgut- und Passagierschiffs bei der »Meyer Werft« in Papenburg (Niedersachsen) von einer norwegischen Reederei, die eine Fähre für den Pendelverkehr zwischen Norwegen und Deutschland benötigte. Die Reederei änderte jedoch ihre Pläne und trat vom Vertrag zurück. Die Werft war daraufhin in der Lage, einen anderen Interessenten für das Schiffsprojekt zu finden: die Reederei »AB Sally«, die zum Verbund der finnischen »Viking Line« gehörte. Der neue Auftraggeber verlangte einschneidende Änderungen in der Konstruktion des bereits mitten in der Vorbereitung zur Kiellegung begriffenen Schiffs. So sollte es von ursprünglich 137 Metern auf 155 Meter Länge vergrößert werden. Auch die innere Struktur und die Aufbauten wurden verändert.

Die Vertragspartner kannten sich bestens, hatte die Werft doch in den siebziger Jahren eine ganze Reihe von Schiffen für die »Viking Line« gebaut. Entstehen sollte ein Roll on/Roll off-Fährschiff. Dies bedeutet: Die transportierten Fahrzeuge fahren durch eine Öffnung im Bug ins Schiffsinnere und können es am Zielort durch eine Hecköffnung wieder verlassen. Die Bugkonstruktion bestand aus einem nach oben schwenkbaren Bugvisier sowie einer dahinter befindlichen Bugrampe. Schon das 1979 fertiggestellte Schwesterschiff *Diana II* besaß eine solche Bugkonstruktion. Allerdings zeigt dessen Nutzungsgeschichte, dass die Konstruktion mit Problemen behaftet war: Das Bugvisier der *Diana II* wurde während eines Sturms am 16. Januar 1993 stark beschädigt.

Die künftige *Estonia* lief Anfang 1980 unter dem Namen *Viking Sally* vom Stapel und verkehrte zunächst bis 1990 im Linienverkehr der »Viking Line«. In den ersten sechs Jahren gab es mit dem Schiff kaum Probleme, wenn man davon absieht, dass es einmal auf Grund lief und ein anderes Mal einen Propellerschaden erlitt.

Doch am 10. Juli 1986 endete die friedliche erste Phase der Existenz dieses Schiffs plötzlich. In dieser Nacht überquerte die *Viking Sally* die Ostsee auf dem Weg vom finnischen Turku ins schwedische Stockholm. An Bord befand sich neben vielen anderen Passagieren der 44 Jahre alte finnische Geschäftsmann Antti Eljaala. An der Schiffsbar hatte er den zehn Jahre jüngeren Landsmann Reijo Hammar kennengelernt. Was die beiden nach einem ausgiebigen Zechgelage mitten in der Nacht, als die meisten Passagiere schon schliefen, in Eljaalas Kabine vorhatten, wurde in den Gerichtsakten dezent verschwiegen.

Fakt ist, dass sich Hammar während des gemeinsamen Aufenthalts in der Kabine am wohlgefüllten Portemonnaie Eljaalas zu schaffen machte. Als Eljaala das bemerkte, protestierte er laut und versuchte, das Portemonnaie wieder an sich zu bringen. Als das nicht gelang, öffnete er die Kabinentür und rief um Hilfe. Er drohte, die Polizei im nächsten Hafen zu alarmieren. Hammar zog Eljaala in die Kabine zurück, schloss die Tür und stach ihm mit einem Messer mehrere Male in den Hals.

Als Eljaala danach immer noch bei Bewusstsein war, riss Hammar ein längliches Stück von der Bettwäsche ab und würgte sein Opfer damit, bis dieses kein Lebenszeichen mehr von sich gab. Nach vollendeter Tat verschwand

Hammar in seine Kabine. Erst als sich das Schiff dem Zielhafen Stockholm näherte, betrat eine Reinigungskraft Eljaalas Kabine, fand die blutüberströmte Leiche und alarmierte den Kapitän.

Wenig später konnte Hammar verhaftet und nach kurzem Gerichtsprozess zu lebenslanger Freiheitsstrafe verurteilt werden. Doch damit endete seine kriminelle Karriere nicht. Zwei Jahre später brach er mit zwei Komplizen aus dem Gefängnis aus. Dabei schoss er auf einen der Wärter, die sich ihnen in den Weg stellen wollten. Das unheilvolle Trio begann nun mit einer Serie von Banküberfällen. Als es zwischen ihnen zum Streit bezüglich der Aufteilung der Beute kam, tötete Hammar einen seiner Komplizen mit einer Axt. Wenige Wochen später konnte er wieder festgenommen werden. Er saß seine Strafe ab, wurde aber 2004 begnadigt. 2011 beging er einen weiteren Mord und wurde erneut verurteilt.

Zurück ins Jahr 1987. Im Sommer jenes Jahres buchen drei westdeutsche Student:innen in Stockholm Passagiertickets für eine Überfahrt nach Finnland. Sie wollen nach Turku und von dort aus mit dem Zug weiter nach Lappland, um weit im Norden den Urlaub zu verbringen. Die Gruppe besteht aus einem Pärchen aus Stuttgart, Klaus Schelkle (20) und Bettina Taxis (22), sowie dem mit beiden befreundeten Thomas Schmid (20). Klaus und Bettina sind frisch verliebt und erst seit kurzem zusammen. Die drei nehmen die Abendfähre, die am nächsten Morgen in Turku eintreffen soll. An Bord befinden sich insgesamt 1.400 Passagiere, darunter britische Jugendgruppen, finnische Autohändler und eine Abteilung dänischer Pfadfinder.

Nach einem lustigen Abend an der Schiffsbar, an dem sie viele der Mitpassagiere kennenlernten, trennt sich die

Gruppe kurz nach Mitternacht. Aus Ersparnisgründen hatten die drei keine Kabine gebucht und geplant, im öffentlichen Bereich der Fähre zu übernachten. Thomas Schmid beschließt, im Restaurant auf einer Bank zu schlafen, und erklärt sich bereit, auf die Rucksäcke seiner Mitreisenden aufzupassen. Die beiden wollen die Nacht an Deck verbringen. Für den nächsten Morgen verabreden sich die drei zum Frühstück.

Klaus und Bettina nehmen ihre Schlafsäcke und steigen die Treppen zum zwei Stockwerke höher gelegenen Sonnendeck hinauf, das nach Mitternacht fast menschenleer ist. Bei einem Rundgang vor dem Ablegen des Schiffs hatten sie einen geschützten Winkel entdeckt, den sie nun aufsuchen. Es handelt sich um den am Schiffsheck gelegenen, von Plexiglasscheiben gegen die Zugluft geschützten Helikopter-Landeplatz. Dort sind sie ganz allein und freuen sich auf zärtliche Stunden unter dem sommerlichen Sternenhimmel.

Um 3.15 Uhr geht beim Sicherheitschef des Schiffs ein Alarm ein. Auf dem Sonnendeck sollen zwei schwerverletzte Passagiere gefunden worden sein. Er macht sich zusammen mit der diensthabenden Krankenschwester auf den Weg und findet am Helikopterlandeplatz Klaus und Bettina. Sie sind blutüberströmt, weisen schwere Kopfverletzungen auf. Klaus ist nicht mehr ansprechbar, Bettina zeigt noch Lebenszeichen. Neben den beiden Schwerverletzten stehen drei dänische Pfadfinder, die die beiden gefunden und Alarm geschlagen haben. Die Krankenschwester übernimmt die Erstversorgung und bittet den Sicherheitschef, sofort den Rettungshubschrauber aus Turku anzufordern. Der trifft wenig später ein und fliegt die Schwerverletzten zum Krankenhaus der finnischen Hafenstadt.

Klaus ist schon tot, als der Hubschrauber dort eintrifft, Bettina liegt im Koma. Sie hat Glück im Unglück, überlebt die schweren Verletzungen und kann Wochen später nach Stuttgart zurückkehren.

Die Polizei hat derweil den Hafen von Turku abgeriegelt und erwartet das Schiff, das hier anlegen soll. Polizisten, die der Rettungshubschrauber aufs Schiff gebracht hat, beginnen bereits mit ihrer Arbeit. Sie vernehmen als Erstes die drei dänischen Pfadfinder, und gehen dann mit dem Kapitän die Passagierliste durch. Ehepaare mit Kindern und Rentner werden als unverdächtig erachtet. Sie dürfen das Schiff nach dem Anlegen in Turku um kurz nach acht Uhr morgens unbehelligt verlassen. Die restlichen Passagiere werden von den im Hafen zusammengezogenen Polizeieinheiten verhört und dabei mit Videokameras aufgenommen.

Ein erster Verdächtiger ist ein britischer Jugendlicher, der mit blutbefleckter Kleidung vor die Polizisten tritt. Er schwört, dass es sein eigenes Blut sei, da er nachts Nasenbluten bekommen habe. Eine entsprechende gerichtsmedizinische Untersuchung bestätigt seine Angaben ein paar Tage später. Er wird aus der Untersuchungshaft entlassen. Von den übrigen Passagieren, einschließlich der Pfadfinder, kann keiner im ersten Anlauf als Verdächtiger ausgemacht werden. Alle dürfen weiterreisen.

Die polizeilichen Ermittlungen nehmen ihren routinemäßigen Verlauf. Wochen und Monate vergehen jedoch, ohne dass es konkrete Hinweise auf den Täter gibt. Die Polizei ermittelt mehrere Jahre weiter, allerdings ohne Ergebnis. Es gab keine Augenzeugen, kein greifbares Motiv und keine brauchbaren Aufnahmen von Überwachungskameras. Bettina gab an, sich an die Vorgänge der Nacht nicht erinnern zu können.

Dann die Wende 2019. Die finnische Polizei gibt bekannt, nach all den Jahren einen Verdächtigen identifiziert und festgenommen zu haben. Es handelt sich um einen der dänischen Pfadfinder namens Thomas Nielsen. Es kommt zu einer Gerichtsverhandlung, doch aufgrund von Ermittlungsfehlern – so wurde der Verdächtige ohne Rechtsbeistand und in einer anderen Sprache als seiner Muttersprache vernommen – muss der Däne trotz vielerlei Belastungsmaterial im Juni 2021 letztlich freigesprochen werden.

Die beiden furchtbaren Mordfälle änderten nichts daran, dass das Schiff weiterhin ganz normal als Fähre im Einsatz blieb. Allerdings kam es Anfang der neunziger Jahre zu mehreren Eigentümerwechseln, die jeweils mit einer Umbenennung des Schiff einhergingen. Im Oktober 1992 wurde es an ein schwedisch-estnisches Joint Venture verkauft und 1993 auf den Namen *Estonia* getauft – zu dieser Zeit das größte und modernste Reiseschiff unter estnischer Flagge. Es fuhr seitdem auf der Route Stockholm–Tallinn im Liniendienst. Im Februar 1994 wurden an Bord in letzter Minute 64 kurdische Flüchtlinge aus dem Irak kurz vor dem Ersticken aus einem Container gerettet. Die Gruppe war neun Stunden lang ohne Lüftung in dem Behälter eingesperrt gewesen.

Am Abend des 27. September 1994 legte die *Estonia* mit geringfügiger Verspätung kurz nach 19 Uhr in der estnischen Hauptstadt Tallinn zur Überfahrt nach Stockholm ab. Die planmäßige Ankunft in der schwedischen Hauptstadt war für den nächsten Morgen um neun Uhr vorgesehen. Schon beim Auslaufen wies die *Estonia* nach Zeugenaussagen eine leichte Schlagseite auf, vermutlich aufgrund mangelhafter Ladungsverteilung. Gegen Mitternacht geriet das Schiff auf offener See in einen schweren

Sturm mit orkanartigen Windgeschwindigkeiten bis vierzig Knoten. Solche Wetterverhältnisse sind auf der Ostsee im Herbst nicht unüblich. Wie alle anderen in dieser Nacht verkehrenden Schiffe hätte auch die *Estonia* unter normalen Umständen problemlos in der Lage sein können, mit solchen Gegebenheiten fertigzuwerden.

Eine Stunde später vernahm ein Mannschaftsmitglied einen lauten, metallischen Schlag aus Richtung der Bugrampe. Offenbar waren zu diesem Zeitpunkt die Scharniere der Bugklappe angesichts des hohen Seegangs und der rauen See gebrochen. Kurz nach 1 Uhr öffnete sich das Bugvisier teilweise, so dass Wasser in den Laderaum eindrang. Gegen 1.15 Uhr brach das Bugvisier komplett ab, jetzt strömten große Wassermengen ungehindert in das Schiff. Die Fähre bekam starke Schlagseite. Ein Notruf konnte abgesetzt werden, der von in der Nähe befindlichen Schiffen beantwortet wurde. Doch um 1.29 Uhr riss der Funkkontakt ab. Kurze Zeit später verschwand die *Estonia* von den Radarschirmen der umliegenden Schiffe und der Militäranlagen an Land.

Der Unglücksort befand sich in einem stark befahrenen Seegebiet. Daher traf bereits eine Stunde nach Abbruch des Funkkontakts eine andere Fähre der »Viking Line« am Unglücksort ein. Starker Wellengang behinderte jedoch die Rettungsmaßnahmen. Lediglich 137 Menschen konnten aus dem kalten Wasser gefischt werden.

Die meisten Passagiere waren in der sinkenden *Estonia* eingeschlossen gewesen, so dass ihnen keine Möglichkeit zur Flucht blieb. Auch die vorhandenen Rettungsboote konnten aufgrund der Kürze der Zeit bis zum Untergang nicht zu Wasser gelassen werden. Von den automatischen Rettungsinseln hatten sich nur wenige aktiviert. Die Passagiere, denen es trotz widriger Umstände gelungen war, an Deck des Unglücksschiffs zu kommen und ins Wasser zu springen, waren im 13 Grad kalten Wasser dem Tod geweiht. Insgesamt 852 Menschen riss das Schiff mit in die Tiefe. Nur wenige Überlebende erreichten eines der zur Rettung ausgesetzten Beiboote der Hilfsschiffe.

Die Hälfte der Opfer der Katastrophe stammte aus Schweden, ein Drittel aus Estland. Die restlichen Opfer kamen aus unterschiedlichen Ländern, darunter Dänemark, Deutschland, Finnland, Frankreich, Großbritannien, Kanada, Lettland, Litauen, Marokko, die Niederlande, Nigeria, Norwegen, Russland, die Ukraine und Belarus. Junge Männer überlebten aufgrund ihrer kräftigeren Konstitution eher als andere Passagiere. Wer 55 Jahre oder älter war, hatte fast keine Chance. Viele der Überlebenden leiden bis heute unter den psychischen Folgen des Unglücks.

Wie es zu der Katastrophe kam, ist bis heute ungeklärt. Unmittelbar nach der Havarie bildeten Schweden, Estland und Finnland eine Untersuchungskommission. Die spärlichen Ermittlungsergebnisse wurden 1997 veröffentlicht. Es heißt darin, der Verschlussmechanismus des Bugvisiers habe unter der Last der Wellen versagt. Er sei letztlich zu schwach ausgelegt gewesen. Die *Estonia* sei zuvor nur zweimal derart schlechtem Wetter ausgesetzt gewesen. Zwischenfälle mit Bugvisieren anderer Schiffe waren weder systematisch gesammelt noch ausgewertet worden.

Die Besatzung war sich kurz vor dem Untergang offenbar der akuten Probleme am Bug nicht bewusst gewesen. Das Bugvisier war von der Brücke aus nicht zu sehen, was offenbar wesentlich zum Unglück beigetragen hatte. Die Sensoren hatten selbst dann noch einen geschlossenen Zustand angezeigt, als das Visier bereits vollständig abgebrochen war. Offenbar waren auch die Monitore der

Überwachungskameras nicht besetzt, sonst hätte die Brückenwache sehen müssen, dass Wasser ins Fahrzeugdeck eindrang. Eine sofortige Verringerung der Geschwindigkeit hätte dann die Überlebenschancen möglicherweise deutlich erhöht.

Die »Meyer Werft« als Hersteller des Schiffs wehrte sich gegen die gegen sie erhobenen Vorwürfe, Baumängel der Fähre hätten zum Untergang geführt. So kritisierte die Werft, dass wichtige Beweismittel unter Verschluss gehalten worden seien. So etwa Teile der Aufnahmen, die von den verstreuten Wrackteilen am Meeresboden gemacht worden waren. Und hier wurde es brisant. Denn die Werft ging davon aus, dass nicht ein Unglücksfall zum Untergang der Fähre geführt hatte, sondern ein von externen Hintermännern verübter Anschlag.

Die Werft interpretierte die veröffentlichten Befunde folgendermaßen: Die Bugklappe des Schiffs sei durch mindestens zwei Detonationen unterhalb der Wasserlinie abgesprengt worden. Auf Videos, die von der »Meyer Werft« beauftragte Taucher am Wrack aufgenommen hatten, seien deutlich weitere Sprengstoffpakete zu sehen, die nicht detoniert wären. Von einem privaten Tauchunternehmen geborgene Metallstücke wurden von drei unabhängigen Instituten untersucht. Alle drei fanden Strukturveränderungen, die sie auf eine Sprengstoffexplosion zurückführten. Der deutschen Bundesanstalt für Materialforschung wurden diese Fundstücke ebenfalls vorgelegt. Sie urteilte jedoch nach längerer Überprüfung, dass die Oberflächenbefunde Verfärbungen seien, wie sie üblicherweise in Folge einer regulären Rostschutzbehandlung auftreten.

Die schwedische Regierung beschloss, die Fundstelle am Meeresboden mit allen Wrackteilen in einen Betonsarkophag einzuschließen. Dies hätte weitere Untersuchungen für immer verhindert. Schon vorab waren Tonnen von Geröll und Schutt über dem Wrack der *Estonia* abkippt worden. Erst massive Proteste schwedischer Bürger:innen und der Angehörigen der Opfer stoppten das Unterfangen. Allerdings wurde ein Sperrgebiet um das Wrack eingerichtet.

Der 2006 veröffentlichte Untersuchungsbericht des estnischen Generalstaatsanwaltes gab Anlass zur Spekulation, dass eine neue unabhängige Untersuchung des Unglücks angeordnet werde. Schwedens Justizminister Lambertz leitete dann tatsächlich eine neue Untersuchung ein, diesmal zu möglichen Vertuschungsversuchen seitens der schwedischen Regierung. Dabei kam heraus, dass kurz nach der Schiffskatastrophe das Wrack mit Wissen der schwedischen Regierung in einer Geheimaktion von Tauchern untersucht worden war. Über diese geheime Tauchaktion hatte ein schwedischer Militärtaucher Ende 1999 in einem TV-Interview berichtet. Deutsche Medien hatten eine Veröffentlichung des Interviews abgelehnt.

Im September 2020 wurde bekannt, dass Dokumentarfilmer mittels eines Tauchroboters am Wrack ein zuvor unbekanntes, mehrere Meter großes Loch im Schiffsrumpf auf der Steuerbordseite entdeckt hatten. Daraufhin forderte der estnische Ministerpräsident Jüri Ratas nochmals eine Untersuchung zum Untergang der Fähre. Der schwedische Innenminister Mikael Damberg kündigte an, mittels Sondergenehmigung Untersuchungen des Wracks zu ermöglichen. Diese begannen im Juli 2021.

Doch schon zuvor hatte es Hinweise gegeben, dass bei dem Untergang nicht alles mit rechten Dingen zugegangen sei. Ende 2004 wies ein schwedischer Zollbeamter darauf hin, dass zur Ladung der *Estonia* am Unglückstag

Militärelektronik und Waffenteile aus Russland gehört hätten. Solche Transporte seien öfter vorgekommen, offenbar wurde regelmäßig illegal beschaffte russische Militärtechnik in den Westen verbracht, um diese analysieren zu können. Das schwedische Militär räumte ein, dass, entgegen der Gesetzeslage und allen Vorschriften, militärische Ausrüstung mehrfach mit zivilen Fähren befördert worden sei.

Im Dezember 2006 gab der ehemalige estnische Außenminister Trivimi Velliste überraschend zu, dass Mitglieder seiner Regierung von dem Militärmaterial an Bord der *Estonia* gewusst hätten. Velliste zog seine Aussage kurz darauf wieder zurück. Parallel dazu führte die Technische Universität Hamburg Computersimulationen zum Unglückshergang durch. Dabei konnte gezeigt werden, dass, entgegen den Angaben der Werft, sehr wohl schwerer Seegang und hohe Geschwindigkeit dazu geführt haben könnten, dass die Kräfte, für die das Bugscharnier ausgelegt war, weit überschritten wurden. Sie stellten zudem fest, dass die Rampe hinter der Bugklappe, die als Schutzwand fungierte, kurz vor dem Untergang aufgerissen worden sein muss. Anders sei der starke Wassereinbruch auf dem Ladedeck nicht erklärbar.

Zum Untergang des Schiffs trug dann offenbar auch noch eine Fehlreaktion der Mannschaft auf der Brücke bei. Beim Versuch, das Schiff wieder aufzurichten, steuerte sie es mit der Schlagseite in den Wind. Das Steuermanöver führte dazu, dass sich die eingedrungenen Wassermassen in die entsprechende Richtung zum Kurvenäußeren hin bewegten, was zur Folge hatte, dass die Fliehkräfte die Schlagseite nach Steuerbord noch verstärkten. Somit kenterte das Schiff gegen 1.32 Uhr. Zu diesem Zeitpunkt hatten die meisten der in den Innenkabinen untergebrachten Passagiere keine Chance mehr, an Deck des Schiffs zu gelangen.

Trotz dieser offiziellen, faktenbelegten Erklärung für den Untergang der *Estonia* hielten sich hartnäckig Gerüchte, dass es noch andere Unglücksursachen gegeben habe. So sei es nicht möglich gewesen, dass in der angegebenen Zeitspanne eine derart große Wassermenge über das Autodeck hätte eindringen können, um die Fähre zum Sinken zu bringen. Zudem hätten mehrere Zeugen ausgesagt, dass das Wasser anfangs in das unter dem Fahrzeugdeck gelegene Deck eingedrungen sei. Dafür hätte das abgerissene Bugvisier nicht die Ursache sein können.

Schließlich behauptete ein estnischer Matrose in einem Anfang Januar 2000 ausgestrahlten Interview, er habe am Unglückstag mitgehört, wie Offiziere der *Estonia* von der Hafenkontrolle in Tallin gefragt worden seien, was die Suche mit den Bombenspürhunden ergeben habe. Daraus lasse sich schließen, dass es eine Bombendrohung oder gar Bombenfunde an Bord gegeben haben müsse. Anderen Theorien zufolge steckten wahlweise das russische Militär (das den illegalen Export seiner Waffentechnik verhindern wollte), der KGB, die Regierungen Schwedens, Finnlands, Estlands und der USA sowie der US-Geheimdienstes CIA hinter dem Unglück.

2019 wies ein französisches Gericht Zivilklagen gegen die deutsche »Meyer Werft« und ihre französische Prüfgesellschaft ab. Laut Gericht konnten den Beklagten kein grobes oder vorsätzliches Fehlverhalten nachgewiesen werden. Die Sammelklage hatten über 1.000 Kläger – Überlebende und Angehörige der Opfer – eingereicht, die von der Werft über vierzig Millionen Euro Schadensersatz verlangten.

Die Erinnerung an die Opfer des Schiffsunglücks wird in Estland und Schweden mit mehreren Gedenkstätten aufrechterhalten. So errichteten Angehörige vor einem Krankenhaus in Stockholm ein schlichtes Holzkreuz. Dieses Holzkreuz wird von vielen als authentischste Gedenkstätte an die Opfer des Unglücks angesehen, weil es von den Hinterbliebenen selbst aufgestellt wurde.

Der rätselhafte Flugzeugentführer

Die Boeing 727 der Fluggesellschaft »Northwest Orient Airlines« mit der Flugnummer 305 hatte nach dem Start in Portland (US-Bundesstaat Oregon) gerade ihre Reiseflughöhe von 10.000 Metern erreicht und nahm Kurs auf den Zielflughafen Seattle (Washington). Normalerweise ist das ein kurzer Flug von kaum einer halben Stunde Dauer. Mit 36 Passagier:innen, die von fünf Crewmitgliedern umsorgt wurden, war die Maschine nur zu einem Drittel gefüllt. Auf dem Gangplatz 18C, im mittleren Teil des Passagierraums, saß ein unauffällig wirkender Passagier, Typ Geschäftsmann. Schwarzer Regenmantel, dunkler Anzug, weißes Hemd, dunkle Krawatte, schwarze Sonnenbrille. Die anderen Fluggäste sagten, sie hätten ihn auf etwa vierzig Jahre geschätzt.

An diesem Mittwoch, dem 24. November 1971, rief eben dieser Passagier gegen halb fünf Uhr nachmittags eine in der Nähe servierende Stewardess zu sich. Er bestellte einen doppelten Whisky und bezahlte auch gleich. Dabei gab er der Stewardess einen Umschlag. Da sexuelle Belästigung am Arbeitsplatz zu den unangenehmen Begleiterscheinungen des Flugbegleiterinnen-Daseins gehört, nahm diese an, er wolle ihr seine Telefonnummer geben und steckte den Umschlag ungeöffnet in die Tasche. Der Passagier hielt sie allerdings am Arm fest und flüsterte, sie solle den Umschlag öffnen und den darin befindlichen Zettel lesen. Er habe eine Bombe und wolle, dass sie die verbleibende Flugzeit auf dem leeren Platz neben ihm Platz nehme.

Die Stewardess dachte noch immer an eine Art Scherz und verlangte, die Bombe zu sehen. Der Passagier öffnete den Aktenkoffer, der zwischen seinen Beinen stand. Darin waren rote Zylinder und Drähte zu erkennen. Dann verschloss er ihn wieder. Die Stewardess erschrak. Er flüsterte ihr zu, er verlange 200.000 Dollar, zwei normale Fallschirme, zwei Reservefallschirme und Treibstoff, um das Flugzeug wieder auftanken zu können. Dann schickte er sie los, dem Flugkapitän im Cockpit Bescheid zu sagen. Der Pilot kontaktierte daraufhin die Flugsicherung des Zielflughafens Seattle-Tacoma und erhielt die Anweisung, mit dem Entführer zu kooperieren.

Wie umgehend festgestellt werden konnte, handelte es sich bei dem Passagier auf Platz 18C um einen Mann, der beim Kauf des Tickets den Namen Dan Cooper angegeben und bar bezahlt hatte. Der Flugkapitän schickte die Stewardess nun zu Cooper zurück. Der wies sie an, dem Piloten zu sagen, er solle nicht landen, bevor das geforderte Geld und die Fallschirme am Flughafen in Seattle-Tacoma bereitlägen. Cooper erhielt kurze Zeit später die Bestätigung, dass alles seinen Wünschen gemäß vorbereitet sei.

Um 17.45 Uhr durfte die Maschine am Zielort landen. Cooper ließ die Passagiere frei und erhielt im Austausch, wie verlangt, 10.000 Zwanzig-Dollar-Scheine und vier Fallschirme. Das Geld hatte die zwischenzeitlich alarmierte örtliche FBI-Dienststelle besorgt und jeden einzelnen Geldschein auf Mikrofilm fotografiert, um später die Seriennummern abgleichen zu können.

Die Maschine wurde wieder aufgetankt. Cooper gab dem Piloten Anweisung, nach dem Tankvorgang zu starten und einen südöstlichen Kurs Richtung Mexiko-Stadt zu fliegen. Dabei sollten das Fahrwerk und die Landeklappen ausgefahren bleiben, das Flugzeug so langsam wie möglich und auf einer Höhe von maximal 3.000 Metern fliegen.

Der Pilot wies Cooper darauf hin, dass das Flugzeug auf diese Weise nur maximal 1.600 Kilometer weit fliegen könne, dann seien die Tanks aufgrund des erhöhten Verbrauchs leer. Um nach Mexiko zu kommen, müsse noch einmal aufgetankt werden, beispielsweise am Flughafen in Reno (Nevada), der auf dem geplanten Kurs lag. Cooper war einverstanden.

Mittlerweile herrschte tiefe Dunkelheit. Der Pilot startete die Maschine um 19.40 Uhr. Cooper verließ das Cockpit und verriegelte dessen Tür von außen. Der Pilot brachte das Flugzeug auf die gewünschte Höhe und Geschwindigkeit. Es flog zu diesem Zeitpunkt mit rund 185 Stundenkilometern. Gegen zwanzig Uhr fing eine Warnleuchte im Cockpit an zu blinken. Die Boeing gehörte zu jenen Flugzeugen, bei denen am Flugzeugheck eine längs eingebaute Gangway herabgelassen werden konnte, um Passagiere ein- oder aussteigen zu lassen. Cooper hatte offenbar den Mechanismus zum Ausfahren dieser Gangway aktiviert. Außerdem musste der Entführer die Hecktür geöffnet haben, denn der Luftdruck in der Kabine fiel plötzlich ab.

Zu diesem Zeitpunkt, gegen 20.13 Uhr, sprang Cooper vermutlich mit dem Geld von der hinteren Treppe des Flugzeugs aus ab. Die Boeing durchquerte gerade eine Schlechtwetterzone über dem Südwesten des Bundesstaates Washington. Die heimlich dem Flugzeug folgenden Kampfjets der Air Force konnten wegen der schlechten Sicht den Absprung selbst nicht beobachten. Die Boeing landete mit ausgeklappter Gangway kurz nach 22 Uhr auf dem Flughafen von Reno. Sofort eingeleitete Suchaktionen am mutmaßlichen Landeort des Entführers blieben ergebnislos.

Die polizeilichen Ermittlungen führten mehrere Merkwürdigkeiten zutage. Dass bei dieser Boeing 727 die Hecktür *während* des Flugs geöffnet beziehungsweise die Gangway heruntergelassen werden konnte, war selbst Experten zu diesem Zeitpunkt neu. Ebenso, dass das Auslösen des Mechanismus vom Cockpit aus nicht zu verhindern war. Diese beiden Nutzungsdetails kannten zu diesem Zeitpunkt offiziell nur einige wenige Menschen – ausnahmslos Mitarbeiter des amerikanischen Auslandsgeheimdienstes CIA. Und das hatte einen ganz einfachen Grund: Die CIA benutzte ebensolche Maschinen, um mit Fallschirmen versehene Agenten – bei herabgelassener Gangway und während des Flugs geöffneter Hecktür – hinter den feindlichen Linien über Vietnam abzusetzen. Die zivilen Luftfahrzeuge wurden von der feindlichen nordvietnamesischen Luftüberwachung als ungefährlich angesehenen und konnten deshalb für Spionagezwecke und für die Kampfführung benutzt werden.

Deutete dieser erste Befund schon darauf hin, dass es sich bei dem Entführer um einen Mann mit ungewöhnlichen Spezialkenntnissen handeln musste, so verdichtete sich dieser Eindruck im Laufe der weiteren Ermittlungen. Auch die genauen Anweisungen des Entführers (der Name Cooper war ein erfundener Deckname), beispielsweise was das Schätzen von Flughöhe und Fluggeschwindigkeit anging, sprachen dafür, dass er sich mit der Luftfahrt auskannte. Auch dass er vier Fallschirme angefordert hatte, ließ darauf schließen, dass er wusste, dass die Polizei davon ausgehen würde, dass er eines der Crewmitglieder zwingen würde, mit ihm abzuspringen. Deshalb wäre sie gezwungen, funktionierende Fallschirme zu liefern.

Auch wusste er, dass genau dieser Flugzeugtyp in der Lage war, so langsam zu fliegen, dass man mit einiger Aussicht auf ein Überleben aus dem in der Luft befindlichen Flugzeug abspringen konnte. Bei anderen Flugzeugtypen dieser Ära lag die Mindestfluggeschwindigkeit bei rund 300 Stundenkilometern, was einen Absprung fast unmöglich macht.

Unmittelbar nach der Tat waren die beteiligten Ermittler außerdem davon ausgegangen, dass es sich beim Entführer um einen erfahrenen Fallschirmspringer handeln müsse, vielleicht sogar um einen Fallschirmjäger. Doch die genauen Umstände des Absprungs sprachen dagegen. Bei Nacht, im Regen, bei eiskaltem Wind und einer Fallgeschwindigkeit von rund 200 Stundenkilometern, unzureichend bekleidet nur mit einem Trenchcoat und Straßenschuhen über unbekanntem Gebiet abzuspringen, sei selbst für Profis höchst riskant.

Der vom Entführer von den vier bereitgestellten Fallschirmen ausgewählte Reservefallschirm sei zudem nur für Trainingszwecke am Boden gedacht und zugenäht gewesen. Das wäre einem erfahrenen Fallschirmspringer sofort aufgefallen. Daraus ergab sich, dass der Täter vom Fallschirmspringen, entgegen den ersten Annahmen, nur wenig Ahnung hatte. Auch von den beiden Hauptfallschirmen hatte er den schlechteren ausgewählt. Von dem anderen Reservefallschirm wurden im Flugzeug zerschnittene Reste gefunden. Offenbar hatte der Entführer damit die Tasche mit dem Lösegeld umwickelt und an sich geschnürt.

Im Flugzeug selbst konnten 66 Fingerabdrücke sichergestellt werden, die zu keinem der anderen Fluggäste oder Crewmitglieder gehörten. Auch die Krawatte des Entführers war im Flugzeug verblieben. Aus den Schilderungen der Crew und der übrigen Passagier:innen wurden mehrere Phantombilder angefertigt. Das mögliche Landegebiet des Entführers wurde mehrfach umfassend nach Spuren abgesucht.

Das Problem beim Eingrenzen des Landeorts bestand darin, dass es sehr schwierig war, unter anderem die genaue Flughöhe im Moment des Absprungs sowie die Zeitspanne bis zum Auslösen des Fallschirms zu bestimmen. Daher musste eine sehr große Fläche abgesucht werden. Doch trotz intensiver Suche im gesamten möglichen Landegebiet konnten weder Überreste des Fallschirms noch der Täter selbst oder dessen Leiche gefunden werden.

Die nächsten Jahre vergingen, ohne dass die Ermittler bei ihren Untersuchungen wesentlich weiterkamen. Der Entführer blieb verschwunden und ebenso das erpresste Geld, nach heutigem Geldwert rund eine Million Dollar. Auch konnte niemand ermittelt werden, der an dem Tatwochenende spurlos verschwunden war. So mussten die Ermittler davon ausgehen, dass der Täter wohl überlebt hatte und am Montag wieder ganz normal zur Arbeit gegangen war.

Fast zehn Jahre später, im Februar 1980, spielte ein achtjähriger Junge am Ufer des Columbia Rivers, der mehrere Hundert Kilometer vom berechneten Absprungort des Flugzeugentführers entfernt fließt. Beim Buddeln fand er drei Bündel mit 20-Dollar-Noten, insgesamt 5.800 Dollar. Anhand der notierten Seriennummern konnte zweifelsfrei festgestellt werden, dass es sich um einen Teil des Lösegeldes handelte. Die Geldscheine waren am Rand stark verwittert und abgewetzt, als ob sie länger im Fluss getrieben hätten. Dagegen sprach, dass die zur Bündelung verwendeten Gummibänder noch erhalten waren und erst beim Ausgraben zerbröselten. Hätten sie sich längere Zeit im Fluss befunden, wären sie schnell brüchig geworden und abgefallen.

Vierzig Jahre später wurden in diesem Fall neue Ermittlungen aufgenommen. Dabei wurden auch Algen, die sich auf den Geldscheinen festgesetzt hatten, gerichtsmedizinisch untersucht. Um herauszufinden, um welche Algen es sich handelte, wurden im November und im März zwei Geldscheine für längere Zeit im Columbia River eingetaucht und anschließend auf ihren Algenbewuchs hin untersucht. Dabei zeigte sich, dass das Lösegeld nur im Mai oder Juni in dem Fluss geschwommen sein konnte. Also mindestens ein halbes Jahr nach Coopers Absprung im November. Das Geld war zudem nicht im trockenen Zustand am Columbia River vergraben worden.

Der Rest des Lösegeldes wurde nie gefunden. Daher gehen die Ermittler mittlerweile davon aus, dass der Entführer den Absprung wohl nicht überlebte.

Spekulationen ergaben sich um die Wahl des Pseudonyms Dan Cooper. Zu diesem Zeitpunkt war im frankophonen Sprachraum eine belgische Comicserie namens *Dan Cooper* sehr populär. Darin geht es um einen kanadischen Militärpiloten, der auch Fallschirmabsprünge absolviert. Der Entführer könnte also frankokanadischer Herkunft gewesen sein. Doch auch ein Abgleich mit kanadischen Vermisstenanzeigen und Todesmeldungen aus dem betreffenden Zeitraum ergab keinen Treffer.

2016 wurden Tausende Seiten aus den Ermittlungsakten des Zeitraums von der Tat bis Mai 1992 veröffentlicht und ins Internet gestellt. Das stieß auf großes Interesse. Denn der »Fall Cooper« stellt bis heute die einzige US-Flugzeugentführung dar, die nicht restlos aufgeklärt werden konnte.

Im Laufe der Jahre machte die Polizei sehr wohl eine Reihe von Verdächtigen ausfindig, denen sie unterstellte, der Entführer Cooper zu sein. So schon vier Monate nach dem Vorfall, als ein Mann namens Richard McCoy bei einer Zwischenlandung in Denver eine Boeing 727 entführte und 500.000 Dollar erpresst hatte. McCoy nutzte ebenfalls die Heck-Gangway für einen Fallschirm-Absprung, nachdem er der Flugzeugbesatzung ähnliche Anweisungen wie Cooper gegeben hatte. Da auf einem Magazin, das er während des Fluges gelesen hatte, seine Fingerabdrücke gefunden wurden und McCoy handgeschriebene Zettel im Flugzeug liegen ließ, konnte ihn das FBI schnell identifizieren: Es handelte sich erstaunlicherweise um den Lehrer einer Mormonensonntagsschule, der gleichzeitig Jura an der Brigham Young University studierte.

Gegenüber Zeugen hatte sich McCoy begeistert über Coopers Leistung geäußert. Er war begeisterter Fallschirmspringer und ehemaliger Hubschrauberpilot einer Spezialeinheit im Vietnamkrieg. Nach seiner Verhaftung stellte sich heraus, dass McCoy als Hubschrauberpilot der Nationalgarde sogar an der Suche nach Cooper beteiligt gewesen war. In McCoys Haus fand das FBI den von ihm während der aktuellen Flugzeugentführung benutzten Fallschirmspringeranzug und einen Kleidersack, der mit der kompletten erpressten Summe gefüllt war. McCoy wurde vor Gericht gestellt und zu einer Haftstrafe von 45 Jahren verurteilt. Nach wenigen Wochen hinter Gittern brach er jedoch 1974 aus dem Gefängnis aus. Das FBI benötigte drei Monate, um ihn in Virginia aufzuspüren. Bei einem anschließenden Schusswechsel wurde McCoy von der Polizei tödlich verwundet.

1991 behaupteten Journalisten, Cooper und McCoy seien ein- und dieselbe Person gewesen. Dieselbe Methode der Entführung belege das, sowie die Krawatte und das Brigham-Young-Medaillon mit McCoys Initialen auf der Rückseite, die von Cooper im Flugzeug zurückgelassen worden seien.

Im Jahr 2000 erklärte eine Witwe aus, ihr verstorbener Mann Duane Weber habe ihr vor seinem Tod 1995 gestanden, als Dan Cooper 1971 das Flugzeug entführt zu haben. Weber hatte im Zweiten Weltkrieg in der US-Armee gedient und später als Aufseher in einem Gefängnis nahe dem Flughafen Portland gearbeitet. In seinen Unterlagen habe sie ein altes Flugticket mit dem Kürzel SEA-TAC (Seattle-Tacoma International Airport) gefunden. Bei einer gemeinsamen Urlaubsreise im US-Bundesstaat Washington sei Weber zudem ganz gezielt zum Ufer des Columbia-Rivers gegangen. Und zwar genau vier Monate, bevor dort ein Teil von Coopers Beute gefunden wurde. Schließlich habe sie in einem Buch über Cooper die Handschrift ihres Gatten wiedererkannt.

Die Polizei nahm Weber daraufhin als Verdächtigen in die Akten auf, da er bei einem Abgleich mit Zeugenbeschreibungen und dem Phantombild tatsächlich eine große Ähnlichkeit mit Dan Cooper aufwies. Ein früherer Bekannter Webers bekräftigte, Webers Spitzname sei Dan Cooper gewesen und dass er drei Jahre vor der Entführung das Fallschirmtraining wieder aufgenommen habe. Eine vergleichende DNA-Analyse von Weber und Spuren Coopers ergab jedoch keine Übereinstimmung.

Bereits 1971 war John List verdächtigt worden, die Flugzeugentführung begangen zu haben. Unmittelbar vorher hatte er seine eigene Familie ermordet. Lists Alter, Gesichtszüge und Körperbau passten auf die Täterbeschreibung, seine Bankschulden entsprachen genau der Höhe der Beute. List saß zu diesem Zeitpunkt jedoch im Gefängnis und bestritt, Cooper zu sein.

2003 meldete sich Lyle Christiansen aus Minnesota bei der Polizei. Er glaube, angeregt durch einen Dokumentarfilm über Cooper, sein 1994 verstorbener Bruder Kenneth könne der Täter gewesen sein. Dieser sei 1944 zum Fallschirmjäger ausgebildet worden. Einige Jahre später hatte er als Flugbegleiter bei »Northwest Airlines« in Seattle gearbeitet. Details der Personenbeschreibung stimmten mit Cooper überein, etwa die Linkshändigkeit, das geschätzte Alter, seine Vorliebe für Bourbon und dass er Raucher war. Auch hatte sich Christiansen kurz nach der Entführung eine teure Briefmarkensammlung gekauft. In seinem Nachlass fanden die Angehörigen zudem ein Bankkonto mit 200.000 US-Dollar. Allerdings passten andere Details seiner Person nicht zum Entführer, beispielsweise die Augenfarbe, die Größe, das Gewicht sowie die Haarfarbe. Das FBI schloss Christiansen als primären Tatverdächtigen aus.

2011, fast vierzig Jahre nach der Tat, berichtete die Nichte des zu diesem Zeitpunkt bereits verstorbenen Lynn Doyle Cooper, einem Veteranen des Koreakriegs, sie habe einen Tag vor der Tat ein Gespräch mit ihrem Onkel geführt, in dem es um teure Funkgeräte gegangen sei. Am Tag nach der Flugzeugentführung sei Cooper blutig und verletzt aufgetaucht, habe seinen Zustand aber mit einem Autounfall erklärt. Danach habe sie ihren Onkel nie wieder gesehen. Das FBI überprüfte daraufhin Coopers Fingerabdrücke. Diese stimmten jedoch nicht mit denen aus dem Flugzeug überein.

Nach drei weiteren Flugzeugentführungen ähnlicher Art wurden alle Boeing 727 dieses Typs mit einem aerodynamischen Keil versehen, der verhinderte, dass die hintere Gangway während des Fluges herabgelassen werden konnte.

Die verschwundenen Kinder

Denkt man an die Schweiz, dominieren unweigerlich die positiven Assoziationen. Land der Berge und Seen. Idyll der Alpenregion. Herkunftsort beliebter Schokoladensorten. Hustenbonbons, die nicht von den Finnen erfunden wurden. Beliebtes Urlaubsgebiet. Aber es gibt auch eine andere, dunkle Seite der Schweiz. Das Verbrechen macht bekanntlich um kein Land einen Umweg. Und so wird auch das Land der Eidgenossen immer wieder von furchtbaren Verbrechen heimgesucht.

In den achtziger Jahren erschütterte eine ganze Serie von Entführungen und Mordfällen, deren Opfer Kinder waren, die Schweiz. Innerhalb von neun Jahren verschwanden 21 Mädchen und Jungen. Sieben von ihnen sind bis heute spurlos verschwunden, die anderen konnten nur tot geborgen werden. Sechzehn der Vorfälle sind bislang nicht geklärt.

Dass Kinder Opfer von Verbrechen werden, thematisierte in literarischer Form der Schweizer Friedrich Dürrenmatt in seinem berühmten Kriminalroman *Das Versprechen* (1958). Das Buch geht auf seine Drehbuchvorlage für den Film *Es geschah am hellichten Tag* (1958) zurück. In beiden Geschichten schildert Dürrenmatt, wie ein Kommissar einen Kindermörder jagt und schließlich stellt (Film) beziehungsweise wie er an der vergeblichen Jagd zugrunde geht (Buch). Die reale Mordserie aus den achtziger Jahren erinnert an das Sujet Dürrenmatts.

Für einige der Entführungen und Morde konnten die Täter ermittelt werden. Dazu gehören die Ermordung der zwölfjährigen Beate Bauer aus Basel, die 1982 entführt und missbraucht wurde, sowie der Fall der achtjährigen Eva Maria Carmona, die 1985 in Lausanne ermordet wurde. Für den Mord an der zehnjährigen Doris Walker, die 1989 bei einem Winzerfest entführt und wenig später tot aufgefunden wurde, konnte ein vorbestrafter Verbrecher auf Hafturlaub als Täter überführt werden.

Schon 1989, nachdem die neunjährige Fabienne Imhof tot aufgefunden worden war – sie sollte das letzte Opfer der Serie sein –, konnte ein erster Hauptverdächtiger festgenommen werden: der 1946 geborenen Werner Ferrari. Er war in Kinder- und Jugendheimen aufgewachsen und hatte anschließend als Hilfsarbeiter gearbeitet. 1971 hatte der als introvertiert geltende Ferrari seinen ersten Mord begangen: Er tötete den zehnjährigen Daniel Schwan. Ferrari war zeitnah als Täter überführt und zu einer zehnjährigen Zuchthausstrafe verurteilt worden.

Als Ferrari acht Jahre seiner Strafe abgesessen hatte, wurde er wegen guter Führung vorzeitig entlassen. Kurz nach seiner Freilassung begann die hier im Fokus stehende Mordserie. Zu den unaufgeklärten Fällen zählen die Ermordung des fünfjährigen Fabrice Barbey aus La Chaux-de-Fonds, der 1981 Opfer eines Sexualverbrechens wurde, die Tötung der zehnjährigen Claudia Schwarz in St. Gallen, deren Leiche 1981 in einem Wald gefunden wurde, die Ermordung des 14-jährigen Peter Perjesy, der im selben Jahr nach einem Sporttraining in Wattwil spurlos verschwand, sowie die Entführung der 18-jährigen Annika Hutter, die 1981 auf dem Weg zu einem Treffen mit einem Kollegen verschwand. Ihr Mofa wurde defekt im benachbarten Wald gefunden, von ihr selbst fehlt bis heute jede Spur.

Die 16-jährige Karen Schmitz verschwand 1982 nach einer Party im Jugendhaus, als sie zu Fuß nach Hause gehen wollte. An einem nahegelegenen Seeufer wurden ihre Kleider, ihr Portemonnaie und andere Gegenstände gefunden, ihr Bikini-Oberteil fehlte. Die achtjährige Rebecca Bieri verschwand 1982, ihre Leiche wurde fünf Monate später gefunden. An einer nahegelegenen Fernstraße lag ihr Schulrucksack, in dem sich ihre Bekleidung befand.

Die beiden Freundinnen Karin Gattiker und Brigitte Meier, 15 und 17 Jahre alt, befanden sich auf einer Fahrradtour. Sie verschwanden 1982, ihre Leichen wurden eine Woche später gefunden. Die achtjährige Loredana Mancini verschwand 1983 auf dem Weg in ein Shoppingcenter, ihre Leiche wurde wenig später gefunden. Der siebenjährige Peter Roth verschwand 1984 auf dem Weg von der Schule zurück nach Hause.

Die zwölfjährige Sylvie Bovet hielt sich 1985 in einem Ferienlager auf und verschwand bei einem Waldspaziergang. Sie wurde bis heute nicht gefunden. Die sechsjährige Sarah Oberson wollte 1985 mit dem Fahrrad ihre Großmutter besuchen. Das Fahrrad stand vor der Turnhalle des Ortes, von Sarah fehlt seither jede Spur. Die achtjährige Edith Trittenbass wurde zuletzt 1986 auf dem Schulweg gesehen, seitdem fehlt auch von ihr jede Spur.

Werner Ferrari legte nach seiner Verhaftung für vier der Fälle ein Geständnis ab, darunter auch Fabienne Imhof. Das zuständige Bezirksgericht Baden verurteilte ihn 1995 wegen fünffachen Mordes zu einer lebenslangen Zuchthausstrafe. Für den fünften Fall, die Ermordung der kleinen Ruth Steinmann, bestritt Ferrari auch nach seiner Verurteilung jegliche Schuld. Nach Recherchen eines Journalisten, der die DNA-Spuren, die an der Leiche des jungen Mädchens gefunden worden waren, ein weiteres Mal überprüfen ließ, hob das Obergericht Aargau 2004 das Urteil gegen Ferrari im Fall Ruth Steinmann auf.

Die DNA-Spuren wiesen in diesem Fall in eine ganz andere Richtung. So wurde kurze Zeit nach der Urteilsaufhebung der Leichnam eines Mannes exhumiert, der 1983 Suizid begangen hatte. Die DNA des verschiedentlich straffällig gewordene Mannes stimmte mit der gefundenen überein. Zusätzlich wurde ein zahnmedizinisches Gutachten in Auftrag gegeben, da am Körper des Mädchens Biss-Spuren gefunden worden waren. Auch diese stammten mit Sicherheit nicht von Ferrari, sondern von jenem 1983 verstorbenen Mann.

Doch neben Ferrari gab es später weitere Verdächtige für die übrigen Fälle. Wieder war es die Leistung unermüdlicher Journalisten, eine neue Spur aufzudecken. Sie zeigten, dass für einige der Morde ein Mann namens Urs Hans von Aesch verantwortlich sein könnte. Dieser konnte ebenfalls durch DNA-Spuren für die 2007 erfolgte Entführung und Ermordung Ylenia Lenhards verantwortlich gemacht werden.

Einige der ungeklärten Fälle der Mordserie aus den achtziger Jahren wiesen eine Vielzahl von Übereinstimmungen mit Ylenias Fall auf. So waren die Opfer jeweils Mädchen im Alter zwischen fünf und zwölf Jahren, die Entführungen hatten jeweils am Tag und an einem öffentlich zugänglichen Ort stattgefunden und keiner der Fälle war von Zeugen beobachtet worden. Außerdem befanden sich die Fundorte der Leichen jeweils im Wald. Sie wurden nur gefunden, weil Wildtiere die Skelette ausgegraben hatten.

Die sichergestellten Terminkalender von Aeschs verzeichneten, wo er sich wann aufgehalten hatte. An den Tagen der Kindsentführungen sind verschiedene Vornamen notiert. Von Aesch beging Selbstmord, bevor er verurteilt werden konnte. Dass er eine Schusswaffe und Betäubungsmittel gekauft hatte, kam erst nach seinem Tod heraus. Werner Ferrari tötete mit einer Ausnahme nur Jungen. Von Aesch hingegen bevorzugte offenbar Mädchen, die ähnliche rund geschnittene Frisuren trugen. Er entführte sie jeweils in der Nähe von Schulen.

Von Aesch galt als intelligenter und raffinierter Täter. Seine Straftaten soll er über mehrere Wochen hinweg geplant haben. Einen Tag, nachdem seine Frau zum Zeitwohnsitz nach Spanien abgereist war, hatte der in der Schweiz verbliebene von Aesch Nitroverdünner zur Betäubung seiner künftigen Opfer gekauft sowie eine Schaufel und eine Säge. Beide Werkzeuge benutzte er nachweislich beim Vergraben von Ylenias Leiche. Zuvor hatte er seinem Safe bei einer örtlichen Bank einen dort verwahrten Revolver entnommen.

Von Aeschs Raffinesse und Kaltblütigkeit zeigte sich beim ungeplanten Zusammentreffen mit einem Zeugen unmittelbar nach der Tat. Äußerlich ruhig verwickelte er den Zeugen in ein Gespräch, zog dann plötzlich seinen Revolver und schoss auf ihn. Doch Jahre später kam heraus, dass es wohl keine Zufallsbegegnung von zwei Personen gewesen war, die sich nicht kannten. Zeugen sagten 2019 aus, von Aesch und der Angeschossene seien alte Bekannte gewesen. Ob der Angeschossene in den Mordfall verwickelt war, ist derzeit noch Gegenstand polizeilicher Ermittlungen.

Zu den Ähnlichkeiten zwischen den bis heute ungelösten Fällen und dem der kleinen Ylenia gehört, dass der Entführer seine kindlichen Opfer jeweils mit einer List dazu gebracht haben muss, in einen ihm gehörenden Transporter zu steigen. So in den Fällen der achtjährigen Rebecca Bieri, der siebenjährigen Loredana Mancini, der zwölfjährigen Sylvie Bovet, der fünfjährigen Sarah

Oberson und der siebenjährigen Edith Trittenbass. Die Fälle mit älteren Opfern wie Annika Hutter (16), Karen Schmitz (18), Brigitte Meier (17) und Karin Gattiker (15) weisen gänzlich andere Vorgehensweisen und Opfereigenschaften auf, die gegen eine Täterschaft von Aeschs sprechen.

Auch rund um den spanischen Wohnort von Aeschs, dem kleinen Dorf Benimantell mit seinen über 400 Einwohner:innen in der Nähe von Valencia, trugen sich in den letzten Jahren Vergewaltigungsfälle zu, bei denen die Opfer – alles junge Frauen – ausnahmslos mit Nitroverdünner beziehungsweise Pinselreiniger betäubt worden waren. Leider war die Kooperation zwischen der spanischen Polizei und den Schweizer Kollegen mangelhaft, so unterblieben wichtige Tatwerkzeug-Vergleiche. Allerdings gab es in Spanien keine Fälle, bei denen so kleine Kinder entführt und getötet wurden wie in der Schweiz.

Doch noch ein weiterer Verdächtiger kommt für die Schweizer Taten in Frage. Und zwar der belgische Massenmörder Fourniret. Dieser gestand neun Morde, sieben davon an Mädchen oder jungen Frauen. Er wurde in Belgien festgenommen, nachdem eine von ihm entführte 13-Jährige entkommen konnte. Er käme als Täter für einige der verschwundenen Kinder in Frage, zu denen der 14-jährige Peter Perjesy, der siebenjährige Peter Roth, die zwölfjährige Sylvie Bovet, die sechsjährige Sarah Oberson und die achtjährige Edith Trittenbass gehören.

Auch im Fall der verschwundenen Rebecca Bieri sind noch nicht alle Hoffnungen erloschen, den Täter dingfest machen zu können. Rebecca hatte sich am Samstag, dem 20. März 1982, um 11.30 Uhr auf dem Heimweg von der Schule befunden, als sie verschwand. Damals war im Ort eine weiße Mercedes-Limousine mit Zürcher Nummernschild aufgefallen und von Zeugen in der Nähe beobachtet worden. In der Gegend von Luzern war ein solches Auto damals eine Seltenheit. 1.000 Fahrzeuge dieser Art wurden überprüft, doch ohne Erfolg. Möglicherweise war eines der Autos das Täterfahrzeug.

Mit der heutigen DNA-Technik hätte man den Täter wohl gefasst. Doch die damaligen Methoden der Spurensicherung reichten nicht aus. In jenen Jahren genügte schon eine gründliche Reinigung des Fahrzeugs zur ausreichenden Beseitigung von Spuren. Eine am mutmaßlichen Tatort zurückgebliebene Reifenspur legt die Vermutung nahe, dass der Täter hier das Kind in sein Auto gezerrt hatte und mit ihm weggefahren war. Möglicherweise sperrte er es in den Kofferraum.

Was bleibt an Gewissheit nach all den Jahren? Einige Täter der Mordserie konnten ermittelt werden: Dazu gehört Werner Ferrari, der mit einer Ausnahme nur auf kleine Jungs Jagd gemacht hatte. Dem inzwischen verstorbenen Urs von Aesch, dessen bevorzugte Opfer kleine Mädchen waren, konnte keiner der Fälle zulasten gelegt werden. Der oder die Täter, die für die übrigen Entführungen und Morde verantwortlich sind, wurden bis heute nicht gefunden. Die Serie endete ebenso plötzlich, wie sie begonnen hatte. In der Regel gehen die Ermittler in solchen Fällen davon aus, dass entweder der Täter verstorben ist, er wegen anderer Taten inhaftiert wurde, oder er das Land gewechselt hat.

Der falsche »Mörder«

Furchtbare Verbrechen, deren Opfer Kinder sind, passieren nicht nur in der Schweiz, sondern leider in vermutlich jedem Land auf dieser Erde. Auch in Deutschland. Eines dieser Verbrechen soll im Folgenden im Mittelpunkt stehen, da es bis heute nicht aufgeklärt werden konnte. Es geht um das kleine, aufgeweckte, neunjährige Mädchen Peggy Knobloch.

Peggy wohnte mit ihrer Mutter und ihrem Stiefvater in einem kleinen Städtchen in Oberfranken, Landkreis Hof, direkt an der Landesgrenze zu Thüringen. Der Ort heißt Lichtenberg. Dort leben rund 1.000 Einwohner:innen. Es ist also ein kleiner, überschaubarer Ort, in dem jeder jeden kennt.

Lichtenberg wirkt keineswegs düster und verwunschen, wie oft geschrieben wurde. Im Gegenteil: Es ist eine heiter wirkende Gemeinde, deren kultureller Mittelpunkt die »Internationale Musikbegegnungsstätte Haus Marteau« ist. Der deutsch-französische Geiger und Komponist Henri Marteau hatte die letzten Lebensjahre vor seinem Tod 1934 in seiner großzügigen Villa in Lichtenberg verbracht, die 1982 zur Begegnungsstätte wurde. Alle drei Jahre findet hier ein nach Marteau benannter renommierter internationaler Violinwettbewerb statt.

Der 7. Mai 2001 begann wie ein ganz normaler Montag. Peggy stand etwas zu spät auf, die Mutter machte ihr ein kleines Frühstück. Dann zog Peggy ihren Anorak an, schnappte sich ihre Schultasche und rannte los. Plötzlich machte sie kehrt, um ihrer Mutter noch ein weiteres Abschiedsküsschen zu geben.

Peggy war eine gute Schülerin, die gern in die Schule ging. Da ihre Mutter und ihr Stiefvater tagsüber arbeiteten, kehrte sie als Schlüsselkind nach dem Unterricht nach Hause zurück und verbrachte den Nachmittag ohne ihre Eltern. Die Mutter bereitete ihr jeweils morgens ein Mittagessen vor, das Peggy dann alleine aß. Nach den Hausaufgaben stromerte sie meist im Ort umher.

An diesem Montag wollte Peggy ungewöhnlicherweise nicht in die Schule. Ihre Mutter hatte noch überlegt, dort anzurufen und ihre Tochter für den Tag krankzumelden. Da das aber möglicherweise weitere Schulschwänzereien nach sich gezogen hätte, was die Mutter verhindern wollte, schickte sie Peggy trotzdem zur Schule. Und macht sich bis heute deswegen Vorwürfe. Denn vielleicht könnte Peggy noch leben, ein ganz normales Leben führen, wenn sie damals nicht darauf beharrt hätte, dass sie aus dem Haus geht.

Nach dem Abschiedskuss lief Peggy also Richtung Schule und erreichte diese gerade noch knapp vor dem Beginn der ersten Stunde. Peggys Mutter und ihr Stiefvater machten sich ihrerseits auf den Weg zur Arbeit. Erst abends würden sie wieder zu Hause sein. Das wusste Peggy.

An diesem Montag war die Schule um zehn vor eins aus. Peggy trat wie immer den Heimweg an. Von der Schule zur nahe der Ortsmitte gelegenen Wohnung war es nicht weit. Aber Peggy hatte es nicht eilig. Sie schlenderte durch die Innenstadt von Lichtenberg, wurde da und dort gesehen, zuletzt am Marktplatz. Nur rund fünfzig Meter von ihrem Zuhause entfernt. Danach fehlt von ihr jede Spur.

Doch das wurde zunächst nicht bemerkt. Wann sie genau verschwand, ist bis heute unklar. Normalerweise setzte sie sich zu Hause hin und aß das Mittagessen. Dann zog sie wieder los. Zu anderen Kindern, auf die Straße, spielen. Aber an diesem Tag blieb das vorbereitete Mittagessen unberührt in der Küche stehen. Peggy war offenbar nie zu Hause angekommen. Möglicherweise hatte ihr Mörder sie auf den letzten fünfzig Metern vor ihrer elterlichen Wohnung abgefangen. Möglicherweise sogar im Treppenhaus vor der Wohnung. All diese Details konnten bis heute nicht ermittelt werden.

Der Tag war für Peggys Mutter wie ein normaler Arbeitstag vergangen. Bis sie kurz nach zwanzig Uhr nach Hause kam. Und Peggy nicht da war. Keine Spur von ihr. Die Mutter ärgerte sich im ersten Moment über das Kind, das nicht einmal die vorbereitete Mittagsmahlzeit gegessen hatte. Weil es wahrscheinlich den Mittag und den Nachmittag wieder woanders verbracht hatte.

Peggys Mutter wurde dann aber doch unruhig. Und versuchte herauszufinden, wo ihre Tochter war. Sie fing an herumzutelefonieren. Bei den Freundinnen von Peggy. Bei Verwandten. Fragte im Haus bei den Nachbarn nach, die manchmal auf Peggy und ihre kleine Halbschwester aufpassten. Die Halbschwester war wie gewohnt bei den Nachbarn unter Aufsicht. Peggy hatte niemand gesehen, nirgends war sie vorbeigekommen. Die Mutter setzte sich ins Auto und fuhr kreuz und quer durch den Ort, um sie vielleicht zufällig auf der Straße beim Spielen zu finden.

Doch Peggy blieb spurlos verschwunden. Um 21.56 Uhr rief die Mutter schließlich beim zuständigen Polizeirevier im nahegelegenen Naila an und meldete ihre Tochter als vermisst. Entgegen den späteren Darstellungen in Film und Fernsehen bekam sie von der Polizei keineswegs die Standardantwort, dass sich der überwiegende Teil aller Vermisstenfälle binnen 24 Stunden aufkläre, sie sich keine

Sorgen machen solle und ihre Tochter sich womöglich nur spontan entschlossen hätte, bei einer Freundin zu übernachten. Stattdessen nahmen die Polizisten die Meldung auf und verständigten die Beamten der Bereitschaft sowie umliegender Polizeiinspektionen, die sich auf den Weg nach Lichtenberg machten.

Kurz nach Mitternacht begannen die Beamten, entlang des Schulwegs und rund um mehrere Freizeiteinrichtungen mit der Suche nach dem Kind oder sonstigen Spuren, die von Peggy stammen könnten. Doch der Einsatz der Beamten war vergeblich. Sie fanden weder das Mädchen noch einen Hinweis auf ihren Verbleib.

Daher wurde noch in der Nacht das Landeskriminalamt München verständigt und eine bayernweite Vermisstenmeldung herausgegeben. Das schnelle Handeln lässt sich auch dadurch begründen, dass im Grenzgebiet – die Grenze zur Tschechischen Republik ist nicht weit – von einer möglichen Verschleppung über die Landesgrenzen ausgegangen werden musste. Peggys Mutter berichtete den Beamten, dass der Schulranzen von Peggy fehle, ebenso ein Nachthemd und ihr Kinderlaptop mit Spielen darauf.

Im 15 Kilometer entfernten Ort Schwarzenbach klingelten die Beamten mitten in der Nacht bei Peggys Uroma, bei der sie manchmal die Ferien und freie Tage verbrachte. Haus und umliegender Garten wurden gründlich durchsucht. Währenddessen fuhren weitere Beamte nach Heroldsberg zum leiblichen Vater Peggys. Doch im Gegensatz zu den Beamten, die bei der Uroma nachsahen, unterließen es die Beamten hier, Wohnung und Umgebung, wie beispielsweise die Garage, zu durchsuchen.

Noch in der Nacht entwarf Peggys Stiefvater ein Fahndungsplakat, in dem er die Öffentlichkeit um Mithilfe bei der Suche nach Peggy bat. Doch alle Bemühungen seitens der Familie und der Polizei sollten vergeblich bleiben. Peggy tauchte nicht wieder auf. Die Ermittlungen, die sich bis nach Tschechien und in die Türkei, dem Heimatland von Peggys Stiefvater, erstreckten, brachten trotz der vergleichsweise hohen Belohnung von 55.000 D-Mark keine neuen Erkenntnisse. Und das, obwohl die Sonderkommission bei der Suche nach Peggy fast 5.000 Spuren analysierte. Trotz aller Bemühungen blieb das Mädchen unauffindbar.

Im Februar 2002, acht Monate nach der Tat und angesichts der bisher erfolglosen Ermittlungen, wurde auf Anordnung des bayerischen Innenministers eine neue Ermittlungsgruppe eingesetzt. Diese konzentrierte ihre Bemühungen nun auf einen 24-jährigen Verdächtigen namens Ulvi K. Der geistig beeinträchtigte Ulvi, dessen kognitive Fähigkeiten sich auf dem Stand eines Kindes befanden, war nach Hinweisen von Peggys Mutter bereits einmal vernommen worden. Aufgrund eines Alibis, das ihm seine eigene Mutter geben konnte, war er wieder freigelassen worden. Eine im März 2002 durchgeführte spurentechnische Untersuchung von Ulvis Kleidung brachte keinen Befund.

Im Oktober 2002, anderthalb Jahre nach der Tat, verhörten ihn die Ermittler erneut. Jetzt gestand Ulvi unter dem Druck der Beamten, Peggy Anfang Mai 2001 in seiner Wohnung missbraucht zu haben. An jenem 7. Mai habe er sie auf dem Heimweg von der Schule abgepasst, um sich bei ihr für einen früheren Übergriff zu entschuldigen. Peggy sei jedoch weggelaufen und habe damit gedroht, alles ihren Eltern zu erzählen. Er sei ihr nachgelaufen und habe sie eingeholt, ihr dann Mund und Nase zugehalten, bis sie sich nicht mehr rührte.

In abgehörten Telefonaten mit seinem Vater belastete Ulvi diesen: Er habe ihm doch dabei geholfen, die Leiche zu beseitigen. Aufgrund dieser Aussage wurde der Vater vorübergehend festgenommen, musste aber bald wieder freigelassen werden, als sich herausstellte, dass es ansonsten keine belastenden Indizien gegen ihn gab.

Später widerrief Ulvi das Mordgeständnis. Sein Anwalt und seine Eltern waren überzeugt, dass das Geständnis durch die stundenlangen Vernehmungen und durch Suggestivfragen sowie falsche Versprechungen der Polizei zustande gekommen war. Zudem war Ulvi ohne Anwesenheit eines Verteidigers vernommen worden. Vom Geständnis gab es keine Tonaufzeichnung. Nur das Gedächtnisprotokoll der Ermittler.

Ulvi war in Lichtenberg als »Dorftrottel« verschrien. Er hatte sich als Kind mit Meningitis infiziert und schwere Hirnschäden davongetragen. Ulvi hatte sich im Ort zeitweise als Exhibitionist gezeigt und mit einigen Kindern in Lichtenberg sexuelle Spielchen veranstaltet. Im Sommer 2000, ein knappes Jahr vor dem Verschwinden von Peggy, war ihm vorgeworfen worden, einen siebenjährigen Jungen sexuell missbraucht zu haben. Ulvis Mutter brachte die Tat zur Anzeige. Während der anschließenden Ermittlungen stellte sich heraus, dass Ulvi auch andere Jungen mit Keksen zu »Doktorspielen« animiert hatte. Im September 2001 wurde er deswegen nach einem separaten Verfahren in die psychiatrische Klinik von Bayreuth eingewiesen.

Ende September 2003 begann der Prozess gegen Ulvi im Fall Peggy vor dem Landgericht Hof. Aufgrund der »Minderbemittlung« Ulvis wurde unter Ausschluss der Öffentlichkeit verhandelt, für schuldfähig wurde er jedoch erklärt. Ende April 2004 verurteilte das Gericht Ulvi wegen des Mordes an Peggy zu lebenslanger Haft. Das Urteil gründete sich hauptsächlich auf dem Geständnis des Angeklagten. Ein psychiatrisches Gutachten hatte befunden, dass Ulvis Schilderungen mit hoher Wahrscheinlichkeit auf realen Erlebnissen beruhten. Denn wegen seiner verminderten Intelligenz könne er sich einen so detailreichen Tathergang weder ausdenken noch merken. Ein Motiv, warum er sich ohne Grund selbst belasten würde, könne nicht erkannt werden. Außerdem gebe es keine Hinweise, dass Ulvi das Geständnis von den Beamten suggeriert worden sei. Hinzukam ein Hauptbelastungszeuge, ein Mitinsasse aus dem psychiatrischen Bezirkskrankenhaus, dem Ulvi die Tat gestanden haben soll.

Die Verteidigung ging in Revision. Ihre Begründung lautete, dass ihr »minderbemittelter« Mandant das Verbrechen nicht in solch perfekter Weise hätte begehen können. Außerdem brachte Ulvis Verteidiger Zeugen vor, die behaupteten, Peggy am Tattag noch lange nach dem vermuteten Tatzeitpunkt, nämlich gegen 19 Uhr, gesehen zu haben. Die Staatsanwaltschaft war hingegen davon ausgegangen, dass die Tat gegen 13.30 Uhr begangen worden sei. Der Bundesgerichtshof verwarf 2005 die Revision, womit das Urteil rechtskräftig wurde. Ulvi blieb in der geschlossenen Abteilung des Bezirkskrankenhauses Bayreuth. Seine Eltern, aber auch Peggy Knoblochs leiblicher Vater, ihre Großeltern und Teile der Bevölkerung von Lichtenberg waren jedoch von seiner Unschuld überzeugt.

Eine Betreuerin, die Ulvi erst nach dem Prozess zur Seite gestellt wurde, begann mit eigenen Nachforschungen zum Geschehen am Tattag. Eine Zeugin hatte Peggy aus einem Bus heraus gesehen. Durch Überprüfen des Fahrtenschreibers des Busses konnte der genaue Zeitpunkt der

Sichtung ermittelt werden: zehn Minuten später als bisher von der Polizei angenommen. Demnach hätte Ulvi die Tat am nur innerhalb von zwanzig Minuten begehen können. Das war viel zu kurz, um Peggy zu missbrauchen, zu töten, verschwinden zu lassen und wieder zurückzukehren. Zudem widerrief der Hauptbelastungszeuge im Juli 2012 seine Aussage gegen Ulvi. Er sagte aus, dass ihm damals von der Polizei bei entsprechenden Aussagen Hafterleichterungen versprochen worden seien.

Trotz Ankündigung der Staatsanwaltschaft, den Fall zu überprüfen, geschah zunächst nichts. Im April 2013 beantragte Ulvis Anwalt die Wiederaufnahme des Verfahrens. Der Leiter der Staatsanwaltschaft Hof erklärte, seiner Meinung nach sei die Wiederaufnahme dieses abgeschlossenen Strafverfahrens so gut wie ausgeschlossen. Die angeblichen Widersprüche innerhalb des damaligen Verfahrens seien aus juristischer Sicht nicht relevant. Die Staatsanwaltschaft Bayreuth hingegen vertrat eine andere Rechtsauffassung. Sie empfahl im November 2013 die Wiederaufnahme des Verfahrens. Im Dezember 2013 ordnete das Landgericht Bayreuth, trotz des Widerstands der Staatsanwaltschaft Hof, die Wiederaufnahme an. Das Gericht begründete seine Entscheidung unter anderem mit der Falschaussage des Belastungszeugen sowie einer neuen Tathergangshypothese.

Das Wiederaufnahmeverfahren dauerte vom 10. April 2014 bis zum 14. Mai 2014. Immer noch gab es keine Tatzeugen oder Spuren, keinen Tatort und keine Leiche. Aus Mangel an Beweisen hob das Landgericht Bayreuth folglich die frühere Verurteilung Ulvis auf. Nach Erstellen eines neuen Gutachtens wurde Ulvi zudem im März 2015 aus der Psychiatrie entlassen und in einer Einrichtung für betreutes Wohnen untergebracht.

Neue Erkenntnisse im Fall Peggy hatte es schon während der Haft Ulvis gegeben. In der Nähe von Peggys Wohnung lebte der vorbestrafte Sexualstraftäter Robert E. Kriminalpolizisten hatten sein Haus 2007 untersucht und ein Kinder-Unterhemd gefunden. DNA-Spuren von Peggy konnten darauf jedoch nicht nachgewiesen werden. Zudem verfügte E. für die Tatzeit über ein Alibi. Sechs Jahre später wurde das Haus E.s erneut durchsucht. Diesmal nahmen sich die Beamten auch den zugehörige Garten vor und gruben diesen teilweise auf. Sie fanden tatsächlich Knochenteile, die jedoch nicht von Peggy stammten. Da das Grundstück zum Teil auf einem ehemaligen Friedhof lag, könnten die Knochen aus einem alten Grab stammen.

Im September 2013 richtete sich der Fokus der Ermittlungen auf einen Bekannten der Familie Knobloch. Er lebte in Halle und war im Februar desselben Jahres wegen sexuellem Missbrauch an seiner zweijährigen Tochter verurteilt worden. Während Besuchen bei Peggys Eltern sei er durch seltsamen Umgang mit dem verschwundenen Kind aufgefallen. Er war bereits 2001 zum Fall Peggy vernommen, danach aber nicht als dringender Tatverdächtiger verfolgt worden. Journalistische Recherchen machten den Mann nun ausfindig, worauf sich auch die Ermittler erneut an den Mann hängten. Doch auch gegen ihn konnten keine gerichtsfesten Spuren gefunden werden.

Dass die Ermittler inzwischen auch solchen Hinweisen nachgingen, die zunächst weithergeholt erscheinen mögen, zeigt sich, als sie Anfang 2014 ein Grab auf dem Lichtenberger Friedhof öffneten. Zwei Tage nach Peggys Verschwinden war dort eine 81-jährige Frau beerdigt worden. Der Verdacht lautete, dass das Kind mit der Verstorbenen begraben worden sei. Doch im Grab wurden keine Kinderknochen gefunden. Peggy blieb verschwunden.

Auch zu Peggys Schulranzen erhoffte man sich neue Erkenntnisse. Er soll bereits kurz nach ihrem Verschwinden in der Talsperre Pirk, die sich unweit der Grenze zwischen Bayern und Sachsen auf sächsischer Seite befindet, gesehen worden sein. Im April 2015 suchten Taucher die Talsperre ab. Doch sie fanden nichts. Auch nachdem der Fall Peggy im Juni in der ZDF-Sendung »Aktenzeichen XY… ungelöst« vorgestellt worden war, gingen keine neuen Erkenntnisse oder Hinweise ein.

Fortschritte im Fall ergaben sich erst, als den Ermittlern »Kommissar Zufall« zu Hilfe kam. Anfang Juli 2016 war ein Pilzsammler in einem Waldstück bei Rodacherbrunn in Thüringen unterwegs. Das Waldstück liegt etwa zwölf Kilometer Luftlinie von Peggys Heimatort Lichtenberg entfernt. Der Pilzsammler stieß im Wald auf Skelettteile und verständigte die Polizei. Die anschließende kriminaltechnische Untersuchung der Knochenfunde ergab, dass es sich um Peggys sterbliche Überreste handelte. Von ihren Kleidungsstücken und vom Schulranzen fehlte weiterhin jede Spur. Für Peggys Mutter brachte der Fund des Skeletts trotz des damit verbundenen Schmerzes eine Erleichterung, weil endlich die Ungewissheit über den Verbleib ihres Kindes endete.

Eine sensationelle Neuigkeit brachte der Fall im Oktober 2016. Damals gab die Polizei bekannt, dass DNA-Spuren des Rechtsterroristen Uwe Böhnhardt am Skelettfundort festgestellt worden waren. Damit schien der Fall eine ganz neue, düstere Wendung zu nehmen. Doch ein halbes Jahr später musste die Staatsanwaltschaft Bayreuth zugeben, dass die DNA durch Spurensicherungsgeräte, die sowohl am Fundort der Leiche Bönhardts als auch bei Peggy verwendet worden waren, an den Leichenfundort gelangt war. Der Übertragungsweg ist bis heute unklar, zumal im Juli 2018 eine Kontamination der Spurensicherungsgeräte ausgeschlossen werden konnte.

Im September 2018 geriet ein weiterer Verdächtiger im Mordfall Peggy ins Fadenkreuz der Polizei. Sie ermittelte nun gegen einen Mann namens Manuel S., der mit Ulvi K. befreundet gewesen war. Ulvi hatte ihn in seinen Vernehmungen mehrmals erwähnt, und bereits 2001 hatte er zum Kreis der Verdächtigen gezählt, da er damals angeblich in betrunkenem Zustand die Beseitigung der Leiche zugegeben haben soll. Doch erst jetzt, durch die Analyse von Mikropartikeln von Pollen und Farbresten auf Peggys Skelett, besaß die Polizei schließlich eine konkrete Spur zu ihm. Die Partikel konnten mit Tätigkeiten in Übereinstimmung gebracht werden, die der Verdächtige zum Zeitpunkt der Tat ausgeführt hatte. Die Durchsuchung zweier Grundstücke, die dem Mann gehörten, blieb allerdings ergebnislos.

Doch sein bisheriges Alibi geriet ins Wanken. In einer Vernehmung räumte er nun ein, Peggys Leiche am späteren Fundort versteckt zu haben. Ein ihm bekannter Mann hätte Peggys leblosen Körper am Tag ihres Verschwindens zu ihm gebracht. Er habe daraufhin versucht, das Kind wiederzubeleben. Jedoch vergeblich. Daher habe er die Leiche weggebracht. Jacke und Schulranzen des Mädchens seien von ihm einige Tage später vernichtet worden. Wer ihm Peggy übergeben haben soll, wurde von der Polizei nicht bekanntgegeben.

Im Dezember 2018 wurde Manuel S. schließlich verhaftet. Doch der Mord konnte ihm nicht nachgewiesen werden. Sein Teilgeständnis zog Manuel S. zurück. Da die Indizien gegen ihn nicht für eine Verurteilung ausgereicht hätten, hob das Amtsgericht Bayreuth den Haftbefehl auf, der Verdächtige kam frei.

Im Oktober 2020 wurden die Ermittlungen im Mordfall Peggy nunmehr endgültig eingestellt. Trotz der Untersuchung von über 6.000 Spuren, der Erstellung von 250 Gutachten und der Durchführung von fast 4.000 Vernehmungen konnte nicht geklärt werden, wer Peggy getötet hat. Ob die Ermittlungen zu einem künftigen Zeitpunkt aufgrund neuer Erkenntnisse wiederaufgenommen werden, ist offen.

Das Monster von Florenz

Die folgende Geschichte handelt in Florenz, einem der beliebtesten Reiseziele der Deutschen in Italien. Ein Ort, der schon Goethe in den Bann zog und den er in seiner *Italienischen Reise* beschrieb. Aber auch ein Ort, an dem sich vor nicht allzu langer Zeit eine grauenhafte Mordserie abspielte, die bis heute ihresgleichen sucht. Es geht um die Morde, die gemeinhin dem »Monster von Florenz« zugeschrieben werden.

Was sind das für Mordfälle, und warum erregen sie noch heute so viel Aufsehen? Kurz zusammengefasst bilden der Schauplatz in der idyllischen Region um Florenz, die überaus grausame Tatausführung sowie die Tatsache, dass die Morde bis heute unaufgeklärt sind, eine außergewöhnliche Mischung. Sie führt dazu, dass das Interesse an den Morden nicht erlischt und dass die in ihrem Umfeld ins Kraut schießenden Verschwörungstheorien immer neue Wendungen nehmen. Das Interesse in Deutschland lässt sich mit Sicherheit auch darauf zurückführen, dass zwei deutsche Staatsbürger unter den Opfern sind.

Zu den Besonderheiten der Mordserie zählt, dass bei allen Verbrechen stets dieselbe Tatwaffe verwendet wurde: eine Pistole Marke Beretta Long Rifle, Kaliber 22, mit einem Magazin von zehn Patronen. Es wurde dabei jeweils eine spezielle Art von Munition verschossen, die eine spezielle Markierung auf der Hülse aufwies. Die vier weiblichen Mordopfer der acht Fälle wurden außerdem grausam verstümmelt.

Ihren Anfang nahm die Verbrechensserie am Abend des 21. August 1968. Es war ein heißer Sommertag gewesen, nach Sonnenuntergang genossen die Menschen das, was sie in Italien »Samtluft« nennen: warme angenehme nächtliche Temperaturen, begleitet von einem sanften Wind, der die Tageshitze vergessen lässt. Diese Hochsommerabende werden traditionell bis spät in die Nacht zum Ausgehen genutzt, zum Sehen und Gesehen werden, zum Herumschlendern in den Innenstädten der Metropolen, aber auch in den kleinen Ortschaften.

Um zu verstehen, was an diesem speziellen Mittwochabend geschah, bedarf es einiger Randbemerkungen. In Italien sind Arbeitsplätze, an denen Berufseinsteiger von Anfang an genug Geld verdienen können, um sich beispielsweise eine eigene Wohnung leisten zu können, bis heute rar. Gleichzeitig wird nur eine geringe Anzahl an Wohnungen gebaut, so dass die traditionell teuren Mieten und Immobilienpreise für viele unerschwinglich bleiben. All das führt dazu, dass Kinder in Italien traditionell sehr lange bei ihren Eltern wohnen, meist bis sie selbst heiraten, teilweise bis nach dem 30. Geburtstag. Daraus ergibt sich eine weitere Besonderheit. Aufgrund der traditionellen Vorstellungen, ist es für die meisten Italiener:innen unvorstellbar, einen Freund oder eine Freundin zum Übernachten ins Haus der Eltern einzuladen, solange man nicht verheiratet ist. Daher nutzen vielen unverheiratete Pärchen einen speziellen Ausweg für *Amore*: Sie fahren mit dem Auto an den Stadtrand, um dort an einem ungestörten Ort, geparkt hinter einem Gebüsch oder auf einem Feldweg, die Freuden körperlicher Vereinigung zu vollziehen. Italien ist vermutlich die Nation, in der die Menschen am meisten Sex im Auto haben. Was wiederum zur Folge hat, dass Spanner ein außergewöhnlich reiches Betätigungsfeld finden.

Zurück zum Abend des 21. August 1968. Barbara Locci (32) und ihr Liebhaber Antonio Lo Bianco (29) fuhren am späteren Abend in der Nähe von Lastra a Signa, einem Dörfchen in der Nähe von Florenz, mit dem weißen Alfa Romeo Lo Biancos an den Stadtrand. Auf dem Rücksitz schlief Natalino, Barbaras kleiner Sohn. Antonio parkte das Fahrzeug auf einem Feldweg nahe dem Friedhof, stellt das Autoradio leise an. Während sich die beiden näherkamen, erklang romantische Musik.

Die aus Sardinien stammende Barbara war zu diesem Zeitpunkt mit Stefano Mele verheiratet, führte aber schon seit Jahren diverse außereheliche Beziehungen. Ihr neuester Liebhaber Antonio, ein aus Palermo stammender Maurer, der in der Toskana Arbeit gefunden hatte, war ebenfalls verheiratet und Vater dreier Kinder.

Während Barbara und Antonio miteinander intim waren, fielen plötzlich acht Schüsse. Vier trafen Antonio, der sofort starb. Von vier weiteren wurde Barbara ebenfalls tödlich getroffen. Einige Stunden wurde der verstörte Natalino, den der Mörder entkommen ließ, auf einem nahegelegenen Bauernhof gefunden. Dessen Besitzer verständigte die Polizei. Die wenig später eintreffenden Beamten fanden am Tatort fünf Patronenhülsen, drei blieben verschwunden. Es handelte sich – das ist für die weitere Geschichte wichtig – um Munition des Kalibers 22 der Marke Winchester, auf deren Hülsen der Buchstabe H eingestanzt ist.

Für die Ermittler war die Sache anfangs schnell klar. Mord aus verletzter Ehre. Sie nahmen den Hauptverdächtigen, Barbaras Ehemann Stefano Mele, fest. Es kam ihnen nicht in den Sinn, dass es ein anderes Motiv als Eifersucht gegeben haben könnte. Sie ließen sich auch durch Zeugenaussagen nicht davon abbringen, denen zufolge Stefano seiner Frau hörig gewesen sein soll und ihm diese Tat keinesfalls zuzutrauen sei.

Eben diese Zeugen sagten zudem aus, dass ein weiterer Liebhaber Barbaras, Salvatore Vinci, zeitweise bei Barbara und Stefano im Haus genächtigt habe. Auch die Tatsache, dass Stefano offensichtlich nicht mit Schusswaffen umgehen konnte, störte die Ermittler wenig. Denn Stefano machte sich auf andere Weise verdächtig. Er verfügte über Täterwissen, das zu diesem Zeitpunkt noch nicht publik gemacht worden war. So etwa, dass genau acht Schüsse abgefeuert worden waren, dass der Blinker des Fahrzeugs nach der Tat noch blinkte und dass der linke Schuh Lo Biancos verschwunden war. Damit stand für die Ermittler fest, dass Stefano bei der Tat zumindest zugegen gewesen sein musste.

Einige Stunden später widerrief Mele jedoch sein anfängliches Geständnis und beschuldigte nun Salvatore Vinci der Tat. Dieser konnte jedoch zwei Zeugen beibringen, die ihm ein Alibi für die mutmaßliche Tatzeit verschafften. Auch der kleine Natalino sagte aus, den Vater während der Morde am Fahrzeug gesehen zu haben und dass dieser ihn nach der Tat zum Bauernhof gebracht hätte.

1970 wurde Stefano Mele daher wegen Mordes in einem Eifersuchtsfall – in Italien bis vor kurzem noch ein minderschweres Delikt – zu 14 Jahren Haft verurteilt. Ein Detail ist für den weiteren Fortgang der Dinge noch wichtig: Der Täter hatte Barbara ihre Halskette mit einem kleinen Kreuzanhänger so brutal vom Hals gerissen, dass sich ein Kettenglied in ihre Haut bohrte.

Zunächst kehrte nun für einige Jahre im Raum Florenz Ruhe ein. Schwere Gewalttaten waren nicht zu verzeichnen. Das änderte sich vier Jahre später. Am 14. September 1974 fand ein Passant die Leichen der 18-jährigen Stefania Pettini und des 19-jährigen Pasquale Gentilcore. Sie lagen blutüberströmt in einem Fiat 127, der in der

Nähe des Dörfchens Borgo San Lorenzo auf einem Feldweg geparkt war. Beide waren erschossen worden, das männliche Opfer mit fünf Schüssen, das weibliche mit drei Schüssen. Der Körper der jungen Frau wies zudem 96 Stichwunden auf, fast ausschließlich im Schambereich und an den Brüsten. Der Täter hatte ihr außerdem eine Weinrebe in die Vagina geschoben. Die sichergestellten Patronenhülsen waren wieder von der Marke Winchester mit dem Buchstaben H auf den Hülsen. Die polizeilichen Ermittlungen verliefen im Sande, ein Täter konnte nicht dingfest gemacht werden.

Sieben Jahre später der nächste Fall. Anfang Juni 1981 fand ein Polizist die Leichen der 21-jährigen Carmela De Nuccio und des 30-jährigen Giovanni Foggi. Sie lagen in einem roten Fiat Ritmo, der in der Nähe des Dörfchens Scandicci auf einem Feldweg geparkt war. Beide wiesen tödliche Schusswunden auf. Diesmal hatte der Täter dreimal auf das männliche Opfer und fünfmal auf das weibliche Opfer geschossen, wiederum mit Winchestermunition. Auch hier konnten nur fünf der acht Patronenhülsen gefunden werden. Zusätzlich hatte der Mörder Carmelas Vulva mit einem scharfen Gegenstand herausgeschnitten.

Bis zum nächsten Mord sollte es nur einige Monate dauern. Am 22. Oktober 1981 fielen die 24-jährige Susanna Cambi und ihr 26-jähriger Freund Stefano Baldi vermutlich demselben Täter zum Opfer. Auch in diesem Fall beim Sex in ihrem Auto, einem VW Golf, geparkt auf einem Feldweg in der Nähe des Dörfchens Calenzano. Beide waren durch die Frontscheibe mit mehreren Schüssen getötet worden, das weibliche Opfer mit fünf, das männliche mit vier. In diesem Fall wurden sieben der neun Patronenhülsen Marke Winchester »H« gefunden. Der Täter hatte diesmal auf beide Opfer mehrmals eingestochen. Auch hier wurde der Schambereich des weiblichen Opfers verstümmelt.

Ein Dreivierteljahr später traf es am 19. Juni 1982 den 22-jährige Paolo Mainardi und die 20-jährige Antonella Migliorini. Auch in diesem Fall beim Sex im Auto, einem Alfa Romeo 147, geparkt auf einem Feldweg bei Montespertoli. Die Suche nach dem Täter blieb erfolglos.

Über ein Jahr später, am 9. September 1983, kam es zu dem Vorfall mit den beiden deutschen Opfern. Diesmal erschoss der Täter zwei Studenten aus Münster, Horst Wilhelm Meyer (24) und Jens-Uwe Rüsch (24), in ihrem VW-Bus, geparkt auf einem Feldweg bei Galluzzo, am Stadtrand von Florenz. Der Täter schoss sieben Mal, vier der Patronenhülsen wurden gefunden. Offenbar sammelte der Täter nach jedem Mord einige Patronenhülsen ein – ob als Andenken oder aus anderen Gründen ist bis heute unklar. Keines dieser beiden Opfer wurde verstümmelt. Der Fall der beiden Studenten war der einzige, bei dem zwei Männer erschossen wurden. Ob der Mörder einen der Studenten wegen seiner langen blonden Haare für eine Frau gehalten hatte oder ob es sich um einen schwulenfeindlichen Vorfall handelt, ist bis heute unklar.

Am 29. Juli 1984 genossen der 21-jährige Claudio Stefanacci und seine 18-jährige Freundin Pia Rontini auf ein paar Stunden Intimität. Sie befanden sich in ihrem Fiat Panda, in der Nähe von Vicchio im Mugello-Tal nördlich von Florenz, als der Mörder zuschlug. Wieder mit acht Schüssen. Wieder mit Munition der Marke Winchester. Diesmal verstümmelte der Täter den Schambereich der jungen Frau und trennt ihre linke Brust ab. Auch ihr wurde eine Kette gewalttätig vom Hals gerissen.

Der letzte Fall in dieser Mordserie ereignete sich schließlich am 8. September 1985. Diesmal stammten die

Opfer aus Frankreich. Jean Michel Kraveichvili (25) und Nadine Mauriot (36) zelteten in der Nähe des Dörfchens San Casciano. Mitten in der Nacht wurden sie erschossen. Der Täter verstümmelte den Körper der Frau mit einem Messer. Diesmal ging er aber noch einen Schritt weiter: Er schickte der Polizei einen Teil der verstümmelten Brust der Frau per Post.

Die Suche nach dem Täter oder den Tätern verlief jahrelang im Sand. Insgesamt sprachen die Ermittler mit mehr als 100.000 Personen, um einen Anhaltspunkt oder eine Spur zu finden. Innenminister Scalfaro setzte eine Belohnung von umgerechnet 250.000 Euro für Hinweise aus. Doch nichts geschah.

Ein wichtiger Hinweis ergab sich schließlich im Zusammenhang mit dem ersten Mordfall aus dem Jahr 1968. Ein anonymer Anrufer teilte der Polizei mit, dass sie sich darum kümmern solle, dass in allen Fällen dieselbe Waffe verwendet worden sei. Die genaue Marke der Mordwaffe war bis zu diesem Zeitpunkt nicht öffentlich bekannt gemacht worden. Also verfügte der Anrufer offenbar über Insiderkenntnisse. Tatsächlich bereitete die Tatsache, dass alle Morde mit der gleichen Waffe begangen worden waren, den Beamten schon seit langer Zeit Kopfzerbrechen. Denn der für den ersten Fall verurteilte und geständige Täter, Stefano Mele, konnte die späteren Taten nicht begangen haben: Er hatte entweder noch im Gefängnis gesessen und später in einer Einrichtung für überwachtes Wohnen gelebt.

Die Ermittler nahmen die drei Brüder Vinci unter die Lupe. Salvatore, Francesco und Giovanni hatten alle Affären mit dem damaligen Mordopfer gehabt. Die Hypothese lautete, dass nicht Stefano Mele, sondern Salvatore Vinci der Haupttäter im ersten Fall gewesen war. Der allerdings nie dafür verurteilt wurde. Vinci habe seinerzeit die bis heute nicht aufgetauchte Mordwaffe mitgenommen und versteckt.

Die Ermittler nahmen Francesco und Antonio Vinci fest, aber auch Mitglieder der Familie Mele. Alle stammten aus Sardinien, einer Insel, auf der bis heute die Gesetze der Blutrache gelten. Zweifelsfrei nachgewiesen werden konnten die Morde einer bestimmten Person jedoch nicht. Alle Verhafteten mussten früher oder später wieder freigelassen werden. Francesco Vinci, wurde 1993 in einem Wäldchen nahe Chianni (bei Pisa) ermordet aufgefunden. Neben ihm lag die Leiche seines Kumpels Angelo Vargiu. Beide Leichen befanden sich im Kofferraum eines ausgebrannten Volvo. Ob dieser Doppelmord mit dem »Monster von Florenz« zusammenhängt oder ob es sich um eine davon unabhängige Abrechnung im Milieu der sardischen Mafia handelt, ist bis heute unklar.

Anfang der neunziger Jahre geriet der damals 68-jährige Pietro Pacciani unter Verdacht, das »Monster von Florenz« zu sein. Der als cholerisch und brutal verschriene Landwirt hatte 1951 seine Freundin, die minderjährige Miranda, beim Sex mit einem anderen erwischt und den Nebenbuhler mit einem Messer getötet. Er sagte damals aus, dass es ihn besonders wütend gemacht habe, dass sie während des Geschlechtsakts ihre linke Brust entblößt hatte. Bei den »Monster«-Morden wurden mehrfach die linken Brüste der weiblichen Opfer verstümmelt.

Nachdem Pacciani 1951 zu 13 Jahren Gefängnis verurteilt worden war, kam er 1964 wieder frei, heiratete und gründete eine Familie. Zwischen 1987 und 1991 wurde er wegen häuslicher Gewalt erneut inhaftiert. Ihm wurde vorgeworden, seine Frau geschlagen und seine beiden Töchter über Jahre sexuell belästigt zu haben.

Nun fanden die Ermittler im Garten Paccianis eine Patronenhülse der Marke Winchester, sowie einen Zeichenblock und einen Seifenhalter, beide hatten Opfern des »Monsters« gehört. Dann nahmen die Dinge eine gänzlich neue Wendung: Die Polizei bekam anonym konkrete Hinweise, dass Pacciani zu einer geheimen Gruppe gehöre, die angeblich schwarze Messen abhielte, bei denen abgetrennte weibliche Körperteile Bestandteil von Ritualen wären. Zu dieser Sekte gehörten angeblich auch weitere Tatverdächtige.

Bei der Durchsuchung von Paccianis Wohnung fand die Polizei jede Menge pornografischer Bilder, aber auch Zeitungsartikel über die Pärchenmorde. Die Beamten stellten ein angeblich von Pacciani gemaltes Bild sicher, das satanistische Praktiken abbildete, und eine weitere passende Patronenhülse. Außerdem wurde festgestellt, dass auf Paccianis Bankkonten größere Geldsummen hin- und herbewegt worden waren, umgerechnet über 100.000 Euro – Geldsummen, die die finanziellen Möglichkeiten eines einfachen Bauern deutlich überstiegen.

Pacciani wurde Anfang 1993 verhaftet und Ende 1994 in Florenz in einem Indizienprozess zu lebenslanger Haft verurteilt, obwohl er bis zuletzt seine Unschuld beteuerte. Doch wer gedacht hatte, damit sei die Mordserie aufgeklärt und alle Rätsel gelöst, der irrte sich. Der Rechtsanwalt Paccianis legte Berufung ein, dieser wurde sattgegeben und Pacciani Anfang 1996 überraschend freigesprochen. Grund dafür waren erhebliche Zweifel an der Einzeltätertheorie und zahlreiche Indizien, die auf bisher unbekannte Mittäter hinwiesen.

Der Oberste Gerichtshof Italiens annullierte den Freispruch jedoch Ende 1996 und ordnete eine neue Verhandlung an. Bevor diese beginnen konnte, wurde Pacciani

Ende Februar 1998 tot in seiner Wohnung aufgefunden. Eine bestimmte Todesursache konnte gerichtsmedizinisch nicht festgestellt werden. Daher schloss man auf einen natürlichen Tod. Einen Giftmord zogen die Ermittler nicht in Betracht.

Einer der Hauptzeugen der Anklage gegen Pacciani war Giuseppe (Joseph) Bevilacqua, ein ehemaliger Mitarbeiter des amerikanischen Soldatenfriedhofs in Florenz. Der Ex-Angehörige der US-Streitkräfte mit US-amerikanischer und italienischer Staatsbürgerschaft hatte ausgesagt, Pacciani wenige Stunden vor dem letzten Mordfall in der Nähe des späteren Tatorts gesehen zu haben. Journalisten verdächtigten aber Bevilacqua selbst der Falschaussage. Andere sehen in ihm einen Superkiller, der sowohl für die Serienmorde des nie gefassten »Zodiac«-Killers in den USA verantwortlich sei, als auch für die dem »Monster von Florenz« zugeschriebenen Mordfälle. Bevilacqua war von 1974 bis 1988 Angestellter des US-Soldatenfriedhofs von Florenz, der in unmittelbarer Nähe einiger Tatorte der »Monster«-Serie liegt.

Die verschiedenen Gerichtsverfahren um das »Monster von Florenz« waren durchaus geeignet, die italienische Justiz in einem schlechten Licht dastehen zu lassen. Und sie boten Raum für Verschwörungstheorien. An den Ermittlungen beteiligte Polizisten behaupten bis heute, dass während der Verfahren immer wieder wichtige Indizien unterschlagen worden seien. Es wurde gar vermutet, dass der Täter die Morde auf Befehl einflussreicher Persönlichkeiten ausgeführt hätte. Diese hätten dafür gesorgt, dass wichtige Indizien auf rätselhafte Weise aus den staatlichen Asservatenkammern verschwanden.

Insbesondere ging es bei diesen Gerüchten um eine mögliche Beteiligung des Arztes Francesco Narducci, der einer reichen Familie aus dem benachbarten Perugia angehörte. Narducci war wenige Wochen nach dem letzten Mord im Oktober 1985 tot im Trasimenischen See gefunden worden. Sein Tod wurde als Unglücksfall dargestellt, die Leiche ohne Autopsie begraben. Sein Vater sagte aus, sein Sohn hätte Selbstmord verübt, weil er kurz zuvor eine sehr schwerwiegende medizinische Diagnose erhalten habe, der zufolge er bald sterben würde. 2002 wurden Narduccis sterbliche Überreste exhumiert und gerichtsmedizinisch untersucht. Dabei wurden Spuren von Würgemalen und Betäubungsmitteln festgestellt. Die Polizei gab nicht auf, konnte den Verdacht gegen Narducci aber nicht erhärten.

Nun ermittelte man gegen mögliche Komplizen von Pacciani: Mario Vanni, Giancarlo Lotti, Fernando Pucci und Giovanni Faggi. Vanni, Jahrgang 1927, pensionierter Briefträger, wurde der Mittäterschaft verdächtigt. In den Aussagen des Alkoholikers, der als Kunde von Prostituierten und als Altfaschist bekannt war, fanden sich Lücken, und so wurde er in vier der acht Fälle zu lebenslänglicher Haft verurteilt. Er durfte das Gefängnis 2004 aus gesundheitlichen Gründen verlassen und starb 2009 in einem Heim für Demenzkranke.

Giancarlo Lotti, Spitzname Katanga, wurde wegen Mittäterschaft bei der Mordserie zu 26 Jahren Haft verurteilt. Geboren 1940, war er bald nach seiner Geburt zum Waisenkind geworden und im Kinderheim aufgewachsen. Er war zum Zeitpunkt der Mordserie wohnsitzloser Alkoholiker. Ein gemeinsamer Freund von ihm und Pacciani sagte aus, beide Männer in unmittelbarer Umgebung des letzten Mordfalls der Serie gesehen zu haben, bewaffnet. 2002 wurde er ebenfalls aus gesundheitlichen Gründen vorzeitig entlassen und starb zwei Wochen später in einem Krankenhaus, wo bei ihm Krebs im Endstadium festgestellt worden war, im Alter von 61 Jahren.

Fernando Pucci, Jahrgang 1932, war zunächst als Zeuge gegen Vanni und Pacciani aufgetreten, wurde dann aber wegen Mittäterschaft ebenfalls verurteilt. Ihm war 1983 wegen Schwachsinnigkeit eine Invaliditätsrente zugesprochen worden; diese Diagnose wurde im Mordprozess jedoch als unsinnig verworfen, da er sehr wohl in der Lage wäre, rational zu agieren und zu reagieren.

Trotz der Verurteilungen kehrte keine Ruhe in den Fall ein. 2004 erfolgte die Durchsuchung der Wohnung eines weiteren Verdächtigen. Es handelte sich um den Apotheker Calamandrei aus San Casciano bei Florenz. Dieser war bereits 1988 von seiner damaligen Ehefrau beschuldigt worden, in seiner Wohnung eine Beretta jener Baureihe versteckt zu haben, die als Tatwaffe in Frage kam. Sie behauptete zudem, dass er in einer Tiefkühltruhe merkwürdige Fleischstücke verwahre, die wie menschliche Überreste aussähen, und angeblich zum Fall des Monsters von Florenz gehörten. Die Ermittlungen waren seinerzeit eingestellt worden. Bei der neuerlichen Durchsuchung beschlagnahmte die Polizei Akten und Videokassetten. Calamandrei wurde nun beschuldigt, der Auftraggeber der Mordserie zu sein. Es sei ihm darum gegangen, an Leichenteile der ermordeten Frauen zu kommen, um diese für satanische Messen zu nutzen. 2008 wurde Calamandrei nach einer längeren Prozessdauer jedoch vom Florentiner Gericht freigesprochen, seine ihn beschuldigende Ex-Frau dagegen in eine psychiatrische Anstalt eingewiesen.

Drei Selbstmorde und sieben weitere Morde, die sich im Ermittlungszeitraum ereigneten, wurden vor allem von der Presse mit der Mordserie in Zusammenhang gebracht. Es hieß weiter, Spuren am Tatort seien durch die

Fahrlässigkeit der Polizei entweder nicht gesichert oder verdorben worden, Akten seien verschwunden, die Justiz und die Polizei hätten sich gegenseitig gelähmt. Einflussreiche Hintermänner seien von der Justiz geschützt worden und erfreuten sich bis heute ihrer Freiheit.

2017 gelangte ein neuer Verdächtiger in die Schlagzeilen: Giampiero Vigilante, geboren1930 in Vicchio del Mugello, Ex-Fremdenlegionär und in den fünfziger Jahren in Vietnam im Einsatz, wohnhaft in Prato bei Florenz. Vigilante kannte nicht nur seinen Nachbarn Pacciani bestens, sondern auch fast alle anderen an der Mordserie als Verdächtige beteiligten Personen. Bei einer Durchsuchung seines Hauses wurden zahlreiche Artikel zu den Mordfällen gefunden. Zudem glich sein Auto dem verdächtigen Fahrzeug, das mehrfach in der Nähe der Tatorte gesichtet worden war. In seinem Haus hingen Fotografien von ihm, wie er mit seinem Gewehr neben toten und enthaupteten vietnamesischen Soldaten posierte und in einer Hand den abgeschnittenen Kopf eines der Opfer hielt.

1960 hatte Vigilanti die Fremdenlegion verlassen, danach in den Nachtklubs von Marseille gearbeitet und sich schließlich nach Prato zurückgezogen, wo er bis zur Rente in einem Begräbnisinstitut Arbeit fand. Zwar wurden auch in seinem Haus Patronenschachteln des Typs Winchester gefunden, mit dem eingestanzten Buchstaben H, doch damit allein konnte seine Schuld nicht bewiesen werden.

Mittlerweile wurden alle Ermittlungen zu den Mordfällen des »Monsters von Florenz« eingestellt und die Unterlagen archiviert. Ob die verwendete Munition der Marke Winchester Gründe zur Wiederaufnahme des Verfahrens geben könnte? Wurden alle Ermittlungsstränge in dieser Richtung verfolgt? Das auf den Hülsen eingekerbte H steht für »Henry«. Es handelt sich um Randfeuerpatronen nach einer Funktionsweise, die Benjamin T. Henry im 19. Jahrhundert entwickelt hatte. Die Zündladung ist hierbei in den Rand der Hülse eingegossen – im Gegensatz zu mit Zündhütchen versehenen gängigen Munitionsarten, den Zentralfeuerpatronen. Diese speziellen Patronen werden weder von der Polizei noch vom Militär benutzt, da sie in puncto Treffsicherheit und Durchschlagskraft erhebliche Nachteile aufweisen. Dafür sind sie im Sportschützenbereich verbreitet, aber auch in Schlachthöfen als Bolzenschuss-Munition zur Tötung von Schlachtvieh. Ob jemals in diese Richtung ermittelt wurde, lässt sich den veröffentlichten Unterlagen zu dieser Mordserie nicht entnehmen.

Die Leiche in der Tiefkühltruhe

Im Jahr 1985 kam es in der Schweiz zu einem besonders grausamen Mordfall, der noch lange die Gemüter erhitzte. Ort des Geschehens war die kleine, idyllische Gemeinde Kehrsatz, etwas außerhalb der Schweizer Hauptstadt Bern gelegen. In Kehrsatz steht nicht nur das schöne, offizielle Gästehaus die Schweizer Bundesregierung, hier wohnen auch viele einflussreiche Menschen der Schweizer Gesellschaft.

In dem Fall, den ich Ihnen nun vorstellen möchte, geht es um die 24-jährige Schneiderin Christine Zwahlen. Sie hatte 1983 ihre Jugendliebe, den drei Jahre älteren Bauzeichner Bruno Zwahlen geheiratet. Die beiden wohnten in einem eigenen Haus, gleich neben dem von Christines Adoptiveltern.

Schon vor der Hochzeit hatte es Probleme zwischen den Adoptiveltern und Bruno gegeben. Das war im ganzen Ort bekannt. Immer wieder hörten die Nachbarn lautstarke Auseinandersetzungen. Den Adoptiveltern war es ein Dorn im Auge, dass Bruno schon vor der Ehe eine weitere Beziehung eingegangen sein soll und zwar zu einer Tochter wohlhabender Eltern aus dem Ort. Angeblich plante er sogar, sich von Christine scheiden zu lassen, um die andere Frau zu heiraten. Bruno stritt alle Anschuldigungen ab und versicherte Christine seine Liebe. Für sie waren die Streitgespräche schreckliche Momente, da sie nicht wusste, wem sie glauben sollte. Ihren Adoptiveltern, die Bruno in den schwärzesten Farben darstellten, oder ihrem Ehemann?

Den Schwiegereltern konnte Bruno nichts recht machen. Zumal er sich geweigert hatte, ihrer strengen evangelischen Religionsgemeinschaft beizutreten. Das sei nichts für ihn, hatte er gesagt. Die Schwiegereltern fassten dies natürlich als Affront schlechthin auf. Christine litt unter den dauernden Auseinandersetzungen und beklagte sich gegenüber Freundinnen über die ständigen Einmischungen ihrer Adoptiveltern.

Diese hatten die kleine Christine im Alter von acht Monaten adoptiert und als Einzelkind, dem all ihre Aufmerksamkeit galt, aufgezogen. Ihre Probleme mit Bruno könnten daher rühren, dass sie sich offenbar nach all den Jahren, die sie mit Christine verbracht hatten, nicht an den Gedanken gewöhnen konnten, dass ihre Tochter ihr eigenes Leben leben wollte.

Die Lage eskalierte am Samstag, dem 27. Juli 1985. Christine verschwand spurlos nach einer geplanten Einkaufsfahrt nach Bern. Ihr Mann meldete sie am Abend desselben Tages bei der Polizei als vermisst, zuvor hatte er im Haus und im gesamten Ort Kehrsatz vergeblich nach ihr gesucht. Für die Schwiegereltern stand schnell fest, dass ihre Adoptivtochter getötet worden sei – und zwar von niemand anderem als ihrem Ehemann Bruno.

Die Ermittlungen nahmen eine entscheidende Wendung, als Christines Leiche einige Tage später, am 1. August 1985, dem Schweizer Nationalfeiertag, gefunden wurde. Aber nicht von der Polizei.

Die Schwiegereltern von Bruno Zwahlen verfügten nach wie vor über einen Schlüssel zum Haus des Schwiegersohns. Als dieser, trotz der Trauer und der Sorge um seine verschwundene Frau, abends zu einer Grillparty bei den Eltern seiner angeblichen Freundin ging, benutzten die Schwiegereltern ihren Schlüssel, um sich nun selbst ausführlich im Haus umzusehen und das Unterste nach oben zu kehren.

Sie fanden Christines Leiche schließlich in der Tiefkühltruhe. Sie war unbekleidet, zusammengekrümmt und steckte mit dem Kopf nach unten in der Truhe. Umgehend alarmierten die Schwiegereltern die Polizei. Diese schickte sowohl Beamte zum Haus des Schwiegersohns als auch zu den Eltern seiner angeblichen Freundin. Dort wurde Bruno Zwahlen festgenommen.

Bruno beteuerte in den anschließenden Vernehmungen mit großer Vehemenz seine Unschuld. Laut seinen Aussagen war Christine am Abend des 26. Juli, nachdem sie noch einen Toast Hawaii gegessen hatte, gemeinsam mit Bruno schlafen gegangen. Am Morgen des 27. Juli sei sie mit dem Mofa nach Bern gefahren, um für bevorstehende gemeinsame Segelferien einzukaufen. Dort wollten sich die beiden in einem Café im Zentrum treffen. Eine Zeugin sagte aus, sie habe Christine tatsächlich am Samstagmorgen in Bern gesehen. Das Mofa wurde an einer Bahnhaltestelle im Berner Vorort Wabern gefunden. Im Café ist die junge Frau jedoch nie aufgetaucht. Aber auch Bruno wurde laut Zeugen den gesamten Samstag dort nicht gesehen, trotz der angeblichen Verabredung.

Der Prozess gegen Bruno Zwahlen begann im Herbst 1987. Anfang Dezember 1987, über zwei Jahre nach Christines Tod, wurde er nach kurzem Gerichtsverfahren zu lebenslangem Zuchthaus verurteilt. Laut dem umstrittenen erstinstanzlichen Gutachten der Gerichtsmedizin Bern wurde Christine in der Nacht von Freitag, 26. Juli, auf Samstag, 27. Juli 1985, mit roher Gewalt erschlagen, entkleidet, gefesselt und mit einem Müllsack über dem Kopf in der Tiefkühltruhe im Keller abgelegt. Auf der Grundlage dieses Gutachtens erfolgte die Verurteilung. Und das, obwohl weder der genaue Todeszeitpunkt des Opfers noch der exakte Tatort zweifelsfrei festgestellt werden konnten. Zwar gab es an der Waschmaschine und im Ehebett im Hause Zwahlen Blutspuren. Diese erklärte Bruno aber mit versehentlichen Verletzungen Christines. Gegen die Eltern der Ermordeten, die permanenten Zugang zum Wohnhaus ihrer Schwiegertochter gehabt hatten, wurde nie ermittelt. Indizien, die Bruno entlasteten, blieben unberücksichtigt.

Das Urteil führte zu einem in der Schweizer Rechtsgeschichte nie dagewesenen Eklat. Vier der acht Geschworenen des Verfahrens distanzierten sich öffentlich vom Schuldspruch. Sie protestierten sogar beim Kantonsparlament gegen die Entscheidung des Vorsitzenden Richters. Doch der Kassationshof als Aufsichtsorgan bestätigte die Rechtmäßigkeit des Verfahrens. Wie war das Urteil also zustande gekommen?

Staatsanwalt und Richter waren davon ausgegangen, dass Bruno, nachdem er seine Frau ermordet und in die Tiefkühltruhe gelegt hatte, die Blutspuren gründlich beseitigt hatte. Die Schwiegereltern bestätigten vor Gericht, dass Bruno am 27. Juli den Keller seines Hauses einer gründlichen Reinigung unterzogen habe. Hinsichtlich des Motivs für den Mord ging das Gericht davon aus, dass Bruno mit seiner Geliebten zusammenziehen, aber aus finanziellen Gründen keine Scheidung auf sich nehmen wollte. Zudem war er als Begünstigter einer Lebensversicherung seiner Frau eingetragen.

Brunos Darstellung der Ereignisse vom 26. und 27. Juli sah das Gericht als unwahr an. Er hatte ausgesagt, die Nacht von Freitag auf Samstag mit seiner Frau zu Hause verbracht zu haben. Am Samstagmorgen nach dem Frühstück habe er Besorgungen gemacht. Um zehn Uhr wollte er seine Frau in Bern treffen. Das Gericht ging jedoch davon aus, dass Bruno in der Nacht vom Freitag zum

Samstag Christine im Ehebett mit einem Hammer oder einem ähnlichen schweren Gegenstand am Kopf schwer verletzt hatte. Der Tod trat letztlich durch Ersticken ein, mutmaßlich durch den Müllsack aus Plastik, der über ihren Kopf gestülpt worden war. Beweise für diesen Tathergang gab es jedoch nicht. Im Haus fanden sich keine dieser Darstellung entsprechenden Blutspuren, die Kleider der Getöteten blieben verschwunden. Die im Haus vorgefundene Kleidung Brunos wies keine nachweisbaren Blutspuren auf.

Entscheidend für die Schuldfrage war auch die genaue Festlegung des Todeszeitpunkts. Gestützt wurde die Todeszeit-Annahme des Gerichts lediglich durch ein Gutachten zum Mageninhalt der Toten. Denn wegen der Tiefkühlung der Leiche waren alle anderen, konventionellen Verfahren zur Bestimmung des Todeszeitpunkts, wie beispielsweise die Leichenstarre, Totenflecken und Körpertemperatur, nicht anwendbar. Eben dieses entscheidende Gutachten des Gerichtsmedizinischen Instituts Bern sorgte für Irritationen. In der ersten Fassung hieß es, im Magen des Opfers wären keine Essensreste gefunden worden. Da Bruno ausgesagt hatte, Christine habe am Freitagabend einen Toast Hawaii gegessen, hätte es noch Essensreste im Magen der Toten geben müssen, wenn sie am selben Abend getötet worden wäre.

Nach Protesten der Schöffen und von Brunos Verteidiger wurde eine zweite Fassung des Gutachtens in Auftrag gegeben. Erstaunlicherweise fand man nun tatsächlich Essensrückstände im konservierten Mageninhalt der Toten. Dabei handele es sich um Rückstände von Ananas und Birne sowie Stärkekörner und tierische Muskelfasern. Serologische Befunde deuteten auf das Vorhandensein von Käse im Magen hin. Damit galt Bruno als überführt. Und das, obwohl im Haushalt der Zwahlens zwar eine leere Birnendose, aber nur eine ungeöffnete Ananasdose gefunden worden waren. Wie sollten die Spuren von Ananas also in die Magenprobe gekommen sein?

Die Schöffen vermuteten, dass die Probe aus dem Magen der Toten absichtlich oder unabsichtlich mit einer zum Vergleich hergestellten Probe vertauscht worden war. Anders seien die Widersprüche zwischen den Gutachten nicht zu erklären. Der Vorsitzende Richter befand dennoch, dass es unnötig sei, ein weiteres Gutachten zu erstellen. Das wäre viel zu aufwändig und drohe den Prozessverlauf auf unabsehbare Zeit auszudehnen. Das Verfahren nahm seinen Fortgang und endete mit der Verurteilung Zwahlens.

Danach kehrte zunächst Ruhe ein. Der Fall schien abgeschlossen zu sein. Doch einem Teil der Öffentlichkeit ließ die Schuldzuweisung an den Ehemann keine Ruhe. Der Schweizer Journalist Hanspeter Born nahm sich des Falles an und unterzog alle Beweismittel einer erneuten Überprüfung, soweit es in seiner Macht als Journalist stand. Seine Ausgangsthese lautete, dass die zweite Fassung des Gutachtens bewusst gefälscht worden sei, um den Todeszeitpunkt von Christine auf die Nacht des 26. Juli festzulegen, so dass nur Bruno als Täter in Frage kam.

Born konnte im Laufe seiner Recherchen nachweisen, wie schwach die Indizienkette war, aufgrund derer Bruno verurteilt worden war. Daher beantragte nun Brunos Verteidiger ein weiteres Gutachten zum Mageninhalt der Toten, das diesmal von neutralen, ausländischen Fachleuten erstellt werden sollte. Und zwar von zwei deutschen Gerichtsmedizinern, dem Bremer Professor Hans Dieter Tröger und der berühmten Ostberliner Gerichtsmedizinkoryphäe Otto Prokop. Sie sollten die beiden Fassungen des vorhergehenden Gutachtens ihrer Berner Kollegen überprüfen.

Prokop und sein Kollege stellten den Berner Gerichtsmedizinern ein denkbar schlechtes Zeugnis aus. Sie warfen ihnen vor, dass ihr Obduktionsprotokoll eine mangelhafte gerichtsmedizinische Praxis belege. Der Nachweis, dass sich im Magen Käse befunden hätte, sei fehlerhaft gewesen, da die mehrfach aufgetaute Probe zum damaligen Zeitpunkt ohne Zweifel bakteriell belastet gewesen sei. Prokop stellte zudem fest, dass das Schlafzimmer keinesfalls als Tatort in Frage kam. Schläge mit einem Hammer und der anschließende Transport des leblosen Körpers über die Treppe ins Untergeschoß hätten Spuren hinterlassen, die der Täter unmöglich hätte restlos entfernen können.

Es gab aber noch mehr Merkwürdigkeiten. Da Christine laut Bruno am Freitag um 19.30 Uhr zu Abend gegessen hatte, musste der Tod gemäß Magenprobengutachten spätestens gegen 21 Uhr eingetreten sein. Doch die Schwiegereltern hatten ausgesagt, ihre Schwiegertochter noch um 21.45 Uhr auf dem Schlafzimmerbalkon beobachtet zu haben, als sie Wäsche von der Leine nahm.

Der Journalist Born stellte nun die naheliegende Frage: Wer kam anstelle von Bruno als Mörder in Frage? Der Täter musste über genaue Kenntnisse des Hauses der Zwahlens verfügt haben. Denn sowohl der Plastiksack als auch die Schnur, mit der die Leiche verschnürt gewesen war, stammten aus dem Haushalt.

Für Born war die Sache klar. In mehreren für Furore sorgenden Zeitungsartikeln stellte er seine Sicht der Dinge dar. Neben dem Ehemann hätten demnach auch die Adoptiveltern der Toten die Tat begangen haben können. Born hielt es für erwiesen, dass die Beziehung zwischen den Adoptiveltern und ihrer Tochter extrem angespannt gewesen war. Die Eltern seien wütend gewesen, dass sich ihre Tochter von ihnen nicht länger bevormunden ließ. Der Adoptivvater sei ein autoritärer, cholerischer Mann, der die Abnabelung seiner Tochter nicht verkraftet hätte. Er sei der Einschätzung Borns zufolge in der Lage gewesen, Christine im Streit zu schlagen.

Born ging davon aus, dass am Samstagvormittag im Haus der Eltern eine tödliche Auseinandersetzung zwischen Adoptivtochter und Adoptivvater stattgefunden hatte. Eben zu dem Zeitpunkt, als Bruno seine Besorgungen machte. Born zufolge sei Christine von den Eltern zu einer Aussprache über die Untreue ihres Gatten einbestellt worden. Daher sei sie, entgegen ihrer Absicht, nicht zum Einkaufen nach Bern gefahren, sondern zum Haus ihrer Eltern gegangen. Dort sei es erneut zu einer heftigen Auseinandersetzung gekommen, weil Christine die Anschuldigungen ihrer Adoptiveltern gegenüber Bruno für unsinnig hielt.

Kurz nach neun verließ sie das Haus der Adoptiveltern und fuhr Richtung Bern. Auf dem Weg wurde sie von einer langjährigen Bekannten gesehen, deren Aussage im Prozess gegen Bruno als unglaubhaft abgetan worden war. Die Adoptiveltern seien außer sich gewesen, der Bruch mit ihrer Tochter schien unausweichlich, zudem versetzte sie ein angekündigter Umzug in eine andere Stadt, außerhalb ihrer Reichweite, in Panik.

Angeblich habe der Adoptivvater nun seinen letzten Trumpf gezogen. Er verfügte dank dem Schlüssel zum Zwahlen-Haus über heimlich aus einem Tagebuch Brunos herausgerissene Seiten, die dessen Seitensprünge belegen sollten. Die Mutter fuhr Richtung Bern, fand Christine und schaffte es, sie zum Umkehren zu bewegen. Doch als die beiden wieder in Kehrsatz eintrafen, sei Christine in

Wut geraten über den neuerlichen Versuch der Eltern, sie und Bruno auseinanderzutreiben. Sie habe die Eltern beleidigt und geschworen, dass sie für immer bei Bruno bleiben werde, egal was passiere.

Der Schwiegervater sei daraufhin so in Wut geraten, dass er seine Tochter niedergeschlagen habe. Beim anschließenden Sturz auf den Boden habe sie sich zusätzlich verletzt und sei ohnmächtig auf dem Boden liegen geblieben. Die Eltern hätten auf ungeschickte Weise versucht, die stark blutende Wunde am Kopf zu verbinden, dabei sei Christine erstickt.

Born konnte diese Hypothese zwar nicht beweisen. Aber er sammelte weitere Indizien, die Bruno entlasteten. Born glaubte, dass die Eltern anschließend den leblosen Körper ihrer Tochter in einem Teppich über den Gartenweg zum Zwahlen-Haus getragen hätten, um ihn dort in der Tiefkühltruhe abzulegen. Und ihren Schwiegersohn des Mordes zu beschuldigen. So sollte er zum Schuldigen der ganzen Katastrophe werden.

Der von Born erzeugte öffentliche Druck zeigte Wirkung. Der Berner Kassationshof hob das Urteil gegen Bruno im April 1991 aufgrund von Verfahrensmängeln auf. Bruno kam nach sechs Jahren Haft wieder frei. Der Revisionsprozess fand im April 1993 statt. Die Medien ergriffen nun für den Angeklagten Partei. Diesmal wurden 76 Zeugen gehört, fünf Gutachten herangezogen und auch Borns Hypothesen untersucht. Letztlich konnte nicht geklärt werden, wer Christine wirklich umgebracht hatte. Nach dem Prinzip »im Zweifel für den Angeklagten« wurde Bruno daher freigesprochen. Das Gericht schloss jedoch auch eine Täterschaft der Eltern aus.

Bruno erhielt eine Haftentschädigung von über 400.000 Franken. Da es nicht gelungen war, die Tatwaffe, den Tatort, den Tatzeitpunkt, den Tathergang und das Tatmotiv zweifelsfrei festzustellen, musste der Fall als ungeklärt ad acta gelegt werden.

Doch wer gedacht hatte, dass nun endlich Gras über die Sache wachsen würde, sah sich getäuscht. Denn nun trat die Zürcher Anwältin Trix Ebeling auf den Plan. Sie kaufte das von Bruno bis zu seiner Inhaftierung gefahrene Fahrzeug, einen VW Golf. Als sie das Fahrzeug einer näheren Untersuchung unterzog, bemerkte sie, dass der Radmutternschlüssel ersetzt worden war und sich im Auto nicht der Originalschlüssel, sondern ein markenfremder Ersatzschlüssel befand.

Eine weitere Untersuchung seitens der Gerichtsmedizin ergab, dass ein VW-Radmutternschlüssel als Tatwaffe in Frage kam. Ebeling stellte daraufhin den Antrag, ein weiteres Verfahren gegen Bruno zu eröffnen, dem sich die Staatsanwaltschaft anschloss. Der Berner Kassationshof erachtete die vorgebrachten Beweise jedoch als unzulänglich, der Antrag wurde abgewiesen. 1998 wurde das Verfahren endgültig archiviert, der Fall war abgeschlossen.

Dennoch sorgte er auch danach noch für Aufregung. Da im Verfahren erhebliche Mängel im Rechtssystem der Schweizer Strafgesetzordnung festgestellt worden waren, wurden die Geschworenengerichte im Kanton Bern kurzerhand abgeschafft, um das Rechtswesen zu professionalisieren. Doch damit nicht genug. Der Leiter des Gerichtsmedizinischen Instituts Bern musste zurücktreten. Ihm wurden die beiden widersprüchlichen Fassungen des ersten Gutachtens und der unsachgemäße Umgang mit Beweismitteln vorgeworfen.

Bruno machte sich indessen in den Augen derjenigen, die ihn für schuldig hielten, erneut verdächtig, als er einige Zeit nach seiner Freilassung tatsächlich seine ehemalige Geliebte heiratete. Danach verebbten die letzten Wellen der Aufregung. Christines Adoptiveltern sind mittlerweile verstorben. Ebenso die Anwältin Trix Ebeling, die als letzte noch versucht hatte, das Verfahren wieder aufzurollen und Brunos Schuld zu beweisen.

Der YOG'TZE-Mordfall

Die nun zu schildernden Ereignisse zählen unter den ungelösten Todesfällen der BRD-Geschichte wohl zu den mysteriösesten. Es geht um einen Mann namens Günther Stoll. Er kam 1950 im nordrhein-westfälischen Siegerland zur Welt, über seine Familie ist nicht viel bekannt. Nach einer Berufsausbildung zum Lebensmitteltechniker war er Anfang der achtziger Jahre längere Zeit arbeitslos. Er wohnte damals mit seiner Ehefrau in Anzhausen, einem kleinen Dorf von knapp tausend Einwohner:innen, mitten im waldreichen Rothaargebirge gelegen. Die Ehe wurde von Bekannten des Paares als harmonisch geschildert.

Doch im Herbst 1984 kam eine Kette von Ereignissen in Gang, an deren Ende der unbegreifliche Tod Stolls stehen sollte. Alles begann mit Andeutungen Stolls gegenüber seiner Ehefrau, er fühle sich verfolgt. Diese kamen aus heiterem Himmel. Jemand wolle etwas von ihm. Es sei gefährlich. Potenziell lebensbedrohlich. In den darauffolgenden Tagen und Wochen wurde er immer unruhiger. Er begann sich im Haus zu verschanzen. Doch den Grund für die angeblichen Bedrohungen konnte oder wollte er auf Nachfragen nicht nennen. Seine Frau dachte zunächst an eine psychische Erkrankung. Etwa eine Depression aufgrund der längeren Arbeitslosigkeit. Sie ging davon aus, dass Stoll sich die Gefahren nur einbilde und unter einer Art von Verfolgungswahn leide. Sie vermochte ihrerseits keinerlei Anzeichen einer wie auch immer gearteten Bedrohung wahrzunehmen.

Doch schon bald sollten sich die Dinge zuspitzen. Am 25. Oktober 1984 saß Günther Stoll nach einem Fernsehabend gegen 23 Uhr neben seiner Frau auf dem gemeinsamen Ehebett. Er war den Abend über ungewöhnlich schweigsam gewesen. Dann sprang er plötzlich auf und sagte: »Jetzt geht mir ein Licht auf!« Und schrieb einige Zeichen auf einen Zettel. Nur um das Geschriebene sofort wieder durchzustreichen. Den Zettel ließ er auf dem Nachttisch liegen. Seine Frau versuchte das Geschriebene noch zu entziffern, interpretierte die Zeichen als YOG'TZE. Weil sie damit nichts anfangen konnte, warf sie den Zettel ins Kaminfeuer.

Stoll machte keinerlei Anzeichen, sich schlafen zu legen. Stattdessen sagte er nun zu seiner erstaunten Frau, er brauche noch ein Beruhigungsbier. Daraufhin zog er eine Jacke über und verließ das Haus. Mit seinem Auto, einem VW Golf, fuhr Stoll zu seiner Lieblingskneipe im wenige Kilometer entfernten Wilnsdorf. Dort setzte sich die Serie merkwürdiger Vorkommnisse fort, die mit seinem Tod enden sollte.

Stoll betrat zunächst die ihm wohlvertraute Gaststätte *Papillon* und setzte sich an den Tresen. Er bestellte ein Bier. Kaum hatte der Wirt das gewünschte Getränk vor ihm abgestellt, fiel Stoll plötzlich und ohne Fremdeinwirkung rückwärts vom Barhocker. Bei dem Sturz zog er sich eine blutende Gesichtsverletzung zu. Er rappelte sich wieder auf, konnte auf Nachfragen des Wirts und anderer Gäste aber nicht erklären, wie es zu dem Sturz gekommen war. Er machte einen nüchternen Eindruck und murmelte nur, dass er kurz bewusstlos gewesen sei. In seinem Blut wurden später nur geringe Spuren von Alkohol gefunden.

Stoll nippte an dem Bier, ließ den Rest stehen, bezahlte und verließ das Lokal. Gäste und Passanten sahen, wie er mit seinem blauen Golf wegfuhr. Was er in den nächsten zwei Stunden unternommen hat, konnte bis heute nicht geklärt werden. Gegen ein Uhr morgens erschien Stoll im nur zehn Kilometer von Wilnsdorf entfernten Haigerseelbach. In diesem Ort war er aufgewachsen. Hier lebten seine Mutter und seine Brüder. Zu seinen Bekannten im Ort gehörte eine alleinstehende ältere Dame. Das Haus der als religiös geltenden 76-jährigen Seniorin lag direkt neben seinem Elternhaus.

Bei dieser Bekannten klingelte Günther Stoll nun mitten in der Nacht. Sie öffnete. Stoll wirkte auf sie ein wenig verwirrt, als er sie bat, ihn hereinzulassen. Er müsse ihr etwas erzählen. Brauche ihren Rat. Die ältere Dame, die schon geschlafen hatte, vertröstete ihn auf den nächsten Tag. So dringend könne das doch nicht sein. Er solle die Nacht bei seinen Eltern nebenan verbringen und sich dort schlafen legen. Wie alle guten Christenmenschen. Er insistierte, prophezeite, es werde etwas Fürchterliches passieren.

Die Rentnerin, die Stoll seit seiner Kindheit kannte, bat ihn mit Rücksicht auf die Uhrzeit um Nachsicht. Sie sei jetzt müde und nicht in der Lage für ein Gespräch. Am nächsten Morgen gern. Er solle nun zu seinen Eltern gehen. Stoll klagte, seine Mutter würde kein Verständnis für seine Situation haben. Die Seniorin riet ihm daraufhin, die wenigen Kilometer nach Hause zu seiner Ehefrau zu fahren. Stoll resignierte und kündigte an, das zu tun. Er stieg in sein Auto und fuhr los. Für die folgenden zwei Stunden verliert sich seine Spur.

Gegen drei Uhr morgens sichteten Lkw-Fahrer, die auf der Autobahn A45 Richtung Köln unterwegs waren, rund einhundert Kilometer von Haigerseelbach entfernt, kurz vor der Ausfahrt Hagen-Süd einen VW Golf. Das Auto lag im Straßengraben seitlich der Autobahn und war völlig demoliert. Zwei der Lastwagenfahrer sagten später aus, eine mit einer hellen Jacke bekleidete Person sei um das Fahrzeugwrack herumgelaufen. Die Person sei verletzt gewesen, habe geblutet.

Die Lkw-Fahrer hielten an der nächsten Notrufsäule und riefen die Polizei. Dann gingen sie zum Fahrzeugwrack. Die hell bekleidete Person war verschwunden. Im Wagen entdeckten sie auf dem Beifahrersitz den schwer verletzten Günther Stoll. Er war nackt, blutete aus mehreren Wunden, war aber noch bei Bewusstsein. Neben ihm im Fußraum vor dem Fahrersitz lagen seine Schuhe. Der Zündschlüssel war abgezogen und lag hinten auf der Hutablage. An Stolls blutigem Körper klebten Laub und Schmutz. Den Lastwagenfahrern sagte Stoll, es seien vier Leute bei der Sache dabei gewesen. Sie wären aber danach abgehauen. Die Lkw-Fahrer fragten ihn, ob das Freunde von ihm gewesen seien. Stoll schüttelte den Kopf. Dann traf der Krankenwagen ein. Der schwer verletzte, stöhnende Stoll wurde aus dem Auto geborgen und mit dem Krankenwagen zum nächstgelegenen Krankenhaus gefahren. Als der Krankenwagen dort eintraf, war Stoll klinisch tot.

Bei den Ermittlungen stellte sich heraus, dass Günther Stoll seine Verletzungen nicht bei einem Autounfall erlitten hatte. Die gerichtsmedizinische Untersuchung ergab ein völlig anderes Bild. Stoll war an einem bis heute unbekannten Ort, dem eigentlichen Tatort, offenbar nackt ausgezogen und anschließend mit einem Fahrzeug überfahren worden. Danach hatten die Täter ihn auf den Beifahrersitz seines VW gesetzt und zum Fundort an der Autobahn gefahren. Nachgewiesen werden konnte auch, dass er nicht mit seinem eigenen Wagen überfahren worden war. Dieser wies nur Beschädigungen auf, die durch den Unfall am Fundort entstanden waren.

Bis heute ist unklar, wo, unter welchen Umständen, mit welchem Fahrzeug und von wem Stoll überfahren wurde. Mehrere Zeugen berichteten, in dieser Nacht einen Anhalter gesehen zu haben, der nachts auf der Gegenfahrbahn der Autobahn, in Höhe der Auffahrt Hagen-Süd Richtung Frankfurt, nach Mitfahrgelegenheiten Ausschau gehalten habe. Die Suche nach dieser Person blieb erfolglos. Ebenso die Suche nach der Person, die von beiden Lkw-Fahrern am Fundort Stolls gesehen worden war.

Auch die Ermittlungen zu möglichen Tätern ergaben bis heute keine konkrete Spur. Gerüchte, denen zufolge Stoll Kontakte ins Rauschgiftmilieu hatte, ließen sich nicht konkretisieren. Angeblich sei Stoll mehrfach in den Niederlanden im Urlaub gewesen und habe dort entsprechende Bekanntschaften geschlossen.

Eine Darstellung des Falls in der TV-Sendung »Aktenzeichen XY… ungelöst« im April 1985 führte zu einer großen öffentlichen Resonanz, brachte die Polizei aber ebenfalls nicht weiter. Über 170 Hinweise aus Deutschland und dem Ausland gingen ein. Sogar ein vermeintlicher Tatzeuge meldete sich, konnte aber zur Lösung des Falls nichts beitragen. Insgesamt wurden über eintausend Spuren ausgewertet, von denen jedoch keine zur Aufklärung beitrug.

Die Hoffnung der Polizei, den oder die Täter doch noch zu finden, beruhte seither – wie in vielen anderen ungeklärten Fällen – darauf, dass an den Asservaten, also an den archivierten Spurenträgern, unentdeckte DNA vorhanden sei. Denn da jemand den schwerverletzten Günter Stoll ins Auto gesetzt haben musste, war davon auszugehen, dass sich DNA dieser Person an einem der Beweismittel befand. Diese könnte möglicherweise bei künftigen Untersuchungen mit verfeinerten technischen

Methoden aufgespürt werden und bei einem Abgleich mit der bundesweiten Gen-Datenbank des BKA beziehungsweise der europaweiten Datenbank von Interpol zugeordnet werden. Das könnte eine Spur zu möglichen Täterkreisen eröffnen.

Tatsächlich konnten die Kriminaltechniker inzwischen an der archivierten Kleidung des Opfers und an Klebefolien, mit denen man Spuren am Körper gesichert hatte, sowie an einem blutigen Stück Kunststoff aus dem Wagen solche bei früheren Untersuchungen übersehenen Spuren feststellen. Die neuen Gen-Spuren wurden in die relevanten Datenbanken eingegeben. Doch bislang ohne Erfolg. Keine der neuen Spuren stimmte mit einem in den Polizeidatenbanken gespeicherten »genetischen Fingerabdruck« überein. Was den Schluss nahelegt, dass der oder die Täter selbst noch nicht polizeibekannt sind. Oder dass diesen noch keine DNA abgenommen wurde. Das wird bekanntlich nur bei Schwer- und Kapitalverbrechen automatisch gemacht. Möglich wäre auch, dass der oder die Täter entweder längst tot sind oder sich mittlerweile in außereuropäischen Gefilden aufhalten.

Rätselhaft an dem Fall ist und bleibt auch der von Stolls Ehefrau vernichtete Zettel mit der Notiz YOG'TZE. Erwähnt wurde er von ihr überhaupt erst ein halbes Jahr nach dem Verbrechen bei weiteren Vernehmungen. Was diese Buchstabenkombination bedeuten soll, ist bis heute unbekannt. Wie die Polizei überprüfte, gibt es ein solches Wort in keiner gängigen Weltsprache. Nach Ausstrahlung der Episode bei »Aktenzeichen XY… ungelöst« meldeten sich jedoch Funkamateure, die darauf hinwiesen, dass es sich bei dieser Buchstabenkombination um ein rumänisches Funkrufzeichen handeln könne. Dazu müsse man jedoch das G durch die Ziffer sechs austauschen: YO6'TZE. Doch zu wem dieses Funkrufzeichen gehört und wer gegebenenfalls darüber mit Stoll von Rumänien aus Kontakt gehabt haben könnte, ließ sich nicht klären.

Offen bleiben eine Reihe von Fragen und Tathypothesen: War Stoll einer psychischen Erkrankung – in welcher Form auch immer – zum Opfer gefallen? War er in seinem Verfolgungswahn an die falschen Leute geraten? Menschen, die ihn als Bedrohung ansahen, ihn daher tödlich verletzten und womöglich auf der Fahrt zu einem Ablageort für seinen Körper einen Unfall auf der Autobahn hatten? Oder war Stoll schlicht im falschen Moment am falschen Ort gewesen und als unliebsamer Zeuge ermordet worden? War er vor seinem Tod schon längere Zeit in kriminelle Machenschaften verwickelt gewesen, die schließlich zu seiner Ermordung führten? Vielleicht existiert aber auch eine ganz andere Erklärung für seinen spektakulären Tod …

Das Doppelleben von Martina

Der Winter 1986/1987 hatte im oberösterreichischen Vöcklabruck zeitig begonnen. Schon im November hatte der Schneefall eingesetzt. Die 17-jährige Martina Posch verließ am Mittwoch, dem 12. November 1986, frühmorgens gegen 6.40 Uhr das Haus ihrer Mutter. Es war noch dunkel und bitterkalt. Auf der verschneiten Straße war gerade erst eine schmale Gasse von einem Schneepflug geräumt worden.

Martina wollte wie jeden Morgen ins fünf Kilometer entfernte Attnang-Puchheim, wo sie bei einer Baufirma eine Ausbildung zur Bürokauffrau absolvierte. Der Linienbus, den sie immer benutzte, fuhr um 6.45 Uhr von einer nahegelegenen Parallelstraße aus ab. Ihre Mutter schaute ihr noch nach und sah, wie sie im Licht der Straßenlaternen an der nächsten Ecke abbog und aus ihrem Sichtfeld verschwand. Dann startete sie in ihren eigenen Arbeitstag.

Später an diesem Tag, nachmittags gegen 17 Uhr, wartete Martinas Mutter vergeblich auf die Heimkehr ihrer Tochter. Martina war sonst immer sehr pünktlich. Wenn sie sich verspätete, sagte sie vorher Bescheid. Aber nicht an diesem Tag. Auch zu einem verabredeten Treffen mit ihrem Freund erschien sie nicht. Daher rief dieser Martinas Mutter an und fragte sie, wo ihre Tochter sei. Die Mutter, die hoffte, dass Martina bei ihrem Freund war, geriet in helle Aufregung. Sie rief bei der Baufirma an und erhielt eine Auskunft, die sie bis dahin noch nie bekommen hatte: Martina war nicht in Attnang-Puchheim angekommen und an diesem Tag nicht zur Arbeit erschienen.

Nun alarmierte die Mutter die Gendarmerie. Noch am selben Abend begannen intensive Suchaktionen, die von Bekannten und Verwandten Martinas unterstützt wurden. Doch trotz des unermüdlichen Einsatzes der vielen Beamten und Freiwilligen blieb Martina verschwunden.

Am nächsten Tag stießen die mit den Ermittlungen betrauten Kriminalbeamten auf ein erstes unerklärliches Faktum: Martina war an diesem Tag von ihrer üblichen Routine abgewichen. Sie hatte morgens den Bus nach Attnang-Puchheim nicht bestiegen. Weder der Busfahrer noch einige Arbeitskolleg:innen, die ebenfalls mit diesem Bus fuhren, hatten sie gesehen. Und sich über Martinas Ausbleiben gewundert. Sie gingen jedoch davon aus, dass diese erkältet oder sonst wie unpässlich war. Die Polizei weitete nun die Suche nach Martina auf das gesamte österreichische Staatsgebiet aus. Doch zunächst schien sie wie vom Erdboden verschwunden.

Zehn Tage später folgte dann die schreckliche Gewissheit. Zwei Sporttaucher sahen am Südufer des nahegelegenen Mondsees ein paar Plastikplanen im Wasser. Als sie diese näher untersuchten, entdeckten sie unter den Planen eine Leiche. Martinas Leiche. Sie war in zwei der Planen eingewickelt. Die Leiche wurde zur weiteren Untersuchung ins Anatomische Institut Linz gebracht.

Die gerichtsmedizinische Analyse ergab ein weiteres Mysterium. Martina war offenbar noch am Vormittag ihres Verschwindens, vermutlich nur zwei Stunden nach Verlassen ihres Elternhauses, also gegen halb neun Uhr vormittags, erwürgt worden. Daraus folgte, dass Martina ganz in der Nähe ihres Elternhauses dem Mörder oder den Tätern in die Arme gelaufen war. Und damit in ihr Verderben.

Doch die Gerichtsmediziner stellten noch etwas anderes fest. Die Spurenlage an der Haut verriet ihnen, dass

Martinas Leichnam nach der Tat zunächst an einem kühlen Ort gelegen haben muss. Die Ermittler fanden Spuren, die darauf hindeuten, dass es eine Scheune gewesen sein könnte. Erst danach war sie im Mondsee versenkt worden. Die von den Planen umhüllte Leiche war teilweise entblößt. Verletzungen am Körper der ermordeten jungen Frau ließen auf eine Vergewaltigung schließen.

Die Polizisten stellten jetzt Martinas Zimmer auf den Kopf und untersuchten alle dort vorhanden Unterlagen. Sie nahmen die Möbelstücke auseinander und suchten nach versteckten Dokumenten und Schriftstücken. In der Hoffnung, einen Hinweis darauf zu finden, was an diesem Morgen tatsächlich passiert war. Es fanden sich tatsächlich weitere Anhaltspunkte für mögliche Tatumstände. Denn Martinas Fahrkartenabrechnungen, Rückfragen bei ihrer Arbeitsstelle und Zeugenaussagen von Freundinnen ergaben einen überraschenden Befund.

Martinas Leben hatte sich etwa drei Monate vor ihrem Tod dramatisch verändert. Etwa seit September 1986 spielte ein bis heute unbekannter Mann, möglicherweise – ja, höchstwahrscheinlich – ihr Mörder, in ihrem Leben eine selbst den engsten Angehörigen unbekannte Rolle. Die Eltern und der Freund fielen aus allen Wolken. Denn übereinstimmende Zeugenaussagen belegten, dass Martina seit September 1986 häufig, aber nicht jeden Tag, morgens von diesem Unbekannten mit dem Auto vor ihrer Ausbildungsfirma abgesetzt worden war. Derselbe Unbekannte hatte sie häufig auch nachmittags abgeholt. Alle Versuche, die Identität des Mannes zu klären, blieben bis heute erfolglos.

Der weitere Fortgang der polizeilichen Ermittlungen lässt sich in wenigen Worten zusammenfassen: Der Täter konnte nicht gestellt werden. Und das trotz mehr als

2.000 Vernehmungen und der Überprüfung von mehr als 500 Alibis sowie der Darstellung des Falls in der Sendung »Aktenzeichen XY… ungelöst«. Bis heute unbekannt sind auch der Tatort sowie der Ablageort der Leiche vor ihrer Versenkung im Mondsee.

Dabei waren die Polizisten anfangs fest davon überzeugt, eine ganz heiße Spur in ihren Händen zu halten. Sie betraf die Planen, in die Martinas Leiche eingewickelt gewesen war. Denn diese Planen wiesen einen charakteristischen Herstellungsfehler auf. Die Produktionsfirma der Planen konnte schnell ausfindig gemacht werden: ein Unternehmen im nahegelegenen Lenzing. Die Firma erklärte jedoch, dass solche Fehlproduktionen häufig vorkämen. Sie wurden aussortiert und vergünstigt an Angestellte abgegeben. Noch immer waren die Ermittler optimistisch, auf diesem Wissen die entscheidenden Fahndungsschritte aufbauen zu können. Sie überprüften nun sämtliche Mitarbeiter des Werks. Doch niemand war am Vor- und Nachmittag entsprechend unterwegs gewesen. Alle hatten hieb- und stichfeste Alibis.

Die Ermittler verlegten sich nun darauf, weitere Exemplare dieser Fehlproduktion in Geschäften und Banken der Umgebung auszustellen, verbunden mit der Bitte, sich zu melden, falls solche Planen erworben oder getauscht worden sein sollten. Doch keinem waren die Planen untergekommen. Die Suche war letztlich vergeblich.

Wie häufig in solchen Fällen kamen zur unbefriedigenden Ermittlungsarbeit dann auch noch handfeste Ermittlungsfehler beziehungsweise Ermittlungspannen auf Seiten der Polizei hinzu. So hatte das Landgericht Wels nie die vollständigen Akten, Niederschriften und Beweismittel zu dem Mordfall von der Gendarmerie erhalten. Zudem verschwanden aus der polizeilichen Asservatenkammer in Linz sowohl der Pullover, in den Martinas Leiche gekleidet gewesen war, als auch die beiden Planenteile. Und damit die Möglichkeit, an diesen mögliche DNA-Spuren zu sichern. Damals waren, anders als es heute bei Mordfällen und anderen Schwerverbrechen zum Standard gehört, keine DNA-Spuren aufgenommen worden. Der Grund ist simpel: Mit den damaligen Mitteln ließen sie sich an den vorhandenen Beweisstücken nicht sichern. Da die DNA-Analysetechnik in den vergangenen Jahrzehnten immense Fortschritte gemacht hat, würde sie es heute erlauben, noch geringste Spuren von körperlichem Zellmaterial auszuwerten, und auf diese Weise Verdächtige zu überführen. Zur Entlastung des polizeilichen Asservatendienstes war es damals zudem möglich, Beweisstücke zu entsorgen. Der Verbleib des Pullovers und der Planen im Fall Martina Posch ist bis heute unbekannt.

Die Tötung von Martina Posch ist inzwischen der am längsten ungeklärt gebliebene Mordfall in Österreich. Nach wie vor ermitteln Beamte, hoffen, den Täter doch noch schnappen zu können. Sie setzen ihre Hoffnungen auf neue Ermittlungsmethoden und wissenschaftliche Erkenntnisse, sowie operative Fallanalysen. Doch seit dem Mordfall sind 35 Jahre vergangen. Und in solchen Fällen arbeitet die Zeit in der Regel gegen die Ermittler. Denn nach so vielen Jahren erinnern sich Zeugen meist nur noch bruchstückhaft oder verwechseln ihre Erinnerung mit Dingen, die sie zum Fall gelesen haben. Auch die Überprüfung von Alibis stellt nach über drei Jahrzehnten eine besondere Herausforderung dar.

Dennoch wurden in den 2000er-Jahren einige Verdächtige im Mordfall Martina ermittelt. Zu ihnen zählte 2007 ein Mann namens Konrad K. aus dem benachbarten Leonding. Dieser war 1991 wegen der Vergewaltigung von vier Mädchen verurteilt worden. Er hatte sich rund zwanzig Minuten nach dem Mord an Martina im nur wenige Kilometer entfernten Laakirchen aufgehalten. Die Ermittler befragten ihn mehrmals zu dem Fall, doch er leugnete die Tat. Da sich keine weiteren Indizien ergaben, musste der Verdächtige wieder freigelassen werden. Verdächtigt wurde auch Wolfgang Ott, der des Mordes von zwei Frauen an Seen in der Steiermark überführt worden war. Ott leugnete, etwas mit dem Verbrechen zu tun zu haben. Die Tat konnte ihm nicht nachgewiesen werden.

Dann schien sich plötzlich eine neue, spektakuläre Spur zu ergeben. Im Zuge der Ermittlungen gegen den niederösterreichischen Sexualstraftäter Josef Fritzl wurde 2008 festgestellt, dass ihm zur Tatzeit 1986 die gegenüber der Leichenfundstelle gelegene Pension *Zum Seestern* gehört hatte. Doch die Ermittlungen im Umfeld Fritzls und mehrfache Durchsuchungen seiner Anwesen erbrachten keine weiteren Hinweise zum Mordfall Martina.

2011 wurden dann die Fingernägel der Toten erneut einer gerichtsmedizinischen Untersuchung unterzogen. Dabei konnte nun endlich Fremd-DNA festgestellt werden. Zwar führte diese bisher nicht zum Täter, aber immerhin konnten mittels dieser genetischen Spur zehn weitere Verdächtige als potenzielle Täter ausgeschlossen werden. Ein Abgleich mit nationalen und internationalen Datenbanken brachte keinen Treffer. Es bleibt also auch weiterhin nur die Hoffnung auf »Kommissar Zufall«. Oder einen plötzlich auftauchenden Treffer in einer der Datenbanken mit Täter-DNA. Dann, ja dann könnte dieser Fall womöglich doch noch aufgeklärt werden.

Die Hinrichtungen von Seewen

Seewen ist ein kleiner idyllischer Ort mit rund eintausend Einwohner:innen in der Nordschweiz nahe Basel gelegen, aber zum Kanton Solothurn gehörig. Bekannt ist er als Sitz des Schweizer Musikautomatenmuseums, untergebracht in einem prächtigen Neubau am Ortsrand. Das Museum entstand aus einer Schenkung von Heinrich Weiss, dem Druckereibesitzer und Mitentwickler des Strichcodes (EAN-Codes), der heute aus unserer Einkaufswelt nicht mehr wegzudenken ist. Dass ausgerechnet diese kleine, unauffällige Gemeinde Tatort eines grausamen Mehrfachmordes wurde, gehört zu den Rätseln der Kriminalgeschichte.

Das Verbrechen, um das es im Folgenden gehen soll, liegt mittlerweile fast ein halbes Jahrhundert zurück. Es geht um Ereignisse, die sich am 5. Juni 1976, einem Donnerstag, abspielten. Kurz vor Pfingsten. An diesem Tag erschoss ein bis heute unbekannter Täter in einem kleinen Schrebergarten-Häuschen namens *Waldeggli* am Ortsrand von Seewen fünf Menschen. Da die Hütte unmittelbar neben dem Schießstand des örtlichen Schützenvereins stand, fielen die Schussgeräusche nicht auf.

Entdeckt wurde die Tat erst drei Tage später, am Pfingstsonntag. Die Tochter des Hausbesitzers wollte an diesem Tag nach dem Rechten sehen, da sie ihre Eltern telefonisch nicht erreicht hatte. Umso größer der Schock, als sie die abgeschlossene Tür zur Hütte mit ihrem Schlüssel öffnete. Im Innenraum lagen fünf blutüberströmte Leichen. Alle mit mehreren Schusswunden. Der oder die Täter hatten das Hausbesitzerehepaar, Eugen Siegrist-Säckinger (63) und seine Frau Elsa (62) sowie Anna Westhäuser-Siegrist (80), die Schwester des Hausbesitzers, und deren Söhne Emanuel Westhäuser (52) und Max Westhäuser (49) aus nächster Nähe erschossen.

Fast alle Opfer wiesen Einschüsse in Stirn und Brust auf und waren aus nächster Nähe erschossen worden. Offenbar hatten sie nicht zu fliehen versucht. Nur die Leiche von Eugen Siegrist zeigte ein anderes Verletzungsbild mit einer Schussverletzung am Arm. Er hatte ihn wohl reflexartig gehoben, um die Schüsse abzuwehren. Auf dem Boden lagen insgesamt 13 Patronenhülsen der Marke Winchester.

Auffällig war, dass es sich um Gewehrmunition handelte. Mordfälle, die mit Gewehren begangen werden, gehören zu den Ausnahmen in der Kriminalstatistik. Die Größe der Waffe macht sie unhandlich, sie lassen sich nach der Tat schlecht verbergen. Daher werden Schusswaffendelikte in der Regel mit Pistolen oder Revolvern begangen.

Das Auto des Ehepaars Siegrist-Säckinger, ein grüner Opel Ascona, war zunächst verschwunden. Die Polizei fand das Fahrzeug nach kurzer Suche am selben Tag wenige Kilometer vom Tatort entfernt zwischen Münchenstein und Muttenz. Offenbar hatten der oder die Täter es benutzt. Wie sich ihre weitere Flucht gestaltete, ist bis heute unklar.

Die Polizei ging sofort mit einer größeren Ermittlergruppe an die Arbeit. Dabei wurde standardgemäß zunächst der Nahbereich der Opfer untersucht, sprich die Familienverhältnisse und das Verhältnis der Familienmitglieder untereinander. Doch ergaben die Ermittlungen zunächst keine Anhaltspunkte in dieser Richtung. Die befragten Personen beteuerten, es habe keinerlei Spannungen untereinander gegeben.

Neben der Gewehrmunition gab es weitere Auffälligkeiten am Tatort. So wich die Dekoration der Hütte vom gängigen Muster ab. Statt stimmungsvoller Öldrucke von Sonnenuntergängen oder spanischen Flamencotänzerinnen hingen hier an den Wänden buchstäblich auf jedem freien Fleck Nazi-Devotionalien der verschiedensten Art. Wie weitere Ermittlungen ergaben, war die ebenfalls in der Hütte erschossene Anna Westhäuser-Siegrist Witwe eines westdeutschen Staatsbürgers, der als Altnazi galt.

Auch der Hausbesitzer selbst zog die Aufmerksamkeit der Ermittler auf sich. Denn Siegrist-Säckinger hatte bis zu seiner Ermordung in hoher Position beim Schweizer Chemie-Großkonzern »Ciba Geigy« im nahegelegenen Basel gearbeitet. Daher prüften die Ermittler nun, ob es Zusammenhänge mit eventueller Industriespionage gab. Zudem wurde – es handelte sich um die Zeit, in der sich der Kalte Krieg auf seinem Höhepunkt befand – auch eine Verwicklung östlicher Geheimdienste, insbesondere des Ministeriums für Staatssicherheit der DDR, überprüft. Doch fanden sich hierfür trotz ausführlicher Ermittlungen keine Anhaltspunkte.

Die Polizeibeamten versuchten, die letzten 36 Stunden im Leben Eugen Siegrist-Säckingers zu rekonstruieren. Am Tag vor seiner Ermordung hatte er, wie Kollegen berichteten, von seinem Arbeitsplatz aus mit einer Person namens Claire oder Clara telefoniert. Dabei sei eine lautstarke Auseinandersetzung entstanden. Worum sich der Streit gehandelt hatte und wer diese Person gewesen war, konnte nicht festgestellt werden. Außerdem hatte Siegrist-Säckinger am selben Tag auf seiner Firmenschreibmaschine einen längeren Brief geschrieben und ihn persönlich zur Post gebracht. Auch hier ließ sich nicht ermitteln, an wen das Schreiben ging.

Des Weiteren stellte sich heraus, dass Siegrist-Säckinger seit einiger Zeit immer samstagvormittags zwei Stunden mit seinem Auto unterwegs gewesen war, ohne seiner Familie das Ziel seiner Fahrten anzugeben. Wen er bei diesen Ausflügen besuchte, konnte ebenfalls nicht geklärt werden.

Insgesamt wurden im Zuge der Ermittlungen über 9.000 Hinweise aus der Bevölkerung geprüft, rund 10.000 Personen vernommen, darunter über 3.000 Besitzer von Winchester-Gewehren. Es wurden 27 Wohnungen durchsucht, 21 Tatverdächtige überprüft und neunmal Untersuchungshaft verhängt. Die Nachforschungen führten dazu, dass zehn bis dahin ungeklärte Delikte, die mit dem Mordfall nichts zu tun hatten, aufgeklärt werden konnten. Nur der mysteriöse Fall Seewen selbst blieb ein Rätsel.

Zu den nach der Tat von der Polizei vernommenen Personen hatte auch ein Mann aus dem Bekanntenkreis der Familie gehört. Es handelte sich um den Abenteurer und Waffennarr Carl Doser. Dieser war direkt nach dem Abitur nach Südafrika gegangen und hatte dort als Söldner des Apartheid-Staats in der Armee gedient. 1976 war er für kurze Zeit in die Schweiz zurückgekehrt, damals 29 Jahre alt. Aufmerksam waren die Ermittler auf ihn geworden, weil er zu den registrierten Besitzern von Winchester-Waffen gehörte. Doser erzählte der Polizei jedoch, dass seine Winchester einen Defekt gehabt habe und sich eine Reparatur nicht mehr gelohnt hätte. Daher habe er die Waffe auf einem Flohmarkt an einen Unbekannten verkauft. Ein Bezug zur Tat konnte Doser nicht nachgewiesen werden. Kurze Zeit später verschwand er spurlos.

Ein neuer Anhaltspunkt schien sich viele Jahre nach der Tat zu ergeben. 1991 war bei Strausberg, einer kleinen Stadt östlich Berlins, die Leiche eines unbekannten Mannes gefunden worden. Er hatte keinerlei Papiere oder sonstige Identifikationsnachweise bei sich geführt. Bei der gerichtsmedizinischen Untersuchung konnte anhand des Zahnbildes festgestellt werden, dass er offenbar aus dem Westen stammte: Seine Zahnfüllungen waren westlicher Art. Am Handgelenk der Leiche fand sich zudem eine teure Schweizer Uhr. Der ansonsten unbekleidete Mann trug die Hose eines Trainingsanzugs der Armeesportvereinigung »Vorwärts« der Nationalen Volksarmee der DDR. Dieser Mann, so behauptete ein angeblicher Zeuge Jahre später, soll Carl Doser gewesen sein. In der Wochenendhütte der Familie Siegrist seien wertvolle Nazi-Schätze versteckt gewesen, so der Zeuge, hinter denen Doser her gewesen sein und die Familie deshalb umgebracht haben soll. Die Polizei ließ einen DNA-Abgleich des 1991 gefundenen Toten mit einem Halbbruder Dosers durchführen. Es ergab sich jedoch keine Übereinstimmung.

Ob es sich bei dem Toten um einen BND-Agenten handelte, der die noch in Ostdeutschland stationierten russischen Truppen ausspionierte, um Informationen über im Westen noch unbekannte Waffensysteme zu erlangen, ist nur eine Hypothese zu diesem Fall. Vorstellbar ist, dass eine Observationstour schief gegangen war oder er ein Agent war, der gezielt ermordet wurde. Leider veröffentlichte die Polizei bis heute nicht, woran der Unbekannte starb. Dies wird aus ermittlungstaktischen Erwägungen weiterhin geheim gehalten.

Zwischenzeitlich gingen die Ermittler natürlich auch der Frage nach, ob die in der Siegrist-Hütte wie auch im Wohnhaus der Siegrists vorhandenen Nazi-Devotionalien der ausschlaggebende Grund für den Mord gewesen sein könnten. Zwar fehlten laut polizeilichen Angaben in der Hütte und auch im Haus der Siegrists keine der im Familienbesitz befindlichen Militaria. Doch hielten sich hartnäckige Gerüchte, dass die Siegrists und auch die Schwester des Toten weitere, weitaus wertvollere Militaria in ihrem Besitz gehabt hatten. Sie seien von den unbekannten Tätern umgebracht worden, damit diese an die Militaria herankamen. Die Gerüchte ließen sich jedoch bis heute nicht erhärten.

1996, inzwischen zwei Jahrzehnte nach dem Mord von Seween, eröffnete sich den Ermittlern eine neue Spur, die wiederum auf Carl Doser verwies. Bei Renovierungsarbeiten in einem Mehrfamilien-Wohnhaus in Olten spielte erneut »Komissar Zufall« die entscheidende Rolle. Die mit den Arbeiten betrauten Handwerker bauten als Erstes die alte Küche ab. Und waren überrascht, als sich hinter der Küchenzeile eine bis zu diesem Zeitpunkt gut versteckte Wandnische öffnete. Sie enthielt eine weitere Überraschung: ein altes Winchester-Gewehr. Die alarmierte Polizei ließ die Waffe spurentechnisch untersuchen. Schon nach kurzer Zeit stand fest, dass es sich um die Tatwaffe aus dem Mehrfachmord von Seewen handelte. Die Waffe selbst war eine Winchester-Replika, die in einen Plastiksack eingewickelt die Zeit gut überstanden hatte.

Auffällig war, dass bei dem Unterhebel-Repetiergewehr sowohl der Schaft als auch der Lauf abgesägt worden waren. Damit war sie von ihrem Besitzer »handlicher« gemacht worden. In der Wandnische fanden sich außerdem ein abgelaufener Pass auf den Namen Carl Doser, ein Versicherungsbeleg und Briefe von Dosers Vater, einem Offizier, der offenbar ebenfalls zum Altnazi-Milieu gehört hatte. Eigentümerin der Wohnung war bis zu ihrem Tod Carl Dosers Mutter. Nach dem Fund war klar, dass Carl Doser, als er kurz nach dem Verbrechen befragt worden war und gesagt hatte, er hätte seine Waffe auf dem Flohmarkt verkauft, gelogen hatte. Seither galt Doser als der Hauptverdächtige im Mehrfachmord von Seween.

Dann ergab sich eine neue Spur. Ein Zeuge trat auf, der den ehemaligen Heiztechniker Peter N. belastete. Peter N., so sagte der Zeuge aus, habe ihm etwa ein Jahr vor der Tat ein Gewehr gezeigt, dass der Tatwaffe genau glich. Zudem habe der Zeuge Peter N. mehrfach in einer Basler Kneipe zusammen mit Carl Doser und Adolf Siegrist, einem Angehörigen der getöteten Familie, gesehen. Peter N. konnte der Mord jedoch nicht nachgewiesen werden. Dafür nahmen die Ermittler Adolf Siegrist ins Fadenkreuz. Dieser war tatsächlich eine auffällige Person und hatte sich schon seit seiner Jugend als Waffennarr hervorgetan. Auch er soll eine Winchester-Replika besessen haben. Zudem habe er Anfang 1976, einige Monate vor dem Mord, in einem Basler Waffengeschäft Munition für eine Winchester gekauft und sich erkundigt, ob er eine Maschinenpistole erwerben könne. Sollte er der Täter sein? Offenbar lebte er in einer nicht spannungsfreien Beziehung zu seiner Familie. Er käme auch als Mittäter in Frage. Es war durchaus möglich, dass Adolf Siegrist den Mord bei Doser in Auftrag gegeben, Doser später als Mitwisser umgebracht und dessen Leiche entsorgt hatte.

Doch Adolf »Dölfeli« Siegrist ist heute nicht mehr zu belangen. Er starb 1980 angeblich eines natürlichen Todes. Die Schweizer Polizei hat die Ermittlungen zum Mordfall Seewen daher vor einigen Jahren endgültig eingestellt. Nach dem damals gültigen Schweizer Recht sind die Morde seit 2006 – dreißig Jahre nach der Tat – verjährt, eine Strafverfolgung ist nicht mehr möglich.

Die letzte Party am Goldstrand

Bulgarien ist schon seit Jahrzehnten eine bevorzugte Reisedestination für Badeurlauber. Ostdeutsche kennen und schätzen das Land und seine Schwarzmeerküste noch aus Zeiten vor der Wende. Seit 1990 sind auch viele Westdeutsche auf den Geschmack gekommen. Die Kombination von feinem Sandstrand, günstigen Preisen für Essen und Übernachtung, das meist stabil gute Wetter in den Sommermonaten und die Freundlichkeit der bulgarischen Bevölkerung hat sich als dauerhafter Magnet für Touristenmassen erwiesen. Doch ausgerechnet in den beiden beliebtesten Reisezielen, dem Badeort Goldstrand (Златни пясъци / Slatni Pjasazi) und der nahegelegenen, zwanzig Kilometer entfernten Hafen- und Strandstadt Warna (Варна), hat sich vor sieben Jahren eine Tragödie abgespielt, die noch heute eine Familie nicht zur Ruhe kommen lässt. Sorgen und Trauer bestimmen seither ihr Leben.

Alles begann am Montag, dem 30. Juni 2014. Der 28jährige Kraftwerkstechniker Lars Mittank aus dem holsteinischen Marne flog mit einigen Schulfreunden nach Bulgarien, um eine Woche ohne Anhang Spaß beim Strandurlaub zu haben. Lars hatte damals eine feste Beziehung, wollte in absehbarer Zeit heiraten. Er arbeitete unter der Woche im 2010 neu erbauten Kohlekraftwerk in Wilhelmshaven. Am Wochenende fuhr er jeweils heim zu seinen Eltern nach Marne, eine Tour von 150 Kilometern. Dort half er seiner Mutter bei der Pflege des seit einem Schlaganfall invaliden Vaters. Die eine Woche in Bulgarien wollte er mal ausspannen und fünfe gerade sein lassen. Der schlanke, durchtrainierte junge Mann freute sich auf ein paar Tage unbeschwerten Spaß mit Freunden.

Gebucht hatten sie das Vier-Sterne-Hotel *Viva* in Goldstrand, all inclusive. Die ersten Tage vergingen wie geplant. Tagsüber am Meer, abends auf der Partymeile von Goldstrand. Den Freunden fiel auf, dass Lars vergleichsweise wenig aß. Warum das so war, konnte bis heute nicht geklärt werden. Es legt jedoch den Gebrauch von Partydrogen nahe, die das Hungergefühl dämpfen. Ein erster Hinweis auf mögliche Ursachen für die sich nun anschließende Tragödie.

Denn am Abend des 5. Juli 2014, einem Samstag, zwei Tage vor der geplanten Rückreise, trennte sich Lars von den Freunden, die noch etwas essen gehen wollten. Er sagte, er habe keinen Hunger, wolle lieber draußen herumlaufen und die laue Nacht genießen. Später wollten sich alle zur gemeinsamen Abschlussrunde durch die Kneipen treffen. Diese kam allerdings nicht zustande, da Lars nicht auftauchte. Die Freunde sahen ihn erst im Hotelzimmer wieder.

Am nächsten Morgen erzählte Lars, dass er auf der Partymeile in eine Keilerei geraten sei. Er habe sein Werder-Bremen-T-Shirt angehabt und sei von Bayern-München-Fans attackiert worden. Dabei habe er eine »Watschn« aufs Ohr bekommen und seitdem schlimme Ohrenschmerzen. Da Lars am Montag, dem geplanten Rückreisetag, das lädierte Ohr immer noch sehr wehtat, rieten ihm seine Freunde, einen Arzt aufzusuchen. Dieser stellte einen Riss des Trommelfells fest. Mit dieser Verletzung sei Lars nicht flugfähig, er solle das lieber in einem örtlichen Krankenhaus in Ordnung bringen lassen, oder mit dem Bus nach Hause fahren. Der Arzt überwies ihn ins Krankenhaus nach Warna, um dort das gerissene Trommelfell nähen zu lassen. Seine Freunde boten Lars an, bei ihm zu bleiben, bis die OP vorbei wäre. Er lehnte dankend ab, das bekomme er schon selber hin.

Eine folgenschwere Entscheidung. Seine Freunde flogen am 7. Juli wieder nach Deutschland. Lars fuhr indessen mit einem Taxi zum Krankenhaus Warna. Der HNO-Facharzt, der ihn dort untersuchte, empfahl ebenfalls eine Operation. Lars lehnte diese jedoch ab und wurde demzufolge nicht stationär aufgenommen. Um eine Infektion zu verhindern, verschrieb der Arzt ein Breitband-Antibiotikum mit dem Wirkstoff Cefprozil. Lars kaufte das Medikament in einer nahegelegenen Apotheke und ließ sich von einem Taxi zu einem preisgünstigen Hotel bringen, um dort zu übernachten. Das 2-Sterne-Hotel *Color* befindet sich im Zentrum von Warna, nur hundert Meter vom zentralen Boulevard Hristo Botew entfernt. Ebenfalls hundert Meter sind es zur nächsten Polizeistation.

Nun spitzten sich die Ereignisse zu. In der Nacht zum 8. Juli schickte Lars seltsame SMS-Nachrichten an seine Mutter, die Grund zur Besorgnis gaben. Außerdem rief er sie an. Er erzählte ihr, dass mit dem Hotel etwas nicht stimme und bat sie, seine Kreditkarte sperren zu lassen. Was genau nicht in Ordnung war, sagte er nicht, sondern legte jedes Mal schnell wieder auf. Gegen drei Uhr morgens verließ er das Hotel und rief anschließend erneut seine Mutter an. Er sagte, er werde von vier Männern verfolgt und müsse sich verstecken. Kurz darauf erhielt sie zwei SMS, in denen Lars fragte, was Cefzil 500 sei.

Laut den Polizeiakten wurde Lars zwei Stunden später heftig winkend an einer Straße gesehen. Ein Taxifahrer und sein Fahrgast, eine Sozialarbeiterin, waren auf ihn aufmerksam geworden. Der Taxifahrer hielt an und ließ

Lars einsteigen. Auf seinen Wunsch hin, brachte er den jungen Deutschen zum Flughafen Warna, wo er gegen sechs Uhr am Morgen ankam. Diese Schilderung ist zumindest fragwürdig. Denn der Flughafen liegt nur acht Kilometer vom Zentrum Warnas entfernt, die Strecke lässt sich mit dem Auto in wenigen Minuten zurücklegen. Wenn der Taxifahrer tatsächlich eine Stunde mit Lars unterwegs gewesen sein soll, dann muss er Lars weit von seinem Hotel entfernt aufgesammelt haben. Wie Lars jedoch in den zwei Stunden, die zwischen dem Verlassen des Hotels und dem Einsteigen in das Taxi liegen, an diesen Ort gekommen sein soll, ist unbekannt.

Fest steht, dass Lars um sechs Uhr am Flughafen war und von dort aus seine Mutter anrief. Er teilte ihr erleichtert mit, dass er angekommen sei und bat sie, ihm etwas Geld zu überweisen. Bevor er seine Rückreise antreten würde, so riet ihm seine Mutter, solle er jedoch den Flughafenarzt aufsuchen. Dieser solle abschließend entscheiden, ob Lars trotz seiner Verletzung fliegen könne. Damit Lars in jedem Fall nach Hause käme, buchte seine Mutter sowohl ein Flug- als auch ein Busticket für ihn. Außerdem überwies sie ihm per Western Union 500 Euro. Der Betrag kam in Bulgarien an, wurde jedoch nie abgehoben.

Kurz nach dem ersten Anruf meldete sich Lars wieder bei seiner Mutter. Er teilte ihr mit, dass »sie« ihn weder fahren noch fliegen ließen, sagte aber nicht, um wen es sich dabei handelte. Auf den Aufzeichnungen der Überwachungskameras am Flughafen, auf denen Lars an diesem Dienstagmorgen zu sehen ist, sind keine ungewöhnlichen Handlungen erkennbar. Lars verhielt sich ruhig und unauffällig.

Gegen neun Uhr erschien er dann beim Flughafenarzt. Dieser begann mit der Untersuchung, doch noch ehe er eine Diagnose stellen konnte, betrat für einen kurzen Moment ein Mann das Sprechzimmer. Es handelte sich, so sagte der Arzt später aus, um einen Mitarbeiter des Flughafens, den er nicht näher kannte. Die Identität dieses Mannes ist bis heute ungeklärt. Lars reagierte umgehend, sprang auf und flüchtete aus dem Raum, ohne seine Habseligkeiten mitzunehmen. Sein Gepäck inklusive Handy, Portemonnaie und Reisepass blieben zurück.

Die Aufzeichnungen der Überwachungskameras zeigen den panisch aus dem Flughafengebäude laufenden Lars, der das Flughafengelände durchquert. Auf den Bildern ist jedoch keine Person zu erkennen, die Lars folgt. Zeugen sagten später aus, dass er den 2,50 Meter hohen Zaun am Rand des Flughafens überstieg. Hinter dem Zaun lag ein Sonnenblumenfeld mit zu dieser Jahreszeit hochgewachsenen Pflanzen, dahinter erstreckt sich die Autobahn Warna-Burgas. Sein weiterer Fluchtweg konnte nicht eruiert werden.

Lars auffälliges Verhalten in den Stunden vor seinem Verschwinden könnte eine Nebenwirkung des ihm verschriebenen Antibiotikums gewesen sein. So vermuteten es auch bulgarische und deutsche Ärzte. Tatsächlich gelten die Antibiotika der Fluorchinolon-Gruppe, zu denen das Lars verschriebene Cefzil 500 gehört, wegen ihrer Nebenwirkungen mittlerweile als ausgesprochen riskant. Denn die möglichen Nebenwirkungen haben es in sich. Die harmloseren sind Kribbeln im Gesicht und den Händen sowie Taubheitserscheinungen. Weniger harmlos sind Schmerzen und Risse im Bereich der Sehnen, Muskelschmerzen sowie Leberschäden. Vor allem aber, und das ist in diesem Fall besonders bedeutsam, zählen zu den möglichen Nebenwirkungen des Medikaments Angstzustände und Panikattacken.

Fluorchinolone dürfen deshalb laut einer vom Bundesinstitut für Arzneimittel und Medizinprodukte (BfArM) 2019 ausgesprochenen Warnung nur noch nach einer sorgfältigen Nutzen-Risiko-Bewertung in ausgewählten Einzelfällen verschrieben werden, unter Beachtung aller Risiken und Anwendungsbeschränkungen. Sie dürfen seither keinesfalls bei harmlosen Atemwegserkrankungen, Harnwegsinfekten oder Mittelohrentzündungen verschrieben werden. In deutschen Krankenhäusern werden diese Antibiotika in der Regel nur noch bei lebensgefährlichen Infektionen eingesetzt, wenn keine anderen Medikamente zur Verfügung stehen.

Nachdem Lars am Flughafen verschwunden war, alarmierte seine Mutter die Polizei in Deutschland und Bulgarien. Die bulgarische Polizei ließ das Gebiet rund um den Ort seines Verschwindens mit Hundertschaften, Drohnen und Infrarotkameras sowie mit Spürhunden absuchen lassen. Doch die Suche blieb vergeblich. Parallel wurde die Familie selbst aktiv. Gemeinsam mit seinen Freunden startete sie Aufrufe über soziale Netzwerke und erstellte eine eigene Webseite. Die Angehörigen baten darum, dass Urlauber und Anwohner in Warna und Goldstrand nach Lars Ausschau hielten und sie umgehend benachrichtigten, falls ihnen eine Person auffiel, die Lars sein könnte.

Ein knappes Jahr nach seinem Verschwinden, am 3. Juni 2015, wurde der Fall in der Fernsehsendung »Aktenzeichen XY... ungelöst« geschildert. Verschiedene Medien aus Deutschland und Bulgarien nahmen sich des mysteriösen Falls an und machten ihn weithin bekannt. Auch dadurch gab es im Laufe der Zeit vielfache Hinweise von Zeugen, die aussagten, dass sie Lars am Rand der Autobahn hinter dem Sonnenblumenfeld gesehen hätten. 2015 meldete sich ein Lkw-Fahrer, der Lars angeblich mitgenommen hatte. Er konnte sich jedoch nicht mehr daran erinnern, wo er ihn abgesetzt hatte. Ein weiterer Lkw-Fahrer erklärte im Sommer 2019, er habe in Ostdeutschland einen Anhalter mitgenommen, der Lars gewesen sein könnte. Aufwendige Recherchen ergaben, dass der betreffende Anhalter zwar tatsächlich existierte, aber nicht mit Lars identisch war.

Bis heute bleibt die Frage ungelöst, was mit Lars nach seiner plötzlichen Flucht aus dem Flughafen passierte. Für eine plausible Hypothese kommt das ihm verschriebene Medikament ins Spiel. Folgender Ablauf könnte dem Geschehen zugrunde liegen: Am Anfang steht Lars reduzierte Ernährung während der Urlaubswoche, möglicherweise in Folge des Konsums von Partydrogen. In Frage kommen dabei Amphetamin, Crystal Meth, Ecstasy, GHB, Kokain oder Ähnliches. Es ist nur zu verständlich, dass sowohl seine Familie als auch seine Freunde hierzu keine Aussagen machten.

Aus dieser Perspektive stellt sich aber auch der angebliche Zusammenstoß mit den Bayern München-Fans in einem anderen Licht dar. Möglicherweise waren es keine Fußballfans, mit denen Lars am vorletzten Abend des Urlaubs aneinandergeriet, sondern Drogendealer …

Der Arzt, den Lars aufsuchte, verschrieb ihm das nebenwirkungsbehaftete Antibiotikum, um angesichts des eingerissenen Trommelfells und der Schmerzen, die Lars im Ohr verspürte, einer beginnenden Mittelohrentzündung vorzubeugen. Es könnte sehr gut sein, dass dieses Medikament bei Lars einen psychotischen Schub, eine Psychose auslöste, Angstzustände verbunden mit Verfolgungswahn (»sie sind hinter mir her«, »sie wollen mich nicht fliegen lassen«, Flucht vor dem Flughafenmitarbeiter etc.).

Es ist weiterhin möglich, dass Lars sich bei seiner Flucht vom Flughafen verletzte oder dass zusätzliche Nebenwirkungen auftraten. Aufgrund des Rennens und des damit erhöhten Pulses und Blutdrucks könnte es zu einem Achillessehnenriss oder zum Riss eines Aortenaneurysmas gekommen sein. Damit wäre Lars entweder bewegungsunfähig gewesen oder an Ort und Stelle verblutet.

Zu den weiteren Nebenwirkungen des Medikaments zählt auch ein hypoglykämischer Schock – sprich, der ohnehin durch seine »Diät« unterzuckerte Lars könnte nach dem Sprint vom Flughafen, als Folge des erhöhten Energieverbrauchs, in ein Zuckerkoma gefallen sein, woran er dann verstarb. Eine letzte mögliche Nebenwirkung auf der langen Liste des Medikaments ist leider auch, dass es suizidale Handlungen hervorrufen kann. Es ist also durchaus vorstellbar, dass Lars unweit des Flughafens von Warna verstarb und sich seine Leiche bis heute in fußläufiger Umgebung des Flughafens befindet.

Ein abschließendes Wort verdient das Hotel, in dem Lars übernachtete und das er mitten in der Nacht überstürzt verließ. Von einigen professionellen und privaten Kommentatoren seines mysteriösen Verschwindens wurde das Hotel *Color* als »Absteige« für Prostituierte und Drogenhändler beschrieben. Diese Einschätzung scheint allerdings weit von der Realität entfernt zu sein. Bei dem Hotel handelt es sich um ein preisgünstiges Zwei-Sterne-Etablissement, das seit 2010 bei großen Internet-Hotelbuchungsseiten gelistet ist und dort überwiegend positiv bewertet wird. Wenn es wirklich eine furchtbare Absteige wäre, müsste das Internet voll von Horrorgeschichten sein. Doch solche lassen sich im Netz nicht finden.

Die eiskalten Entführer

Winter 1981, kurz vor den Weihnachtsferien. Gegen halb acht Uhr morgens. Die achtjährige Nina von Gallwitz, Tochter des Kölner Bankprokuristen Hubertus von Gallwitz und seiner Frau Beatrice, geht auf dem üblichen Weg zu ihrer Schule. Die Familie wohnt im Süden von Köln, im Stadtteil Hahnwald. Hahnwald gilt als eine der exklusivsten und teuersten Villensiedlungen Deutschlands. Hier wohnen viele nationale und internationale Stars, Politiker, Sportler und Kölner Größen.

Um Ihnen einen Eindruck zu vermitteln, worauf sich der Ruf des Stadtteils als Prominentenviertel gründet, will ich Ihnen einen Einblick in die Anwohnerschaft geben: Zu den hier Ansässigen zählen der Politiker und Ex-Bundesminister Gerhart Baum, die TV-Moderatorin Katja Burkard und ihr Gatte, TV-Manager Hans Mahr, TV-Moderator Hans Meiser, die Entertainer und TV-Unternehmer Oliver Pocher und Stefan Raab, der skandalumwitterte Fußballtrainer Christoph Daum, einer der »4711«-Erben, Bankier Matthias Graf von Krockow, Fußballnationalspieler Toni Kroos, die Pharma-Familie Madaus sowie die Künstler Gerhard Richter und Rosemarie Trockel. Der Attraktivität und der Aura Hahnwalds hat auch das in den sechziger Jahren errichtete, direkt südlich anschließende riesige erdölchemische Zentrum keinen Abbruch getan, obwohl dieses regelmäßig die gesamte Nobelsiedlung mit ganz besonderen »Düften« einnebelt.

Die kleine Nina wollte an diesem 18. Dezember wie üblich zu Fuß zur Grüngürtelschule gehen. Im Viertel herrschten seit einer Kindesentführung, die nur wenige

Monate zuvor stattgefunden und nach 14 Tagen mit der Freilassung des Kindes geendet hatte (»Fall Johannes Erlemann«), erhöhte Sicherheitsvorkehrungen. Dennoch verschwand Nina noch auf dem Schulweg auf bislang unbekannte Weise. Da die Kinder zur gegenseitigen Aufmerksamkeit aufgerufen worden waren, verständigten Ninas Freundinnen deren Mutter, als sie ihr Fehlen bemerkten.

Diese rief sofort die Polizei. Es musste von einer Entführung ausgegangen werden. In einem solchen Fall sind die Chancen auf eine Ergreifung der Täter in den ersten Stunden am größten. Deshalb begann die Polizei rasch, den Stadtteil Hahnwald und die umliegenden Grünanlagen zu durchkämmen. Doch ohne Erfolg. Für die Eltern begann das nervenzermürbende Warten auf eine Kontaktaufnahme seitens der Entführer.

Wenige Stunden später meldeten sich diese telefonisch bei den Eltern. Am Telefon spielten sie ein Tonband ab, auf dem Ninas Stimme zu hören war. Die Entführer forderten, auf eine Einschaltung der Polizei zu verzichten. Doch diese suchte zu diesem Zeitpunkt bereits nach dem Mädchen. Am nächsten Tag traf wie angekündigt ein Brief der Entführer bei den Eltern ein. Darin befand sich eine Haarspange ihrer Tochter. Die Entführer verlangten keine bestimmte Lösegeldsumme, sondern fragten die Eltern wortwörtlich: »Was ist euch eure Tochter wert?« Dieses Vorgehen ist äußerst ungewöhnlich.

In dem Brief standen zudem Vorgaben zur künftigen Kommunikation mit den Entführern. Diese sollte per Funk und Brief stattfinden. Ninas Vater wurde aufgefordert, sich montags oder mittwochs am Nachmittag an einer bestimmten Stelle des Rheinufers einzufinden und von dort aus auf einer bestimmten Funkfrequenz Kontakt mit den Entführern aufzunehmen. Diese würden ihm nicht sofort per Funk, sondern mit einem neuen Brief antworten.

Drei Tage nach der Entführung nahm Ninas Vater auf die von den Entführern vorgegebene Weise mit ihnen Kontakt auf. Er bot ein Lösegeld von 800.000 D-Mark an. Die Kidnapper akzeptierten. Sie stellten allerdings die Zusatzbedingung, dass für jede gescheiterte Lösegeldübergabe 50.000 D-Mark mehr fällig würden. Drei Tage später, an Heiligabend, erfolgte der erste Versuch einer Lösegeldübergabe.

Ninas Vater stieg in den D-Zug 720 von Köln nach Dortmund. Dabei wurde er von mehr als hundert Polizisten in Zivil begleitet. Auf ein Signal hin sollte er das Lösegeld aus dem Fenster werfen. Doch der Zug legte Kilometer um Kilometer zurück, ohne dass die Erpresser sich meldeten. Nachdem der Zug in Dortmund eingetroffen war, brach die Polizei die Aktion ab. Hinterher wurde vermutet, dass die Täter den Zug offenbar vom Start weg beobachtet und die Anwesenheit der Polizei bemerkt hätten.

Der zweite Versuch fand einige Tage später, am 30. Dezember, statt. Diesmal sollte der Vater das Geld von einem Hubschrauber aus abwerfen. Er stieg mit der Tasche voller Lösegeld in einen von der Polizei präparierten Hubschrauber. Ein Polizist steuerte das Fluggerät auf einer von den Entführern vorgegebenen Route, einer Schleife in Form einer Acht, von Köln ins Ruhrgebiet, von dort nach Bonn und wieder zurück nach Köln. Doch erneut blieb das vereinbarte Funksignal zum Abwurf aus. Möglicherweise lag es diesmal an einer Störung der entsprechenden Funkfrequenz über dem Autobahnkreuz Breitscheid.

Wahrscheinlich ist jedoch auch, dass die Täter den Hubschrauber beobachtet und bemerkt hatten, dass die Polizei involviert war. Denn Hubertus von Gallwitz gelang es bei diesem Flug, einige Sequenzen aus dem Funkverkehr mit den Entführern aufzuzeichnen. Darin ist zu hören, wie einer der Entführer ausruft: »Er hat die Scheißbullen bei sich!« Der Mitschnitt wurde später von der Polizei zu Fahndungszwecken veröffentlicht und über einen Telefonansagedienst abgespielt.

Am 1. Januar 1982 wandten sich die Eltern an die Öffentlichkeit. Sie boten 100.000 D-Mark für jeden Hinweis an, der dazu führen würde, ihre Tochter zu befreien. Sie richteten ihre Worte auch an die Entführer und forderten von ihnen ein neues Lebenszeichen ihres Kindes. Sie drohten zudem, die Polizei einzuschalten. Diese hatte bis zu diesem Zeitpunkt von offensiven, öffentlich wahrnehmbaren Fahndungsmaßnahmen abgesehen.

Das geforderte Lebenszeichen von Nina traf am 19. Januar 1982 bei ihrer Familie ein. Es handelte sich wieder um eine Tonbandkassette. Auf dieser nannte Nina die neuen Forderungen der Erpresser. Sie hatten nun ihre Lösegeldforderung erhöht und wollten 1,2 Millionen D-Mark.

Der dritte Versuch zur Übergabe des Lösegeldes fand am Freitag, dem 5. Februar 1982, statt. Die Entführer hatten verlangt, dass Ninas Vater diesmal einen zweisitzigen Hubschrauber eines bestimmten Typs bestieg, um eine vorgegebene Strecke abzufliegen. Per Funk sollte er ein Signal bekommen, um das Geld abzuwerfen. Doch der Start der Maschine, die wieder von einem Polizisten gesteuert wurde, verzögerte sich. Der Hubschrauber musste auf das Phantom-Aufklärungsflugzeug warten, das die Szene überwachen sollte. Als dieses endlich eingetroffen war und seine Schleifen zog, konnte der Hubschrauber aber immer noch nicht starten, da erst die Funkstreifen der Polizei auf den Autobahnen ringsum postiert werden mussten. Erst eine Stunde nach dem vereinbarten Zeitpunkt hob der Hubschrauber schließlich ab. Von den Entführern kam erneut kein Zeichen zum Geldabwurf. Auch in diesem Fall hatten sie offenbar Lunte gerochen, dass die Polizei mit im Spiel war.

Nun wollte die Polizei eine Großfahndung einleiten. Am 11. Februar stimmte die Familie dieser zu. Zusätzlich setzte sie eine Belohnung in Höhe von 250.000 D-Mark für Ninas Befreiung und die Ergreifung der Täter aus. Die Polizei erhöhte die Zahl der Mitglieder ihrer Sonderkommission auf 65 Beamte und informierte die Öffentlichkeit über Einzelheiten des Falls. Daraufhin gingen Hunderte von Hinweisen ein, die jedoch nicht zu Nina führten.

Während die Mehrheit der Beamten in der Sonderkommission inzwischen davon ausging, dass Nina längst tot war und es nur noch darum gehen konnte, die Täter dingfest zu machen, glaubten die Eltern weiterhin daran, Nina lebend zurückzubekommen. Sie erachteten das Vorgehen der Polizei und deren intensive Fahndungsmaßnahmen als gefährlich für das Leben ihres Kindes und vertrauten nicht länger darauf, dass die Beamten damit erfolgreich sein würden. Deshalb beendeten sie die Zusammenarbeit mit der Polizei und bezogen sie fortan nicht mehr in die Kommunikation ein. Sie forderten auch, dass die Fahndung nach den Tätern und nach Nina eingestellt würde.

Ninas Eltern hatten inzwischen andere Wege beschritten. Mitte März 1982, drei Monaten nach der Entführung, engagierten sie den Journalisten Franz Tartarotti als Vermittler. Dieser war schon bei der Freilassung der entführten Kronzucker-Kinder erfolgreich als Vermittler aufgetreten, wollte allerdings nicht mehr zu solchen Fällen hinzugezogen werden. Doch nach flehenden Bitten von Ninas Familie und einiger einflussreicher Freunde sowie einer Begegnung mit den ermittelnden Beamten, bei der er erfuhr, dass diese nicht mehr daran glaubten, Nina lebend zu finden, akzeptierte er den Auftrag. Er war überzeugt, dass man in so einem Fall nicht aufgeben dürfe, bevor nicht die Leiche gefunden sei. Zusätzlich holten sie sich Hilfe bei dem ehemaligen BKA-Kriminaldirektor Hans Fernstädt, der ebenfalls Erfahrung mit Entführungsfällen gesammelt hatte.

Tartarotti nahm auf den von den Entführern genannten Wegen mit diesen Kontakt auf. Dabei kamen auch chiffrierte Anzeigen in großen Tageszeitungen zum Einsatz. Auf diesem Wege verhandelte Tartarotti neun Wochen lang mit den Entführern über das weitere Vorgehen zu Ninas Freilassung. Als Lösegeld stand mittlerweile eine Forderung von 1,5 Millionen D-Mark im Raum. Zum Beweis, dass das Kind noch lebte, schickten die Entführer Tonbandkassetten, die Nina besprochen hatte, sowie einen handgeschriebenen Brief, in dem sich Nina an den Vermittler Tartarotti richtete.

Als Datum für den nächsten Versuch einer Lösegeldübergabe wurde der 12. Mai vereinbart. Diese sollte Franz Tartarotti selbst durchführen. Der Journalist bestieg an diesem Mittwochabend in Köln den Nachtzug von Dortmund nach Basel. Als der Zug im Rheintal stromaufwärts linksrheinisch Richtung Basel fuhr, auf der Höhe von Andernach, etwa an der Stelle, an der die B9 mit der Krahnenbergbrücke die Bahnstrecke überquert, gegenüber von Leutesdorf am anderen Rheinufer, empfing Tartarotti das vereinbarte Funksignal und warf das Lösegeld aus dem Zugfenster. Kurz darauf erhielt er ein weiteres Funksignal, demzufolge die Täter das Geld erfolgreich an sich gebracht, gezählt und für gut befunden hatten.

72 Stunden später brachten die Entführer Nina nachts im Kofferraum eines Autos zur Bundesautobahn A3 bei Solingen nahe dem Rastplatz Ohligser Heide. Dort ließen sie sie wie vereinbart frei. Ninas Augen waren mit einer Mullbinde verbunden. Die Binde durfte sie erst abnehmen, als ein von den Entführern in ihre Tasche gesteckter Wecker klingelte. Anschließend ging das verängstigte Mädchen wie von den Entführern instruiert zur nahegelegenen Raststätte. Ein Mitarbeiter der Raststätte fand sie. Er fragte das verängstigte Mädchen, ob sie eine Telefonnummer wüsste, über die er ihre Eltern anrufen könne. Diese konnte Nina ihm nennen.

Nina von Gallwitz trug keine äußeren Narben von der Entführung davon. Doch wurde sie anschließend von Ärzten und Psychologen betreut. Aufgrund des Misstrauens gegenüber der Polizei weigerten sich die Eltern, Nina von den Ermittlern vernehmen zu lassen. Sie erklärten sich nur bereit, Tonbandaufnahmen von Gesprächen mit ihrer Tochter an die Polizei weiterzugeben. In diesen Aufnahmen schilderte Nina ihre Beobachtungen während der Entführung: Offenbar war sie von zwei Personen bewacht worden, einem Mann und einer Frau, die sich »Peter« und »Paul« nannten. Nina war von ihnen nicht gefesselt, bedroht oder misshandelt worden. Vielmehr hatten sie versucht, sich freundschaftlich um das Mädchen zu kümmern.

Untergebracht war Nina in einem abgedunkelten Raum gewesen, in dem sich eine Kiste befand, in die zeitweise gesperrt worden war. Nur eine Taschenlampe hatte ihr als Lichtquelle gedient. Um sich zu beschäftigen, bekam sie Bücher und Märchenkassetten, Stifte und Papier zum Malen und Schreiben. Nina beschrieb das Versteck den Eltern gegenüber detailliert. Diese gaben die Beschreibungen später an die Polizei weiter, die daraufhin ein entsprechendes Modell anfertigen ließ. Ein Foto des Modells wurde in der Öffentlichkeit verbreitet.

Das Versteck befand sich offenbar in einem Ein- oder Zweifamilienhaus. Die angebaute Garage war mit einem Kipptor versehen, zum Haus bestand ein direkter Zugang. Im Obergeschoss, über zwei Treppen erreichbar, befand sich ein großes Badezimmer. Es war mit blauem Teppichboden ausgelegt, für ein Bad ein auffällig unpraktischer Bodenbelag. Im Badezimmer stand eine Badewanne, daneben eine Toilette, an der Wand war ein Doppel-Waschbecken angebracht. Der Raum, in dem Nina gefangen gehalten wurde, befand sich auf einem Zwischengeschoss zwischen den zwei Etagen des Hauses. Er war von einem Treppenabsatz aus erreichbar und lag vermutlich in einem Anbau, denn im Raum befand sich eine Dachschräge, die es im Bad nicht gab.

Vom Absatz des Treppenhauses führte eine Stufe zu einem Vorraum hinunter, hinter dem der Raum lag, in dem Nina gefangen gehalten wurde. Offenbar war bei der Errichtung des Anbaus die Höhe falsch bemessen worden, so dass eine Stufe zur Überbrückung der Höhendifferenz nötig war. Das Zimmer, in dem Nina fast fünf Monate verbracht hatte, war eingerichtet wie ein Büro mit Schreibtisch, Einbauschränken und einem Telefonanschluss. Das einzige vorhandene Fenster war – ein sehr auffälliges Merkmal – einseitig geteilt. Diese eigentümliche Form konnte wohl auch von außen erkannt werden. Vermutlich handelte es sich um ein Haus in Hanglage, in einer eher ländlichen Gegend. Trotz der detaillierten Beschreibung hat sich in all den Jahrzehnten seit der Entführung niemand gemeldet, der ein solches Haus kennt.

Natürlich machten sich viele Menschen Gedanken, wer die Entführer gewesen sein könnten und wo Nina möglicherweise versteckt worden war. Einige gingen davon aus, dass sich das Versteck in der Nähe von Leutesdorf befunden haben musste. Der Ort liegt am rechten Rheinufer, gegenüber von Andernach und der Stelle, an der das Lösegeld beim letzten, erfolgreichen Versuch aus dem Zug geworfen worden war. Obwohl für diese Vermutung eine Reihe von Argumenten zusammengetragen wurde, konnte diese Spur nicht erhärtet werden. Einer anderen Theorie zufolge lag das Versteck der Entführer im Bergischen Land, also östlich von Köln, unweit der Stelle, an der Nina freigelassen worden war. Da sich das gesamte Fallgeschehen dieser Entführung zwischen Bonn und Dortmund abgespielt hatte, vermuten viele Zeitgenossen, dass sich das Versteck weit eher im Raum Köln-Bonn beziehungsweise Köln-Solingen befand.

Nina beschrieb die Gegend, in der sie gefangen gehalten worden war, als hügelig, mit einsamen Ortschaften, Wiesen und Wäldern. Das trifft alles auf das Bergische Land östlich von Köln zu. Zudem ist es für Menschen mit dunklen Absichten von Vorteil, dass das Gebiet verkehrsmäßig sehr gut angebunden ist: nach Westen durch die A3, nach Osten durch die A45 und nach Süden durch die A4. Die A1 führt mitten hindurch – Richtung Dortmund. Auch eine Stelle, an der später ein Teil des Lösegeldes gefunden wurde, ist von Dortmund bequem auf der A45 zu erreichen. Es handelt sich um ein Waldstück bei Meinerzhagen (Sauerland), in dem Kinder im Dezember 1982 einige Tausend-D-Mark-Scheine endeckten, die anhand der notierten Seriennummern dem Fall zugeordnet werden konnten.

Für die Lokalisierung des Verstecks östlich von Köln spricht auch der Ort der Freilassung. Nina berichtete, es sei keine lange Fahrt gewesen vom Versteck bis zu dem

Halt auf der Autobahn unweit der Raststätte »Ohligser Heide« bei Solingen. Die Nähe zum Wohnort Ninas gibt Anlass zur Vermutung, dass auch das Versteck nicht weit entfernt lag. Es müsste sich also im Gebiet Köln-Solingen-Remscheid-Engelskirchen befinden.

Neben dem Ort des Verstecks ist auch der Verbleib des Lösegelds bis heute ungeklärt. 1982 meldete sich ein Mann bei Ninas Familie, der sich als einer der Entführer ausgab. Er schickte ihnen einen Brief, der einen 500 D-Mark-Schein enthielt, der angeblich aus dem Lösegeld stammte. Da Tartarotti und Fernstädt vor der Geldübergabe stundenlang die 15.000 Geldscheine abgefilmt hatten, konnte festgestellt werden, dass der Geldschein tatsächlich zum Lösegeld gehörte.

Der Unbekannte beklagte sich, von seinen Komplizen reingelegt worden zu sein. Er wolle nicht enden wie die RAF-Leute, die zu dieser Zeit sukzessive gefasst wurden. Er war bereit, gegen Zahlung einer angemessenen Summe sein Insiderwissen den Angehörigen beziehungsweise der Polizei zur Verfügung zu stellen. Doch bei der Übergabe der ersten Proben dieses Insiderwissens stellte sich heraus, dass es sich nur um belanglose oder bereits bekannte Informationen handelte. Daher kam es nicht zur beabsichtigten Zahlung. Wie der Mann an den Geldschein aus dem Lösegeld gekommen war, ließ sich nicht aufklären.

Im Dezember 1982 wurden nicht nur einige Tausend-D-Mark-Scheine aus dem Lösegeld bei Meinerzhagen gefunden, sondern ebenfalls Ende des Jahres tauschten vier Männer in der Türkei 400.000 D-Mark aus dem Lösegeld in türkische Lira um. Der Umtausch wurde von der Bank der Polizei gemeldet, da das BKA die registrierten Nummern der Geldscheine an Interpol weitergeleitet hatte. Die

Männer wurden daraufhin von der türkischen Polizei festgenommen. Sie sagten aus, sie hätten das Geld in einem Waldgebiet bei Meinerzhagen gefunden. Weitere Ermittlungen der deutschen Polizei im Fundgebiet blieben allerdings ohne Erfolg. Festgestellt werden konnte jedoch, dass es sich bei diesen Männern nicht um Ninas Entführer handelte. Diese hatten sich durch außergewöhnliche Intelligenz und Kaltblütigkeit ausgezeichnet. Sie verfügten über funktechnische Kenntnisse, besaßen Detailinformationen über das Autobahn- und Schienennetz, kannten sich mit Hubschraubern aus und beherrschten einen bestimmten Verschlüsselungscode für chiffrierte Botschaften. Über all diese Kenntnisse verfügten die Festgenommenen nachweislich nicht. Sie wurden daher nur wegen Fundunterschlagung zu einer Geldstrafe verurteilt.

Möglicherweise war das übrige Lösegeld im Ausland in Umlauf gebracht und daher nie entdeckt worden. Eine automatische Prüfung von Banknoten war in den achtziger Jahren noch nicht möglich. Ein Erfolg der manuellen Prüfung in einer Bank hing von der Sorgfalt des jeweiligen Sachbearbeiters ab. Eine Liste des BKA – sie hieß »Deutscher Sachfahndungsnachweis über Fünfhundert-D-Mark- und Tausend-D-Mark-Banknoten« – mit über 20.000 registrierten Geldscheinnummern stand nur westlichen Banken zur Verfügung. Geldinstitute in Osteuropa erhielten diese Informationen vor 1989 aus Sorge vor missbräuchlicher Nutzung nicht.

Eine zusätzliche Schwierigkeit ergab sich dadurch, dass 1990 neue D-Mark-Scheine in Umlauf kamen. Gleichzeitig sortierten die Landeszentralbanken die alten Banknoten nach und nach aus, ohne sie generell zu überprüfen. Daher sind auch Scheine des Lösegelds wahrscheinlich auf diesem Wege aus dem Verkehr gezogen worden.

Bis heute ist der Entführungsfall Nina von Gallwitz ungeklärt. Tartarotti und Fernstädt äußerten schon früh den Verdacht, dass die Entführer Unterstützer im Umfeld der Familie von Gallwitz gehabt hätten. Sie vermuteten auch, dass es den Verführern nie um das erpresste Geld, sondern um Rache gegangen sein könnte, Rache, die sich an den Vater, die Familie oder einen ganz anderen Adressaten richtete. Dafür sprach, dass sie zunächst die eher geringe Lösegeldsumme, die der Vater angeboten hatte, akzeptiert hatten. Dass die Entführer über Insiderwissen verfügt haben könnten, würde auch begründen, warum die Lösegeldübergaben zunächst scheiterten. Bestätigt wurde Tartarottis Verdacht 2012. Just nach Ablauf der Verjährungsfrist erhielt er ein anonymes Schreiben, das ihm recht gab: Die Täter stammten demnach aus dem Umfeld der Familie. Zu den Entführern führte dieses Schreiben die Ermittler jedoch nicht.

Die Leichenfunde von Hannover

Wenn in einer deutschen Großstadt Leichenteile gefunden werden, dann geht man davon aus, dass bestimmte Fragen schnell geklärt werden können: Jemand muss diese Personen kennen, jemand muss sie vermissen, jemand muss Auskunft geben können, wo diese Personen zuletzt gesehen worden sind. Die Spuren, die zudem am Tatort hinterlassen wurden, müssten die Polizei zu dem oder den Tätern führen. Das sollte eigentlich nur eine Frage der Zeit sein. Und doch gibt es einen Fall, in dem Leichenteile von mindestens vier Frauen und zwei Männern mutmaßlich deutscher Staatsangehörigkeit gefunden wurden, deren Identität bis heute nicht geklärt und deren Mörder nicht gefunden worden ist.

Das Ganze spielte sich Mitte der siebziger Jahre in der niedersächsischen Landeshauptstadt Hannover ab. Innerhalb von dreißig Monaten wurden hier 13 Körperteile gefunden, die von verschiedenen Menschen stammten, aber alle auf eine ähnliche Weise zerstückelt worden waren. Die Presse machte daraus den Fall des »Sägemörders von Hannover«. Die Kriminalpolizei stellte eine »Soko Torso« zusammen, die mit den Ermittlungen betraut wurde.

Es begann im September 1975. Am Freitag, dem 26. September, entdeckte ein Arbeiter des Wasserkraftwerks Schneller Graben in der Nähe des Maschsees, unweit des Stadtzentrums von Hannover, die ersten Leichenteile. Es handelte sich um den Rumpf und die Unterarme einer jungen Frau. Der Torso wies Verstümmelungen auf. So waren die Brüste der Toten abgetrennt und der Unterleib geöffnet, das Gedärm und andere Organe entfernt worden. Die gerichtsmedizinische Untersuchung ergab, dass die Leiche etwa zehn bis 14 Tage im Wasser gelegen hatte.

Die Frau war zum Zeitpunkt ihres Todes Mitte zwanzig und etwa 1,55 Meter groß. Ihr Bauchbereich wies eine Narbe auf, auch hatte sie mindestens ein Kind ausgetragen. Der Torso war zusammengeschnürt worden, und zwar mit einer auffälligen Dekorationsschnur. Arme und Beine waren vermutlich mit einer Kreis- oder Bandsäge abgetrennt worden. Es gelang der Polizei, am Leichnam Fingerabdrücke zu sichern, dennoch konnte das Opfer nicht identifiziert werden.

Ein halbes Jahr später der nächste Fall. Zwischen dem 21. und dem 28. Februar 1976 entdeckten Passanten an unterschiedlichen Orten zwei Oberkörperhälften und ein Bein. Die die beiden Hälften des Brustkorbs wurden zwischen parkenden Autos am NDR-Funkhaus gefunden, das Bein fanden Schülerinnen einer nahegelegenen Mädchenschule in einem Müllcontainer. Weitere Leichenteile konnten aus der Leine auf der Höhe des Rudolf-von-Bennigsen-Ufers, ebenfalls in der Nähe des Maschsees, geborgen werden. Sie gehörten einer etwa 25-jährigen und rund 1,70 Meter großen Frau. Als Todeszeitpunkt wird ein Datum rund zwei bis drei Wochen vor dem Auffinden angenommen.

Nach diesen Funden war mehr als ein Jahr Ruhe. Dann wurden zwischen dem 28. Mai und dem 11. Juni 1977 erneut am Wasserkraftwerk »Schneller Graben« nacheinander sechs Teile der Leiche eines jungen Mannes gefunden. Er war 17 bis 18 Jahre alt und etwa 1,70 Meter groß. Ein Unterarm wies eine auffällige Tätowierung in Form eines Eisernen Kreuzes auf. Zudem fanden Arbeiter am 5. Juni am Wasserkraftwerk den Arm eines etwa fünfzigjährigen Mannes.

Am 10. Juli stieß eine Spaziergängerin im Stadtpark des Hannoveraner Vororts Eilenriede auf den Unterkörper einer Frau. Die Tote war über vierzig Jahre alt, 1,50 bis 1,60 Meter groß und trug Schuhgröße 36. Sie hatte offenbar eine Blinddarmoperation gehabt und mindestens ein Kind ausgetragen. Der Befund besagte schließlich noch, dass sie an Arteriosklerose gelitten hatte. Ihr Oberkörper war mit einer Kreis- oder Bandsäge abgetrennt worden. Nach Auffassung der Gerichtsmedizin waren alle Opfer ermordet worden, und keinesfalls an natürlichen Todesursachen gestorben.

Am 18. Dezember 1977 kam es auf einem Feldweg bei Hannover zum letzten Leichenfund der Serie. Diesmal war es der Oberkörper einer fünfzig- bis sechzigjährigen Frau. Am Hals zeigten sich Würgemale, Arme und Beine waren abgetrennt worden. Die Größe der Frau wurde auf 1,60 bis 1,70 Meter geschätzt. Auch sie hatte eine Blinddarmoperation gehabt und mindestens ein Kind ausgetragen. In ihrem Fall war der Tod offenbar durch Ersticken eingetreten. Die Zerteilung der Leiche hatte erst nach ihrem Tod stattgefunden. Danach war der Torso in eine Baumwolldecke eingewickelt worden.

Die Todesursache der meisten Opfer ließ sich nicht bestimmen. Feststand jedoch, dass ihr Todeszeitpunkt nicht lange zurückliegen konnte und dass ihre Körper nach dem Tod mit einer Säge zerteilt worden waren. Im Gegensatz zu vielen Presseveröffentlichungen ging die Polizei nicht davon aus, dass der Täter über spezielle anatomische Kenntnisse verfügte, um die Gliedmaßen seiner Opfer vom Torso zu trennen. Der Verbleib der restlichen Körperteile war in allen Fällen unbekannt.

Auffällig war, dass die Leichenteile immer an Samstagen abgelegt wurden. Deshalb ging die Polizei davon aus, dass der Täter an Werktagen eine reguläre Beschäftigung ausübte. Er musste jedoch über eine Möglichkeit verfügen, die Leichen kühl zu lagern, um sie dann am Wochenende an ihren Fundort zu transportieren. Bei den Fundorten handelte es sich um Plätze mit möglichst viel Publikumsverkehr, an denen die Körperteile mit hoher Wahrscheinlichkeit von Passanten gefunden werden mussten. Sollte es sich deshalb um eine gezielte Provokation der Polizei handeln? Alle Fundorte lagen etwa zwei Kilometer vom Maschsee entfernt, in dessen Nähe sich auch der Sitz des Polizeipräsidiums Hannover befindet.

Die Polizei stand vor schwierigen Ermittlungen, denn sie kannte weder die Identität der Opfer noch die Tatorte und Tatzeiten. In den meisten Mordfällen sorgt eine Aufklärung der Täter-Opfer-Beziehungen für eine ausreichende Indizienlage, um den Täter zu ermitteln. Doch ohne Wissen um den Namen und die weiteren Lebenshintergründe der Opfer stehen die Ermittler vor einer Sackgasse. Zeitweise wurde die Hypothese geprüft, ob es sich um Leichenteile handeln könnte, die von Personen stammten, die eines natürlichen Todes gestorben waren. Deren Körper also womöglich aus Särgen oder Kühlhäusern stammten. Doch Nachforschungen bei Leichenschauhäusern, Bestattern und der systematische Abgleich von Vermisstenmeldungen brachten keine weiteren Erkenntnisse. Es konnte in keinem Fall eine Person ermittelt werden, zu der die Körperteile gehörten.

Neben der Täter-Opfer-Beziehung versuchen die Ermittler das Motiv der Tat zu ergründen. In diesem Fall trachtete der Täter vielleicht danach, unter den Einwohnern Hannovers Panik zu schüren. Wo würde man die nächsten Leichenteile finden? Wer wäre der Nächste, der die schauerliche Entdeckung machen müsste? Es wurde zudem vermutet, dass es sich beim Täter um eine hochpathologische Persönlichkeit handelte.

Starkes Interesse erregte der Fall, als er in der Sendung »Aktenzeichen XY… ungelöst« vorgestellt wurde. Obwohl sich das Publikum rege beteiligte und zahlreiche Hinweise eingingen, konnten keine neuen Erkenntnisse gewonnen werden. Bis heute ungeklärt ist auch, warum die Tatserie Ende 1977 abrupt endete.

Als 1999 erneut ein weiblicher Torso gefunden wurde, diesmal östlich von Hannover in Isenbüttel, einer Gemeinde im Landkreis Gifhorn, erinnerte vieles an die Taten der siebziger Jahre. Diesmal konnte die Identität der Toten jedoch relativ rasch festgestellt werden. Es handelte sich um eine Rentnerin aus Celle. Sie war getötet und zerstückelt worden. Die Polizei kam dem Täter diesmal schnell auf die Spur. Es handelte sich um den ehemaligen Schlachterlehrling Olaf Weinert aus Walkenried. Er gestand nach seiner Verhaftung den Mord und weitere Tötungsdelikte. Allerdings konnten ihm eine Täterschaft bei den Hannoveraner Leichenfunden der siebziger Jahren nicht nachgewiesen werden.

Über ein Jahrzehnt später wurde erneut eine zerstückelte Leiche am Maschsee gefunden. In dem Fall vom Herbst 2012 war das Opfer eine Prostituierte. Die Polizei ermittelte als Mörder einen 25-jährigen Gewalttäter, der nach seiner Verurteilung in eine psychiatrische Anstalt kam. Als Motiv wurde Mordlust festgestellt. Das Opfer, Andrea B., war vom Täter zufällig ausgewählt worden. Der Mörder Alexander K., in der Presse als »Maschsee-Mörder« bezeichnet, war zuvor als Nazi-Rapper Sash JM bekannt geworden.

Da er erst 1988 geboren worden war, kam Alexander K. für die Fälle aus den siebziger Jahren natürlich ebenfalls nicht als Täter in Frage. Der Mord, der ihm nachgewiesen werden konnte, bietet durchaus Grund zur Annahme, dass er der erste einer neuen Serie hätte sein können. Geboren in Kiew, kam Alexander K. 1993 mit seinen Eltern nach Minden. Er galt als schwieriges Kind und lebte seit 2001, also ab seinem achten Lebensjahr, in Heimen, auf der Straße sowie in Kliniken und Gefängnissen. Und wurde immer wieder straffällig. Bereits mit 13 Jahren begann er, Texte zu schreiben und zu rappen. Wenig später näherte er sich der rechtsextremen Szene an und richtete eine eigene Webseite für rechtsextremen Hip-Hop ein.

Bereits 2011 soll Alexander K. Mordphantasien geäußert haben. Seine ehemalige Freundin, die sich als Mittäterin bei der Beseitigung der Leiche von Andrea B. schuldig gemacht hatte, äußerte sich zum Motiv für die Tat: Das Opfer habe sich über die rechtsextreme Gesinnung von Alexander K. lustig gemacht, woraufhin er sie tötete. Alexander K. bestritt bis zuletzt die Tat und beschuldigte seine Exfreundin.

Aufgrund einer von einem Gutachter festgestellten massiven Persönlichkeitsstörung wurde beim Urteil verminderte Schuldfähigkeit zugrunde gelegt. K. erhielt deswegen lediglich zwölf Jahre Haft, allerdings mit der Anordnung seiner Unterbringung in einer psychiatrischen Einrichtung. Denn zudem wurde festgestellt, dass der Täter aus purer Mordlust gehandelt habe, schon seit mehreren Jahren drogenkrank sei und unter massiven psychischen Problemen leide. Einer seiner Rap-Texte schilderte Vorgänge, die auf einen zweiten, realen Mordfall hindeuten könnten. Der Text sei zudem am Tag des Mordes an Andrea B. ins Internet gestellt worden. Die Ermittlungen hierzu wurden jedoch eingestellt.

Die während der siebziger Jahre abgelegten Leichenteile beschäftigen die Polizei indess noch heute. Denn noch immer ist unklar, ob es sich bei allen Taten wirklich um Tötungsdelikte handelt oder nur um einen makabren Scherz, für den der Täter allerdings Zugang zu den Leichen kürzlich verstorbener Menschen hätte haben müssen. In Frage kämen dazu Krankenhäuser, Pflegeheime, medizinische Fakultäten, psychiatrische Anstalten oder Bestattungsinstitute. Diese Hypothese würde erklären, warum es keine Treffer bei den Vermisstenanzeigen gab. Denn Menschen, die »ganz normal« gestorben und erst nach ihrem Tod in die Fänge des Leichenschänders gefallen wären, wären nicht als vermisst gemeldet worden. Es hätte keine Vermisstenanzeige gegeben.

Bis heute ist unklar, auf welche Art und Weise der »Verteiler der Leichenteile«, der immer samstags oder sonntags aktiv gewesen ist, Zugang zu den Toten hatte. Selbst wenn es sich jedoch um einen solch makabren »Scherz« beispielsweise von einem oder mehreren Medizinern handeln sollte, verdient auch dieser es, aufgeklärt zu werden.

Der Taunus-Ripper

Es gibt Morde, die durch polizeiliche Ermittlungen auf normalem Weg niemals aufgeklärt worden wären. Wenn, ja wenn in diesen Fällen nicht »Kommissar Zufall« ein Wörtchen mitgeredet hätte. Von einem solchen Fall soll im Folgenden die Rede sein. Es handelt sich um eine der schlimmsten Mordserien der alten Bundesrepublik, die noch bis ins wiedervereinte Deutschland hinüberreichte. Das Besondere daran: Die Serie spielte sich weitgehend abseits der öffentlichen Aufmerksamkeit ab. Erst im Nachhinein konnten die einzelnen Puzzleteile zusammengetragen werden, die der Polizei so lange für einen erfolgversprechenden Ermittlungsansatz gefehlt hatten.

Es geht dabei um Verbrechen, die zwischen 1971 und 2004 in Frankfurt am Main und Umgebung begangen wurden. Den Taten fielen vor allem drogenabhängige Prostituierte zum Opfer. Die einzelnen Taten weisen große Übereinstimmungen bei der Tatausführung auf. Es gibt wiederkehrende Muster im Modus Operandi, der Vorgehensweise des Täters, eine Art »persönliche Handschrift«. So wurden alle Opfer erwürgt oder erdrosselt, der Täter verstümmelte den Schambereich oder die Brüste der Frauen. Und er entnahm den Leichen Körperteile oder Organe.

Der erste Fall trug sich im Februar 1971 zu. In einer Gartenhütte in Bad Vilbel entdeckte ein Hobbygärtner die Leiche der 19-jährigen Gudrun Ebel, einer Reinigungskraft und Altenpflegehelferin. Sie war offenbar in die Gartenlaube gelockt worden. Dort hatte sich der Täter an ihr vergangen und sie anschließend getötet. Dann öffnete er den Bauch der Leiche mit einem Messer und entnahm ihr die Gebärmutter.

Nur acht Wochen später, im April 1971, die nächste Tat. Das Opfer, die 23-jährige Altenpflegerin Hatice Erülkeroğlu, wurde auf der Camberger Brücke in Frankfurt attackiert. Mit großer Gewalt zertrümmerte der Täter ihr Gesicht, er verstümmelte ihren Schambereich und amputierte Teile der linken Brust. Diese nahm er nach der Tat mit. Hatice und Gudrun Ebel hatten im selben Seniorenheim gearbeitet, kannten sich allerdings nicht. Auch die zweite Tat zeigte, dass der Täter eine sexuell-abartige Persönlichkeitsstruktur aufweisen musste. Die Verletzungen waren massiv.

Zwanzig Jahre vergingen ohne weitere vergleichbare Taten. Dann wurde im Juni 1991 die 36-jährige Gisela Singh als vermisst gemeldet. Die heroinabhängige, obdachlose Prostituierte war HIV-positiv und die Krankheit schon weit fortgeschritten. Sie verschwand von einem Tag auf den anderen spurlos. Singh hatte auf dem Drogenstrich in der Frankfurter Kaiserstraße gearbeitet. Zum letzten Mal war sie am 14. Juni 1991 gegen 15 Uhr in einer Drogenberatungsstelle in der Moselstraße lebend gesehen worden. In ihrer Handtasche fand sich später jedoch auch eine Zugfahrkarte von Karlsruhe nach Heidelberg, die am Tag ihres Verschwindens abgestempelt worden war. 14 Tage später fanden Pilzsammler ihre Leiche an einem Parkplatz im Hofheimer Wald, etwa zwanzig Kilometer von der Moselstraße entfernt. Der Täter hatte sie mit Laub und Ästen bedeckt und Teile ihrer Kleidung ordentlich daneben abgelegt. Der Körper war bereits stark verwest, der Kopf teilweise skelettiert. Das Opfer war in diesem Fall erdrosselt oder erwürgt worden. Bauch und Oberschenkel wiesen eine Vielzahl von Stichwunden auf, der Dünndarm war entfernt worden.

Bis zur nächsten Tat vergingen wiederum mehr als zwei Jahre. Anfang Dezember 1993 verschwand die 32-jährige Dominique Monrose. Die Prostituierte stammte aus Martinique und war ebenfalls HIV-positiv. Sie befand sich zum Zeitpunkt ihres Todes in einem Methadon-Programm, ein ehemaliger Freier, bei dem sie inzwischen lebte, meldete sie als vermisst. Vermutlich wurde Dominique am Tag ihres Verschwindens, dem 3. Dezember, getötet. Von ihrer Leiche wurde einige Tage später der Torso in einem Müllsack an der Friedberger Landstraße gefunden. Den Kopf hatte der Täter mit einem Messer abgetrennt.

Weitere in Plastiksäcke verpackte Körperteile des Opfers wurden an verschiedenen Stellen des Autobahnknotens der A661 gefunden. Vermutlich hatte der Mörder ihren Torso etwa zehn Tage lang in einer Kühltruhe aufbewahrt. Ob er sich in dieser Zeit weiter an dem Torso vergangen hat, ist unklar.

Wieder vergingen über zwei Jahre bis zum nächsten Mord, so dass die Bevölkerung schon Hoffnung geschöpft hatte, dass die unheimliche Serie möglicherweise vorbei sei. Doch dann wurde im Juli 1996 in einer Kleingartenanlage nahe Frankfurt-Sachsenhausen der abgetrennte Kopf einer jungen Frau gefunden. Das Opfer, die 27-jährige Pia Isabel Heym, eine Bankangestellte, war kurz zuvor vermisst gemeldet worden. Sie befand sich zu diesem Zeitpunkt wegen schwerer Psychosen in ärztlicher Behandlung und stand unter dem Einfluss starker Medikamente.

Im Juli 1998 verschwand erneut eine junge Prostituierte aus dem Frankfurter Bahnhofsviertel. Die 18-jährige, drogenabhängige Julie Anna Schröder verdiente ihren Lebensunterhalt auf dem Straßenstrich. Sie war zum Zeitpunkt ihres Verschwindens in einem desolaten gesundheitlichen Zustand. Obwohl ihre Leiche bis heute nicht gefunden wurde, vermuten die Ermittler, dass sie ermordet wurde und der grausamen Serie zuzurechnen ist. Gleiches gilt für die ein knappes Jahr später, im September 1999, verschwundene Gabriele de Haas, 32 Jahre alt und ebenfalls eine drogenabhängige Prostituierte.

Ein nächstes Opfer, das womöglich dem gleichen Täter zuzuordnen ist, wurde im April 2004 gefunden. Ein städtischer Angestellter der Staustufe Offenbach entdeckte einen Frauenkopf. Er war in Alufolie eingewickelt und bereits bis auf das Skelett verwest. Das Gesicht der Toten wurde von der Gerichtsmedizin durch forensische Rekonstruktion nachgebildet, doch bis heute war es nicht möglich, die Identität des Opfers zu klären.

Das letzte Opfer wurde erst gefunden, als der mutmaßliche Täter schon tot war. Denn nun kam »Kommissar Zufall« ins Spiel. Am 26. August 2014 war der 68-jährige Manfred Seel in Schwalbach im Taunus an Speiseröhrenkrebs verstorben. Seel war ein angesehenes Mitglied der Gemeinde gewesen. Er hatte seinen Lebensunterhalt mit Wohnungsentrümpelungen sowie Antiquitätenhandel verdient und in seiner Freizeit Klarinette in einer Jazzband gespielt. Seine Tochter machte sich nach seinem Tod daran, Seels Hausstand aufzulösen, nicht mehr benötigte Möbel und Kleidungsstücke zu verkaufen sowie die von ihm unterhaltenen Lagerflächen zu räumen.

Dabei betrat sie am 10. September 2014 eine von Seel Jahre zuvor in der Schwalbacher Nordstraße angemietete Garage. Drinnen standen fest versiegelte blaue Plastiktonnen. Seels Tochter öffnete zusammen mit ihrem Lebensgefährten eine der Tonnen. Und bekam einen Schock. In der Tonne steckten Überreste einer Leiche. In diesem Fall handelte es sich um den stark verwesten Fuß und Oberschenkel von Britta Simone Diallo.

Die 43-jährige, drogenabhängige Prostituierte ohne festen Wohnsitz war elf Jahre zuvor, im Herbst 2003, zuletzt lebend gesehen worden. Niemand hatte sie in all den Jahren vermisst. Im Rahmen der Ermittlungen stellte sich heraus, dass Seel offenbar einer von Brittas regelmäßigen Freiern gewesen war. Zeugen berichteten zudem, dass er eine Wohnungsentrümpelung für sie durchgeführt habe.

Wie sich bei der gerichtsmedizinischen Untersuchung der übrigen Leichenteile zeigte, war Britta vor ihrem Tod auf grauenhafteste Weise gefoltert worden. Ihr Körper wies unzählige Stich- und Schnittverletzungen auf. Ob Britta noch lebte, als ihr vom Täter mit einer Handsäge Arme und Beine abgetrennt wurden, ist bis heute unklar. An den Knien, am Becken, an den Brüsten und im Vaginalbereich hatte er ihr Nägel in den Körper getrieben.

Nach dem Leichenfund wurde auch der restliche Hausstand Seels von der Polizei untersucht. Dabei stießen die Beamten auf mehrere Computer. Und auf das, was darauf gespeichert war. Zum Beispiel ein Folter-Manga-Comic, das möglicherweise als Vorlage für diesen Mord diente. Die Britta zugefügten Verletzungen deckten sich jedenfalls in auffälligem Maße mit Bildern auf Seels Rechner. Er hatte bei der Misshandlung und Tötung von Britta Diallo offenbar seine sadistischen Vorlieben in höchstem Maße ausgelebt.

Zunächst stand die Polizei vor einem Rätsel. Wie konnte der Unternehmer, Vater und Jazzmusiker Seel zu einer solchen Tat fähig gewesen sein. Dann beschlich die Beamten eine fürchterliche Ahnung. Die Ausführung der Tat in all ihren grausamen, unmenschlichen Details war so konsequent, dass hier ein Täter am Werk gewesen sein musste, der nicht zum ersten Mal einen anderen Menschen misshandelt und getötet hatte. Obwohl gegen

Tote nicht ermittelt wird, recherchierten die Beamten in diesem Fall dennoch weiter. Um das Rätsel um Manfred Seel zu ergründen, rollten sie alle ungeklärten Fälle der vergangenen Jahre und Jahrzehnte, bei denen der Täter mit auffallend hohem Gewaltpotenzial gegen seine Opfer vorgegangen war, erneut auf.

Dabei kamen die Beamten schnell auf die genannten Fälle aus den Jahren 1971 bis 2003. Die Polizei ging auch dem Verdacht nach, Seel sei am Mord des 13-jährigen Tristan Brübach beteiligt gewesen. Wie im Mordfall Singh waren Tristans Schuhe in bestimmter Weise neben der Leiche platziert worden. Von Fingerabdrücken, die auf einem Schulheft Tristans gefunden worden waren, versprach sich die Polizei, Seel als Täter überführen zu können. Doch deren Analyse brachte keinen Treffer. Im Oktober 2017 teilte die Frankfurter Polizei mit, dass Seel in diesem Fall als Täter ausgeschlossen werde.

Doch wer war dieser Manfred Seel, der nach heutigem Kenntnisstand einer der schlimmsten Psychopathen Deutschlands gewesen sein muss? Was man über ihn weiß, ist, dass der 1946 geborene Seel als Einzelkind in Kronberg im Taunus (bei Frankfurt am Main) aufwuchs. Ab 1957 besuchte er die Realschule in Oberursel, danach ging er in einer Frankfurter Druckerei in die Lehre. 1967 erhielt er seine Einberufung zum zweijährigen Wehrdienst. Diesen absolvierte er beim Raketenartilleriebataillon 52 in der Gießener Steuben-Kaserne.

Ab 1970 arbeitete Seel als Drucker in Frankfurt. Nachdem er neben der Arbeit sein Abitur in der Abendschule nachgeholt hatte, begann er 1973 an der Universität Frankfurt am Main ein Studium der Kunst- und Sozialgeschichte, das er jedoch kurze Zeit später abbrach. Im selben Jahr heiratete er. Seel kehrte ins Druckereigeschäft zurück und arbeitete die nächsten Jahre in diesem Bereich. Seine Arbeitsstelle lag unweit des Seniorenheims, in dem die beiden ersten Opfer, Gudrun Ebel und Hatice Erülkeroğlu, arbeiteten. 1979 kam Seels Tochter zur Welt.

Mitte der achtziger Jahre gab Seel seine Tätigkeit im Druckereigewerbe auf und eröffnete mit einem Partner ein Entrümpelungs- und Gartenbau-Unternehmen in Schwalbach. Seine Nachbarn und Kollegen beschrieben ihn als freundlich und unauffällig. Nur gelegentlich fiel er durch aggressive Ausbrüche auf.

Zeugen bestätigten, das Seel seit Anfang der neunziger Jahre regelmäßig zu Prostituierten auf dem Frankfurter Straßenstrich gegangen sei. Zu den besonderen Dienstleistungen, die er verlangte, gehörten sadomasochistische Praktiken. Eine Prostituierte meldete einen Vorfall, bei dem er sie misshandelt haben soll, dem Frankfurter Beratungsprojekt für Sexarbeiterinnen. Doch daraus ergaben sich keine weiteren Ermittlungen gegen ihn. Zudem war Seel später schwer alkoholabhängig und begab sich 1996 in eine Entzugsklinik im Odenwald. Seine Frau starb 2013, Seel ein Jahr später.

Seit September 2015 ist beim hessischen Landeskriminalamt die Arbeitsgruppe »Alaska« für die mit Manfred Seel in Zusammenhang gebrachte Mordserie zuständig. »Alaska« war Seels Spitzname, da er auch bei sommerlichen Temperaturen in dicken Anoraks herumzulaufen pflegte und das Land als Reiseziel liebte.

Seel gilt als Hauptverdächtiger und steht im Mittelpunkt der Ermittlungen. Auf den Festplatten seiner Computer fanden die Ermittler über 30.000 gewaltpornographische und gewaltverherrlichende Fotos und Filme. Insgesamt umfassten diese Dateien eine Größenordnung von fünf Terabyte, umgerechnet die Dateigröße von eintausend Spielfilmen. Seel hatte sich dieses Material offenbar im Darknet verschafft. Mithilfe einer Spezialsoftware, die nicht zurückzuverfolgen ist. Das Material diente ihm vermutlich als Vorlage für die Taten, mit denen er seine abartigen, mörderischen sexuellen Phantasien auslebte.

Seine öffentlich zur Schau gestellte soziale Einstellung und die von Seel sorgfältig aufgebaute und aufrecht erhaltene bürgerliche Fassade waren mit hohem Aufwand betriebene Tarnoperationen, die dazu dienten, seine perversen Neigungen bestmöglich zu kaschieren. Dazu gehörte auch das jahrzehntelange Mitwirken bei der im gesamten Rhein-Main-Gebiet populären Jazzband Overall Jazz Gang. Seinen Bandkollegen galt er als sensibler Mensch mit ausgeprägt künstlerischer Begabung, sehr umgänglich und sehr gesellig.

Zudem sei er ein fürsorglicher und besorgter Familienvater gewesen, der seine Tochter sehr liebte. Auch hilfsbereit sei Seel gewesen. Allerdings fiel den Bandkollegen auf, dass Seel auffällig unordentlich und schlampig gewesen sei. Er habe überall seinen Kram rumliegen lassen. Hohes Engagement verwendete er jedoch auf sein Hobby, das Reisen. Mit seiner Frau besuchte er Griechenland, Spanien, die USA, Mauritius, Südafrika, Thailand, Swasiland, Namibia, Vietnam und eben Alaska.

Hinter dieser bürgerlichen Fassade war Seel hingegen vermutlich ein Frauen- und Menschenhasser. Die Ermittler gehen davon aus, dass er über Jahrzehnte ein Doppelleben führte. Als Täter hatte er keinerlei Mitgefühl oder Schuldempfinden. Er sah seine Opfer als Objekte für die Befriedigung seiner Triebe, die er nach Benutzung und Tötung wie Müll entsorgte. Nur die Platzierung der Kleidung und Schuhe im Fall Singh bildet eine Ausnahme.

Ein zentrales Kennzeichen der Mordserie und Ansatz weiterer Ermittlungen bildet die Entnahme von Organen und das Abtrennen bestimmter Körperteile wie Genitalien, Arme und Beine, die der Täter mit sich nahm. An einem Rückzugsort bezog er diese dann womöglich in sexuelle Praktiken ein, um seine Phantasien weiter ausleben zu können. Es könnte auch sein, dass er Kannibalismus praktizierte. Auffallend ist, dass der Täter seinen Opfern jeweils unterschiedliche Körperteile abtrennte. Er hätte daraus durchaus einen neuen Körper zusammensetzen können.

Eines beschäftigt die Polizei bis heute: Es kann nicht ausgeschlossen werden, dass der Serienmörder bei der Ausführung seiner Taten einen Komplizen hatte. Diese Annahme beruht auf den festgestellten Verletzungen zumindest an einer der Leichen. Sie wurde in einer Weise verstümmelt, die ein einzelner Mensch kaum zustande bringen könnte.

In den Fokus der Ermittler rückte deshalb Seels sechs Monate vor ihm ebenfalls an Speiseröhrenkrebs verstorbener Freund und Geschäftspartner. Ein Zeuge sagte aus, dass auch er schwerer Alkoholiker gewesen sei und beide einen über die Arbeit hinaus sehr vertrauten Umgang miteinander gepflegt hätten. Dabei habe der Freund die dominierende Rolle innegehabt und Seel häufig rumkommandiert. Ob Seels Geschäftspartner der eigentliche Täter hinter den schrecklichen Verbrechen war, dürfte sich kaum noch aufklären lassen.

Auch nach den möglichen Ursachen für diese schrecklichen Verbrechen suchten die Ermittler. Sie vermuteten frühkindliche Entwicklungsstörungen. Ein Indiz dafür, dass es in Seels Kindheit problematische Prägungen gegeben haben könnte, mag sein zweiter Vorname sein. So nannten die Eltern den ein Jahr nach dem Zweiten Weltkrieg geborenen Jungen Adolf. Das lässt vielerlei Vermutungen zu.

Ein bislang unlösbares Rätsel für die Ermittler stellt die Lücke zwischen den Jahren 1971 und 1991 dar, in denen Seel offenbar keine Verbrechen, keine Morde begangen hat. Vermutet wurde, dass er sich während dieser Jahre durch veränderte Lebensumstände wie die Heirat und die Geburt seiner Tochter in einer psychisch abgesicherten Phase befand. Diese ließ keinen Raum für die Verbrechen beziehungsweise dämpfte sein Bedürfnis nach Ausführung solcher.

Auch Fälle, die sich außerhalb des Rhein-Main-Gebiets zutrugen, wurden auf eine mögliche Täterschaft Seels hin untersucht. Doch nach heutigem Erkenntnisstand kommt Seel dort nicht als Täter in Frage. Ohnehin gab es in Deutschland und in Europa während des Zeitraums 1971 bis 2014 kaum vergleichbare Fälle. Vor kurzem wurde die Sonderkommission »Alaska« aufgelöst, an ihrer Stelle ermittelt nun die reguläre Mordkommission weiter, da Mord in Deutschland bekanntlich nicht verjährt. So konzentrierten sich die Ermittlungen in letzter Zeit auf weitere mögliche Lagerstätten von Leichen oder Leichenteilen. Ebenso wird die Untersuchung von DNA auf Kleidungsstücken der Opfer fortgesetzt. Vielleicht bringen weitere Funde neue Spuren ans Licht, die zum Täter führen können.

Gerade was die beiden ersten Morde an den Altenpflegerinnen betrifft, hoffen die Ermittler auf neue Erkenntnisse. Gleich nebenan fungierte damals ein stillgelegter Eisenbahnwaggon auf einer Brachfläche als Party-Location, ein beliebter Treffpunkt von Jugendlichen. Hier könnten sich Täter und Opfer getroffen haben. Deshalb suchen die Ermittler nach Zeugen – damals Jugendliche, heute Erwachsene –, die sich möglicherweise an die eine oder andere Einzelheit aus dieser Phase erinnern können, die ihnen damals unbedeutend erschien.

Der Alpen-Killer

Anfang September 2012 erschütterte ein Verbrechen Frankreich, das seinesgleichen sucht. Es geht um den kaltblütigen Mord an vier Menschen, die binnen weniger Minuten von einem bis heute unbekannten Todesschützen hingerichtet wurden. In den seither vergangenen Jahren war es weder möglich, den Täter noch ein plausibles Motiv zu ermitteln.

Die Geschichte beginnt am Mittwoch, dem 29. August 2012. Ein britisches Ehepaar beginnt mit seinen beiden kleinen Töchtern und der Mutter der Ehefrau eine entspannte Ferienreise. Sie setzen abends mit der Fähre von Dover nach Calais über und führen dann ihre Reise Richtung Hochsavoyen fort. Sie wollen bis zum 7. September in den französischen Bergen nahe der Schweizer Grenze Urlaub machen. Die beiden Ehepartner, Saad (50) und Iqbal al-Hilli (47) stammen aus dem Irak, ebenso Iqbals Mutter Suhaila al-Hallaf (74), die seit vielen Jahren in Schweden lebt. Bis zu ihrem Zielort liegen noch 800 Kilometer Autobahn vor ihnen.

Sie fahren in Saads BMW X5 samt angehängtem Bürstner Wohnwagen ein Stück durch Nordfrankreich, übernachten in der Nähe der Autobahn und setzen die Fahrt zu ihrem Ziel, dem Campingplatz »Camping Europa« in Saint Jorioz am Westufer des idyllischen Lac d'Annecy, am nächsten Tag fort. Schon seit drei Jahren kommen sie jeweils zum Ende des Sommers für eine Wanderwoche zu dieser Vier-Sterne-Campinganlage direkt am Seeufer. Sie haben ihren Stellplatz für eine ganze Woche gebucht.

Aber diesmal beenden sie den Aufenthalt schon nach zwei Tagen, sie koppeln den Wohnwagen wieder an den

X5 an und fahren ein paar hundert Meter nach Norden, bis zu einem einfacheren Campingplatz namens »Le Solitaire du Lac«, der nicht direkt am Ufer liegt. Offenbar war es vorher auf dem Campingplatz »Europa« zu einer lautstarken Auseinandersetzung mit einem arabisch aussehenden Besucher gekommen – der Entschluss, den Standort zu wechseln, hing wohl mit dieser Streitigkeit zusammen. Wer der Besucher war und worum es ging, konnte bis heute nicht geklärt werden.

Der Urlaub verläuft in Folge wie gehabt. Tagsüber unternehmen sie Ausflüge in die Umgebung, abends essen sie auf dem Campingplatz oder in einem der Restaurants der Umgebung. Am Nachmittag des 5. September 2012, einem Mittwoch, kehren sie von einer Wanderung zu ihrem auf einem Waldparkplatz an einem schmalen Forstweg, der Route Forestière Domaniale de la Combe d'Ire bei Chevaline geparkten BMW zurück.

Der Parkplatz in dem engen Mittelgebirgstal, das vom Flüsschen Ire durchflossen wird, liegt am Ende einer 13 Kilometer langen, schmalen Forststraße, einer Sackgasse für Autos. Von hier aus geht es nur für Wanderer oder Mountainbiker weiter. Die Zweiradler fahren meist weiter bis zum Gipfel des Col de Chèrel und auf der anderen Seite hinab bis zur Gemeinde Jarsy, wo man wieder auf öffentliche Straßen trifft.

Weg und Straße waren in den fünfziger Jahren zum Abtransport der von Köhlern in den dortigen Wäldern hergestellten Holzkohle angelegt worden. Heute ist die gesamte Gegend ein Naturschutzgebiet. Direkt oberhalb des Parkplatzes gibt es einen Wasserfall, der den sprechenden Namen Cascade du Trou de l'Enfer – Höllenloch-Fall – führt. Es ist eine einsame, abgelegene Gegend, ideal für ein Verbrechen ohne Zeugen.

Was dort im September 2012 passierte, machte die Polizei fassungslos und hinterließ Entsetzen bei allen, die mit dem Fall zu tun hatten. Das Geschehen wurde wie folgt rekonstruiert: Gegen 15.40 Uhr, die Familie ist offenbar gerade ins Auto gestiegen, tritt ein Killer auf dem ansonsten menschenleeren Parkplatz an den Wagen heran und schießt auf die Insassen. Vater al-Hilli gelingt es noch, den BMW zu starten und mit Vollgas und durchdrehenden Rädern eine Rückwärts-Kehrtwende zu fahren, offenbar in der Absicht zu fliehen. Doch er fährt sich dabei am Rand des Parkplatzes an einem Erdhügel fest, der Killer läuft dem Auto hinterher und tötet aus nächster Nähe in eiskalter Professionalität alle erwachsenen Insassen mit jeweils drei Schüssen, zwei in den Körper, einen in den Kopf.

Auch die ältere der beiden Töchter, die siebenjährige Seinab, die aus dem Auto flieht, wird angeschossen und mit heftigen Schlägen auf den Kopf verletzt. Weitere 13 Schüsse verwendet der Killer darauf, einen vorbeifahrenden Radler, einen Mann namens Sylvain Mollier (45), der offenbar zufällig Zeuge der Szene wurde, vom Fahrrad zu schießen und zu töten. Am Ende liegen 25 Patronenhülsen auf dem Parkplatz und zeugen von dem Kugelhagel, der innerhalb von vier Minuten abgefeuert wurde.

Soweit der Tathergang. Danach legte sich Stille über den Wald. Der Killer und mögliche Helfershelfer machten sich aus dem Staub und sind seitdem wie vom Erdboden verschluckt. Wenige Augenblicke später kam ein weiterer Radfahrer, der die Strecke mit seinem Mountainbike vom Tal heraufführ, am Parkplatz vorbei. William Brett Martin (53) ist britischer Ex-Soldat und verbrachte den Urlaub in seinem in der Nähe liegenden Ferienhaus.

Er stieß als Erstes auf den blutigen Körper des am Boden liegenden Mollier. Als Martin anhielt, um sich um

Mollier zu kümmern und ihm erste Hilfe zu leisten, ging er von einem Verkehrsunfall aus. Er dachte, der BMW habe aus Versehen den Radfahrer angefahren. Aus der Nähe erkannte er jedoch, dass Mollier von mehreren Pistolenkugeln tödlich verwundet worden war. Dann wandte Martin sich dem Fahrzeug zu. Ihm fielen die Einschusslöcher in der Windschutzscheibe des BMW auf, der Motor lief noch, die Türen waren von innen verriegelt. Dann taumelte ihm aus einem Gebüsch neben dem Fahrzeug die siebenjährige Seinab entgegen, verwundet und blutüberströmt. Martin legte sie auf den Boden in die stabile Seitenlage. Danach ging er zum Auto zurück, schlug die Fahrerseitenscheibe ein und stellte den Motor ab. Die Szenerie im Innenraum habe ihn an einen Hollywoodfilm erinnert, sagte er später. Drei Leichen, alle mit Kopfschüssen, blutüberströmt. Über sein Handy verständigte er die Polizei und den Rettungsdienst.

Schon eine Viertelstunde später waren erste Einsatzkräfte aus Annecy vor Ort. Notärzte kümmerten sich um die verletzte Seinab und brachten sie in ein nahegelegenes Krankenhaus nach Grenoble. Dort musste sie aufgrund der Schwere ihrer Schädelverletzungen mehrfach operiert werden. Einige Tage lang wurde sie in ein künstliches Koma versetzt und erst am 14. September aus dem Krankenhaus entlassen. Von Polizeikräften geschützt, brachten sie Sozialhelfer nach Großbritannien zurück.

Für die tödlich verletzten Erwachsenen im Fahrzeug kam jede Hilfe zu spät. Kurz nach dem Eintreffen der Einsatzkräfte erreichten auch die Spezialisten der Spurensicherung den Tatort und begannen mit ihren Untersuchungen. Parallel machten sich weitere Beamte zum Campingplatz auf, um dort mit möglichen Zeugen zu sprechen.

Erst gegen 23 Uhr bekamen sie von dort die Mitteilung, dass es neben der verletzten älteren Schwester Seinab noch ein jüngeres Mädchen am Tatort geben müsse. Daraufhin wurden Kofferraum und Innenraum des Fahrzeugs nochmals untersucht. Und tatsächlich: Acht Stunden nach dem Anschlag fanden die Polizisten im Fußraum vor den Rücksitzen zusammengekauert die vierjährige Seena. Sie stand unter Schock, war aber ansonsten unverletzt, da der Killer sie genau wie die Polizei übersehen hatte. Seena wurde später in einer temporären Pflegeeinrichtung in Großbritannien untergebracht. Da der Bruder des getöteten Familienvaters offenbar keine Verantwortung für sie übernehmen wollte, wurde sie später, ebenso wie ihre Schwester, zur Adoption gegeben. Beide Kinder kamen zu christlichen Familien, sehr zum Ärger der irakischen Verwandtschaft, die nicht rechtzeitig hatte eingreifen können.

Auch nach Einbruch der Dunkelheit suchten die Polizisten den abgeriegelten Tatort im Licht starker Scheinwerfer akribisch nach Spuren ab. Doch vergeblich. Außer den Patronenhülsen wurden keine weiteren Beweismittel gefunden, die Rückschlüsse auf Täter oder Motiv geben konnten. Bei der anschließenden Untersuchung der Patronenhülsen machten die französischen Kriminaltechniker jedoch eine eigenartige Entdeckung. Es handelte sich bei der verwendeten Mordwaffe um keine gängige, aktuelle Handfeuerwaffe. Stattdessen hatte der Killer eine historische Pistole verwendet, ein Sammlerstück. Und zwar eine vermutlich in den zwanziger Jahren hergestellte Luger P06, wie sie von Armee und Polizei in der Schweiz während der Jahre vor dem Zweiten Weltkrieg als Dienstwaffe verwendet worden war. Eine für einen professionellen Killer nicht unbedingt naheliegende Waffe.

Daher ergaben sich ganz spezielle Fragen. Warum wurde eine historische Waffe verwendet? War es Zufall? Hatte der Mörder keine andere zur Hand? Oder wurde diese Waffe ganz bewusst ausgewählt? Weil sie für den Täter – und möglicherweise die Opfer – eine besondere Bedeutung hatte? Oder weil sie Dritten einen versteckten Hinweis geben sollte?

Weitere Auffälligkeit: Da das Standardmagazin dieser Waffe nur acht Patronen des Kalibers 7,65 x 21 Millimeter enthält, aber 25 Schüsse abgegeben worden waren, muss der Täter das Magazin innerhalb kürzester Zeit insgesamt viermal gewechselt haben. Falls es nicht zwei Täter gewesen waren, die jeweils einmal nachluden.

Trotz ihres Alters ist die Pistole auf beiden Seiten der Grenze, vor allem in der Schweiz, weit verbreitet, in vielen Familien wird die Luger von Generation zu Generation weitervererbt. Daraus schlossen die Ermittler, dass der Täter vermutlich aus der Region stammt. Generell gilt die Luger – einen guten Pflegezustand vorausgesetzt – unter Schusswaffenkennern als sehr zuverlässige und präzise Waffe. Auch bei einem späteren Schweizer Mordfall aus dem Jahr 2015, dem Vierfachmord von Rupperswil, wurde eine Luger als Tatwaffe verwendet. Die Polizei konnte den Täter allerdings schnell fassen, er sitzt seitdem hinter Gittern. Hinweise auf eine Verbindung zu den Morden von Annecy wurden nicht gefunden.

Rätsel gab den Ermittlern auch die Tatsache auf, dass die ältere Tochter der Familie, anders als die übrigen Opfer, zusätzlich zur Schussverletzung niedergeschlagen worden war. Unter der Annahme, dass es nur einen Täter gegeben hatte, vermuteten die Ermittler, dass die Waffe möglicherweise eine Ladehemmung gehabt hatte. Deshalb konnte der Schütze keine weiteren Schüsse abgeben und musste das Mädchen mit der Waffe niederschlagen, um es von weiteren Beobachtungen abzuhalten beziehungsweise auf diese Weise zu töten.

Da die Frage nach der Herkunft und einer möglichen tieferen Bedeutung der Waffe zunächst nicht geklärt werden konnte, wandten sich die Ermittler den Opfern zu. Die Vernehmung der beiden überlebenden Töchter ergab keine Erkenntnisse. Sie hatten nichts gesehen und konnten keine weiterführenden Angaben machen. Die ältere sprach von einem bösen Mann, den sie aber nicht näher beschreiben konnte. Die Spuren am Tatort ließen nach wie vor die Möglichkeit offen, dass es doch mindestens zwei Täter gewesen waren.

Um die Ermittlungen zu beschleunigen, vereinbarten die französischen und britischen Ermittler umgehend, eine gemeinsame binationale Ermittlungskommission im Rahmen von Eurojust, der EU-Servicestelle für judikative Zusammenarbeit, zusammenzustellen. Diese ermittelte auch im Umfeld der Familie al-Hilli. Gegen den getöteten Familienvater lagen auf britischer Seite keine polizeilichen Erkenntnisse vor. Er war noch nie negativ in Erscheinung getreten. Beruflich hatte er bis zu seiner Ermordung in der britischen Luft- und Raumfahrtbranche gearbeitet. Die Ermittler gingen deshalb auch der Fährte nach, ob hier Industriespionage im Spiel sein könnte.

Die getötete Ehefrau, Iqbal al-Hilli, hatte bis zu ihrem Tod als Zahnärztin gearbeitet. Bei einer Durchsicht von Dokumenten, die von den US-Behörden übermittelt worden waren, stellte sich heraus, dass sie in den USA von Februar 1999 bis Dezember 2000 bereits einmal verheiratet gewesen war. Und zwar mit einem älteren Bauunternehmer namens James Dudley Thompson. Möglicherweise hatten die beiden nur eine Pro-forma-Ehe geschlossen, um die US-Staatsbürgerschaft und die Aufenthaltsrechte zu erwerben. Von der Ehe hatten ihre Familie und ihr Ehemann Saad, den sie 2002 heiratete, nach Aussagen von Verwandten jedenfalls nichts gewusst. Warum Iqbal weder ihrer Familie noch ihrem zweiten Mann von der vorherigen Ehe erzählt hatte, ist bis heute ungeklärt. War ihr die Affäre peinlich? Hatte sie etwas zu verbergen?

Eine weitere Merkwürdigkeit ergab sich, als die US-Behörden feststellten, dass James Thompson an eben jenem Tag, an dem der Killer bei Annecy die Familie al-Hilli auslöschte und Sylvain Mollier erschoss, zu Tode gekommen war. Thompson starb sogar zur selben Stunde, gegen 15 Uhr nachmittags. Als Todesursache des 60-jährigen Thompson wurde ein Herzinfarkt festgestellt. Eine Autopsie erfolgte bei ihm nicht. War das wirklich alles reiner Zufall? Oder hatte Thompson den Mord in Frankreich in Auftrag gegeben aus Rache für verschmähte Liebe? Und sich – um die Konsequenzen nicht tragen zu müssen – anschließend selbst gerichtet? Oder war er umgebracht worden als Teil einer größeren Unternehmung, bei der Menschen auf zwei Kontinenten zum Schweigen gebracht werden mussten? Doch aus welchem Grund? Alle diese Fragen konnten bis heute nicht beantwortet werden.

Schließlich blieb noch die Person des vierten Getöteten, Sylvain Mollier. Der geschiedene Familienvater, wohnhaft in der Region, hatte zuletzt beim französischen Atomenergie-Konzern »Areva« gearbeitet, dem Betreiber der meisten französischen Kernkraftwerke. Beschäftigt war er beim »Areva«-Zweigwerk im nahegelegenen Ugine. Der dortige Betrieb ist auf Metallschmelze spezialisiert. Hier werden seltene Minerale und Metalle wie Zirkonium, Hafnium, Titan und Tantal geschmolzen und zu Zubehörteilen für Atommeiler weiterverarbeitet. Mollier, seit einiger Zeit neu liiert und Vater eines Kindes mit seiner Freundin, befand sich zum Zeitpunkt seiner Ermordung in Elternzeit. Er hatte mit seinem Arbeitgeber eine dreijährige Frist ausgemacht, während der er sich zu Hause um das Kind kümmern wollte, um seiner Freundin die Fortsetzung ihres Studiums zu ermöglichen.

Martin, der britische Zeuge, sagte gegenüber der BBC aus, er habe sich auf seiner Fahrt die Talstraße bergwärts darüber gewundert, dass der ihn gegen 15.15 Uhr überholende Mollier auf einem außergewöhnlich teuren Rennrad unterwegs gewesen sei. Das Rad sei eher etwas für die Straße gewesen, nicht für die holprige Piste des Forstwegs, einem klassischen Mountainbike-Revier. Benutzte man hier so ein teures Rad, bestehe die Gefahr, dass man sich die teuren Felgen an den vielen Schlaglöchern und Asphaltverwerfungen ruiniere. Nachdem Mollier ihn passiert habe, sei er noch von einem grauen BMW X5 und kurz darauf von einem Motorrad überholt worden, die ebenfalls bergwärts fuhren. Er habe sich über den vielen Verkehr auf dieser sonst menschenleeren Route gewundert.

Mollier war nach der Rekonstruktion der Polizei das letzte Opfer des Killers oder der Killer. Sollte er aber vielleicht das eigentliche Ziel des Anschlags gewesen sein? Wollte er Atomgeheimnisse an den Irak verkaufen? Oder war al-Hilli sein Ansprechpartner als Vermittler. Hatten die beiden ausgemacht, sich auf dem abgelegenen Parkplatz zu treffen? Ein Treffen ohne Zeugen, wobei al Hilli aus Tarngründen seine Familie im Auto zu sitzen hatte, um eventuelle Beschatter in die Irre zu führen? Und alle mussten sterben, weil der Handel mit brisanten Unterlagen unterbunden werden sollte? Alles bis heute ungeklärt, ebenso wie die Frage, was mit den verschwundenen Reisepässen der Familie al-Hilli geschehen ist, die weder im Gepäck noch auf dem Campingplatz gefunden werden konnten.

Im Umfeld Molliers ergaben sich weitere Merkwürdigkeiten. Ein ehemaliger Fremdenlegionär, Patrice Menegaldo, der zum Bekanntenkreis Molliers gehört hatte, beging knapp zwei Jahre nach dem Anschlag von Chevaline im Juni 2014 Selbstmord. Kurz nach dem Verbrechen auf dem Waldparkplatz war er als Zeuge im Hinblick auf Mollier vernommen worden. Sein Profil – Ex-Soldat, Scharfschütze, Kriegseinsätze im Kosovo, psychopathische Anfälle – passte exakt zu dem von den Polizeipsychologen erstellten Psychogramm des Täters. Zunächst hieß es, Menegaldo sei ein Bekannter von Claire Schutz, der Partnerin Molliers. 2016 wurde jedoch bekannt, dass er sieben Jahre lang eine Beziehung mit Molliers Schwester gehabt hatte.

Menegaldos mögliches Motiv blieb unklar. Da er schon tot war, konnte er nicht mehr befragt werden. Er hatte bis zu seinem Selbstmord ebenfalls in Ugine gelebt und also zumindest über die notwendigen Ortskenntnisse verfügt. Die Polizei geht mittlerweile davon aus, dass er der Täter des Verbrechens auf dem Waldparkplatz ist und Selbstmord begangen hatte, um nicht für den Vierfachmord hinter Gitter zu kommen. Doch die Täterschaft konnte ihm bis heute nicht restlos nachgewiesen werden.

Eine ganz andere interessante Hypothese zum Vierfachmord geht von einer Beteiligung des britischen Auslandsgeheimdienstes MI6 aus. In dieser Hinsicht lohnt sich ein zweiter Blick auf den »Zeugen«, der die Leichen fand. Brett Martin, der britische Ex-Luftwaffenpilot, war seinen eigenen Angaben zufolge rein zufällig auf einer Fahrradtour am Tatort vorbeigekommen. Die Schüsse habe er nicht gehört, da er einige Minuten hinter Mollier den Berg hinauf gefahren war und unterhalb des Parkplatzes mehrere Brücken überquert hatte, an denen der im Talgrund fließende Bach laute Geräusche machte.

Die Berufsbezeichnung von Martin als »ehemaliger RAF-Pilot« könnte nun auf eine Legendierung durch den MI6 hindeuten. Dann wäre er nicht rein zufällig mit dem Rad vorbeigekommen, sondern vielmehr vom in die Tat verwickelten MI6 geschickt worden, um zu überprüfen, ob der Auftrag zur Tötung al-Hillis und/oder Molliers entsprechend ausgeführt worden war. Bei Seinab, der verletzten aber überlebenden al-Hilli-Tochter, hätte er sich demzufolge zunächst gesprächsweise davon überzeugt, dass sie keine Hinweise auf die Täter geben konnte, und erst dann Polizei und Rettungsdienst verständigt. Beweise für diese Hypothese fehlen bis heute.

Die Durchsuchung der im Tudor-Stil errichteten Villa der al-Hillis in Claygate durch eine britisch-französische Untersuchungskommission begann am 9. September 2012. Einen Tag später verständigten die britischen Polizisten das Bombenentschärfungskommando, die »Royal Logistic Corps bomb disposal unit«. Denn im Haus der al-Hillis waren von den Polizisten verdächtige Substanzen und Behälter festgestellt worden, die als Bombenmaterial interpretiert wurden. Nach einer gründlichen Untersuchung der betreffenden Gegenstände gaben die Bombenräumer Entwarnung. Alles, was gefunden worden war, stellte sich als völlig harmlos heraus.

Wirklich gefährlich war nur ein in Großbritannien illegaler Taser, ein Gerät, das Stromschläge bis zu 50.000 Volt produzieren kann. In den USA ist die Polizei mit solchen Geräten ausgerüstet und setzt sie ein, um renitente Verdächtige ruhigzustellen. Nach zehn Tagen war die Durchsuchung des Hauses abgeschlossen. Die dabei gefundenen

Dokumente wurden anschließend analysiert, ergaben aber keine weiteren Ermittlungsansätze.

Die BBC wiederholte in ihrer Berichterstattung den Hinweis Martins auf den grauen BMW X5, der ihn bergwärts überholt haben soll. Die britischen Journalisten ergänzten, der BMW sei mit Rechtssteuerung ausgestattet gewesen, also offenbar aus Großbritannien gekommen. Allerdings blieb auch weiterhin unklar, was in der Folge mit diesem Fahrzeug geschehen war. Da die Straße eine Sackgasse ist, hätte das Fahrzeug Martin wieder talwärts entgegenkommen müssen. Oder war es die ganze Zeit irgendwo im Unterholz versteckt?

Dass die wenig später eintreffende Polizei es ebenfalls nicht fand, wirft weitere Fragen auf. Handelte es sich bei den Insassen des grauen BMW X5 um Komplizen der Mörder? Aber wie haben sie es dann geschafft, zusammen mit dem Killer spurlos zu verschwinden, ohne dass die wenig später das ganze Tal durchfahrende Polizei von ihnen Notiz nahm? Oder gehörten die Insassen dem MI6 an? Ebenfalls wurde nach dem Motorradfahrer gesucht, den Martin bergwärts fahrend gesehen haben wollte. Er sagte hierzu aus, dass der Motorradfahrer einen auffälligen, in Frankreich unüblichen Helm getragen habe.

Tatsächlich nahmen die französischen Polizisten am 18. Februar 2014 einen ehemaligen Ortspolizisten und Waffennarren namens Eric Devouassoux (48) fest. Schon nach wenigen Tagen musste er jedoch wieder entlassen werden, da der DNA-Abgleich keinerlei Spuren von ihm am Tatort belegte. Insgesamt wurden am Fahrzeug der Familie al-Hilli zwei verschiedene DNA-Spuren gefunden, die bisher niemandem zugeordnet werden konnten.

Am 24. Juni 2013 verhafteten britische Polizisten in der Grafschaft Surrey Said al-Hilli, den Bruder des ermordeten Saad. Die Ermittler hatten herausgefunden, dass die Brüder offenbar in eine schon länger sich hinziehende, heftige Auseinandersetzung über das Millionenerbe ihres Vaters verwickelt gewesen waren. Said al-Hilli wurde als möglicher Auftraggeber des Vierfachmordes angesehen. Zudem hatte er mit einem gefälschten Papier vergeblich versucht, vom Genfer Konto seines Vaters zwei Millionen Pfund abzuheben.

Said al-Hilli stritt jede Beteiligung an der Tat empört ab. Er bot sogar an, seine Unschuld mit einem Lügendetektortest zu bezeugen. Da dieser jedoch nur in der US-Justiz zur Anwendung kommt, wurde dieses Hilfsmittel zur Wahrheitsprüfung nicht herangezogen. Anfang 2014 gab die britische Polizei bekannt, dass Said al-Hilli nicht länger verdächtigt werde.

Währenddessen beschäftigten sich die Ermittler mit der Familiengeschichte der al-Hillis. Im Irak hatte die Familie bis 1970 zur wohlhabenden Bevölkerungsschicht gehört. Vater Kadhim hatte mehrere Unternehmen geführt und als erfolgreicher Entrepreneur gegolten. 1971 verließ Kadhim das Land mit seinen unmittelbaren Angehörigen und ging nach Großbritannien. Sein Bruder, der später nachkommen wollte, wurde angeblich im Irak unter dem an Macht gewinnenden Regime von Saddam Hussein verhaftet und gefoltert.

Kadhim und seine Familie siedelten sich zunächst in Pimlico an. Kadhim konnte auch in Großbritannien mit großem Erfolg neue Unternehmen aufbauen. 1984 erwarb er für 60.000 Pfund die Villa mit großem Grundstück in Claygate, außerhalb Londons im Grünen. Der Wert des Anwesens wurde 2012 auf über eine Million Pfund geschätzt. Später kamen mehrere Ferienhäuser in der Schweiz, in Frankreich und in Spanien hinzu.

Vater Kadhim starb 2011 während eines Aufenthalts auf seinem Anwesen an der spanischen Mittelmeerküste in Malaga. Sein älterer Sohn Said, der Volkswirtschaft studiert hatte, arbeitete zu diesem Zeitpunkt als Buchhalter für das Unternehmen »Burhill Group Limited«, das mehrere Golfplätze betreibt und Immobilien besitzt.

Der jüngere Bruder Saad, geboren 1962, galt als der dynamischere und charismatischere der beiden. Er hatte Ingenieurswissenschaften an einer Fachhochschule studiert, ein weiteres Studium der Informatik angeschlossen und beide erfolgreich beendet. Anschließend hatte er für die britische Nuklearforschungseinrichtung »Rutherford Appleton Laboratory« gearbeitet, später für den europäischen Rüstungskonzern »EADS«. 2002 bekam er die britische Staatsbürgerschaft verliehen. Seine Ehefrau Iqbal, die in Schweden aufgewachsen war und Zahnmedizin studiert hatte, traf Saad das erste Mal 2003 während eines Urlaubs in Dubai. Sie zog schon bald zu ihm nach Großbritannien, wenig später heirateten sie.

Saad gründete dann ein eigenes Unternehmen namens »SH-Tech« (»Saad al-Hilli Technology«), das er zunächst mit Said betrieb. 2011 entzog Saad seinem Bruder allerdings die Miteigentümerschaft und übertrug diese seiner Ehefrau Iqbal. Die Firma wurde von Großunternehmen wie Saads ehemaligem Arbeitgeber »EADS« bei der Entwicklung des Großraumflugzeugs A380 mit speziellen Zuarbeiten beauftragt, die sie erfolgreich abwickelte. Seit 2010 war sein Hauptauftraggeber die Firma »Surrey Satellite Technology«, die Mikrosatelliten für die Telekommunikation herstellt, also ebenfalls ein Unternehmen des Hochtechnologiebereichs.

Saad und seine Familie wohnten bis dahin in einem Reihenhaus im Süden Londons. Nach dem Tod des Vaters wollte auch Saad in die vom Vater beiden Söhnen zu gleichen Teilen vererbte Villa in Claygate einziehen. Was offenbar Said nicht gefiel. Es kam zu einer langwierigen heftigen Auseinandersetzung, die schließlich mit dem Auszug Saids endete.

Im Oktober 2012 teilten Schweizer Ermittler mit, dass Saad al-Hilli kurz vor seinem Tod einen Ausflug über die Grenze nach Genf unternommen und dort eine Bank aufgesucht habe. Angeblich hatte er über einen Zugang zum Millionenkonto seines Vaters verfügt, der wiederum angeblich Gelder verwaltet hatte, die ursprünglich dem irakischen Staatschef Saddam Hussein gehört haben sollen. Die Gelder seien kurz vor der US-Invasion 2003 in die Schweiz geschafft worden. Diese Meldung stammte vom deutschen Auslandsgeheimdienst BND. Wie diese Information zu der Tatsache passt, dass die Familie al-Hilli zu den Opfern Saddam Husseins gehört haben soll, ließ sich bislang nicht klären.

Französische Ermittler waren angesichts der vielen ins Nichts führenden Ermittlungsrichtungen schließlich zu dem Schluss gelangt, dass es sich bei dem Killer vermutlich um einen geistesgestörten Psychopathen handle, der ohne jedes Motiv und ohne Skrupel die vier Menschen getötet und die ältere Tochter schwer verletzt hatte. Als Beleg nannten sie unter anderem die für einen Profikiller einigermaßen absurde Waffenwahl – ein neunzig Jahre altes Sammlerstück. Eine solche Wahl sei keinem Profikiller, wohl aber einem Psychopathen zuzutrauen, so die Ermittler. Aber was, wenn es sich bei der Waffenwahl um eine bewusst gelegte Ablenkungsspur handelte?

Im November 2013 brachen zwei Diebe auf einem Campingplatz bei Lathuile ein, der nur ein paar Kilometer vom Tatort entfernt liegt. Sie überfielen das Besitzerehepaar. Die

Ehefrau wurde erschossen und der Mann geschlagen und mit dem Pistolenknauf verletzt. Die Täter konnten fliehen. Aufgrund der Ähnlichkeit der Verletzungen waren die Ermittler zunächst der Meinung, hier habe der Killer vom Waldparkplatz wieder zugeschlagen. Doch einige Wochen später konnten die Täter, eine Einbrecherbande von fünf Mann, festgenommen werden. Das Besitzerehepaar hatte sie beim Einbruch überrascht, daher waren sie attackiert worden. Die Bande bestand aus gewöhnlichen, wenn auch sehr gewalttätigen Einbrechern, die vor Gericht zu langjährigen Haftstrafen verurteilt wurden. Eine Verbindung zum al-Hilli-Fall ließ sich nicht nachweisen.

Am 18. Februar 2014 nahm die französische Polizei einen 48-jährigen Mann fest, den Zeugen als den Motorradfahrer identifiziert hatten, der kurz nach dem Serienmord in der Gegend gesehen worden war. In seinem Haus in Lathuile fanden die Polizisten mehrere Waffen, was der Mann damit erklärte, dass er Waffensammler sei. Die Ermittler untersuchten, ob er als Täter in Frage käme, mussten dies jedoch auch aufgrund der DNA-Spuren schließlich ausschließen. Der Mann, der bei der Motorradpolizei beschäftigt gewesen und ein Jahr zuvor aus der örtlichen Polizei entlassen worden war, besaß allerdings den von Zeugen beschriebenen auffälligen Helm. Dazu sagte er aus, dass er tatsächlich kurz nach der Tat in der Gegend gewesen sei, allerdings nur rein zufällig. Eine Mitwirkung am Vierfachmord konnte ihm nicht nachgewiesen werden.

Im Februar 2015 führte die französische Polizei einen Datenabgleich aller damals in der Gegend eingeloggten Mobiltelefone durch. Im Zuge dieser Maßnahme machte sie einen weiteren Motorradfahrer ausfindig, der sich am Tattag in der Nähe des Tatorts aufgehalten hatte. Es handelte sich dabei um einen Unternehmer aus der Gegend, der laut Ermittlern allerdings »über jeden Verdacht erhaben« sei. Es gebe keinerlei Verbindung zwischen ihm, der Tatwaffe oder den Opfern. Was er an diesem Tag im Tal gemacht hatte, wohin er weiterfuhr, blieb jedoch unklar.

2017, fünf Jahre nach dem furchtbaren Verbrechen, war der Dokumentenbestand im Zusammenhang mit dem Vierfachmord auf 100 Aktenordner angewachsen, ohne dass auch nur der Hauch einer Chance bestand, das Verbrechen juristisch zu klären. Es wollte einfach nicht gelingen, einen Täter dingfest zu machen. Es wurden zwar Verdächtige beigebracht, doch keinem konnte die Tat nachgewiesen werden. Zudem rankten sich regelrechte Verschwörungstheorien um den Fall.

So stießen die Ermittler auf einen Mann namens Nordahl Lelandais, einen 34-jährigen Ex-Soldaten, der als Täter in zwei anderen Mordfällen in der Gegend überführt worden war. Am 12. April 2017 war Arthur Noyer, ein 24-jähriger Soldat, nachts in der Gegend von Chambéry von einer Diskothek nach Hause getrampt und dort verschwunden. Der zweite Fall betraf das achtjährige Mädchen Maëlys de Araujo. Sie war mit ihren Eltern im August 2017 bei einer Hochzeit zu Gast gewesen, genau wie Lelandais. Während des Abends war das kleine Kind verschwunden und wurde seitdem nie mehr gesehen. Arthur Noyers Leiche dagegen fand man Monate nach der Tat Dutzende von Kilometern vom Ort seines Verschwindens entfernt. Angeblich hatte Lelandais ihn mitgenommen, betäubt, missbraucht und dann ermordet. Sein Handy war zum Zeitpunkt des Verschwindens von Noyer in derselben Gegend eingeloggt gewesen. Lelandais wurde für beide Taten verurteilt und sitzt seit September 2017 im Gefängnis. Die Ermittler versuchten herauszufinden, ob er auch für das Verbrechen am Lac d'Annecy verantwortlich sein könnte. Mussten das aber nach einiger Zeit erfolglos aufgeben.

Ein Jahr vor dem Vierfachmord vom Waldparkplatz war es entlang der Fahrtstrecke der al-Hillis bereits schon einmal zu einem mysteriösen, bis heute unaufgeklärten Mordfall gekommen. Am 18. Juli 2011 war der 29-jährige Xavier Baligant aus Nivelles bei Brüssel auf einem Parkplatz an der nordfranzösischen Autobahn A31 bei Nancy erschossen worden. Der kurz zuvor geschiedene Angestellte eines Pharmazieunternehmens war mit seinen beiden kleinen Söhnen auf der Rückfahrt von einem Wanderurlaub an der Ardèche gewesen, als er gegen zwei Uhr früh eine nächtliche Pinkelpause einlegte. Er parkte seinen Wagen direkt vor den Toiletten des Rastplatzes, auf der Rückbank schliefen die beiden Kinder. Er stieg aus und ging zu den Toiletten. Unmittelbar vor deren Eingang wurde er erschossen. Dabei traf eine Kugel seinen Kopf, eine seine Brustregion, und zwei weitere – wohl Abwehrverletzungen – seine Hände. Die Sicherheit, mit der der Schütze Kopf und Brust tödlich zu treffen vermocht hatte, ließ die Ermittler an einen Profikiller denken. Auch in diesem Fall war eine historische Schusswaffe, ein Sammlerstück, verwendet worden. Es handelte sich um eine Schweizer Armeewaffe vom Typ Mousqueton 1931.

Am 4. Mai 2017 nahm die Polizei in der Nähe von Chevaline einen Mann südafrikanischer Staatsbürgerschaft fest, der als Waffenhändler und Sammler historischer Waffen bekannt war. Doch auch hier ließen sich nach längeren Untersuchungen keine stichhaltigen Verbindungen zum Vierfachmord herstellen.

2020 untersuchte die französische Polizei mögliche Verbindungen zwischen dem Mordanschlag von Chevaline und einer Reihe von Anschlägen und Attentatsplänen, die von einer französischen Terroristenzelle ausgegangen waren. Es handelte sich dabei nicht um islamistische Attentäter, sondern um rechtsradikale Franzosen, die sich unter Vorspiegelung falscher Tatsachen einer französischen Freimaurerloge angeschlossen hatten. Die beiden Hauptattentäter wiesen Verbindungen zum französischen Auslandsgeheimdienst DGSE aus. Sie waren zwar keine Agenten des Dienstes, gehörten aber zum Wachpersonal des DGSE-Ausbildungslagers in Cercottes bei Paris. Auffällig war, dass bei der Durchsuchung des Hauses der beiden Munition des Kalibers 7,65 x 21 Millimeter gefunden wurde, also derselbe Typ, der beim Anschlag in Chevaline verwendet worden war. Allerdings konnten bisher keine weiteren Verbindungen der beiden DGSE-Wächter zum Anschlag in Chevaline eruiert werden.

Eine weitere innerfamiliäre Spur führte nach Schweden. Die dortige Polizei teilte den französischen Ermittlern mit, dass Haydar Taher, der Bruder von Iqbal und Sohn der ebenfalls umgebrachten Suhaila al-Hallaf, bereits einige Gewaltstraftaten begangen habe und zumindest theoretisch als Täter oder Auftraggeber in Frage käme. Doch zunächst schien Haydar wie vom Boden verschwunden. Es wurde ein europäischer Haftbefehl ausgestellt und an die verschiedenen Länderpolizeiorganisationen verteilt. Wenige Tage später meldeten die britischen Beamten, dass Haydar gefunden worden sei. Er lag schon seit Wochen als Patient in einem britischen Krankenhaus, in einem Zustand, der eine wie auch immer geartete Mitwirkung an dem Mordkomplott ausgeschlossen scheinen ließ.

Die britische Presse äußerte noch die Hypothese, dass es sich bei dem Vierfachmord um einen schiefgegangenen Fahrzeugdiebstahl gehandelt haben könnte. Einige Monate zuvor hatte das britische Außenministerium Reisende davor gewarnt, dass es in dieser Region Frankreichs verstärkt zu Autodiebstählen gekommen sei. Doch im Laufe der Ermittlungen konnten diese Vermutungen nicht erhärtet werden.

2020 wurde in der französischen Presse geäußert, es bestehe möglicherweise ein Zusammenhang zwischen dem Mordanschlag und der 2010 ausgeführten israelisch-amerikanischen Internet-Attacke auf iranische Nuklearforschungseinrichtungen mit dem Virus Stuxnet. Doch auch diese Hypothese ließ sich im Weiteren nicht konkretisieren.

In den letzten Jahren wurde im Zusammenhang mit dem Mehrfachmord von Chevaline an einen bis heute ungeklärten Mordfall aus den fünfziger Jahren erinnert, die sogenannte »Affäre Dominici«. Dabei erschoss ein bis heute unbekannter Täter am 5. August 1952 den berühmten britischen Biochemiker Sir Jack Drummond (61) seine Frau Lady Anne Drummond (44) und deren zehnjährige Tochter Elizabeth. Die Familie Drummond war auf Urlaub an der Côte d'Azur gewesen, als das Verbrechen geschah. Die beiden Eltern waren mitten in der Nacht neben ihrem Fahrzeug mit einem halbautomatischen Gewehr erschossen worden, die Tochter mit dem Lauf der Waffe erschlagen. Wer die Tat begangen hat, ist bis heute umstritten. Verurteilt wurde der Bauer, der die Leichen fand, Gaston Dominici. Allerdings waren die polizeilichen Ermittlungen und der Prozess von vielen Pannen und Fehlern geprägt, so dass Präsident De Gaulle den Häftling 1960 begnadigte. Dominici starb 1965 und erklärte bis zuletzt, er sei unschuldig.

Tristan ohne Isolde

Es gibt Geschichten, die sind einfach nur traurig und auf fast schon groteske Weise grausam. Sie hinterlassen einen schockiert und fassungslos. Die folgende Geschichte ist eine von diesen. Es geht um einen Jungen, der in den achtziger Jahren in den ärmeren Vierteln von Frankfurt am Main aufwächst. Das Leben meint es nicht gut mit ihm. Er ist ein Einzelkind. Die Ehe der Eltern läuft nicht besonders. Immer wieder Streit, Auseinandersetzungen. Ohne dass der Junge versteht, worum es geht. Schließlich begeht die Mutter Selbstmord. Er ist gerade elf Jahre alt.

Danach versucht sein Vater, den Jungen alleinerziehend durchs Leben zu bringen. Was ihm aber eher schlecht als recht gelingt. Die örtliche Umwelt ist feindselig, der Junge wird oft verprügelt und ausgeraubt. Dennoch versucht er, alles richtig zu machen und niemanden zu enttäuschen. Am Ende wird er im Alter von 13 Jahren auf äußerst grausame Weise ermordet und verstümmelt. Der Name des Jungen ist Tristan Brübach. Das ist seine Geschichte.

In der berühmten Oper *Tristan und Isolde* von Richard Wagner geht es um die Liebe von zwei Menschen, die sich nicht erfüllen darf. Am Ende sterben beide wegen eines Missverständnisses. Der Junge, um dessen furchtbares Schicksal es hier gehen soll, erhielt also schon mit seinem Taufnamen Tristan eine erhebliche Hypothek mit auf den Lebensweg.

Er wurde 1984 in der Main-Metropole geboren und wuchs als Einzelkind in den Stadtteilen Höchst und Unterliederbach auf. Das erste einschneidende Ereignis in Tristans Leben ist sicher der Selbstmord seiner Mutter.

Ob ihre Drogenvergangenheit zu ihrem Ende beitrug, ist unklar. Nach ihrem Ableben 1995 übernahm Vater Bernd Brübach allein die Erziehung und Versorgung des elfjährigen Kindes und wurde dabei durch Tristans Großmutter unterstützt.

Bernd arbeitete damals in einem 24-Stunden-Kiosk am Frankfurter Hauptbahnhof, um sich und seinem Sohn den Lebensunterhalt zu sichern. Tristan war daher trotz der Hilfe seitens der Großmutter oft allein. Freunde hatte er nur wenige. Er war ein Einzelgänger. Und vertrieb sich die Zeit und die Einsamkeit mit dem in einem Käfig auf dem Balkon gehaltenen Kaninchen Hoppelfried, saß vor seiner Playstation oder streunte draußen herum.

Tristan, der zweimal sitzengeblieben war, besuchte im März 1998 die 5. Klasse einer Schule in Frankfurt-Sindlingen, auf die er kurz zuvor gewechselt war. Er ging als schmächtiger, sensibler Junge körperlichen Auseinandersetzungen mit Gleichaltrigen oder älteren Jugendlichen möglichst aus dem Weg. Doch die Gegend, in der er aufwuchs, war rau. Die Ermittler stellten im Nachhinein fest, dass er häufig von andere Jugendlichen angegriffen und ausgeraubt worden war.

Tristan, zu diesem Zeitpunkt zwei Jahre älter als die Kinder in seiner aktuellen Klasse, hatte zu ihnen kaum Kontakt. Stattdessen trieb er sich in seiner Freizeit gerne auf der Straße herum. Wie in vielen anderen Städten existiert auch rund um den Bahnhof von Höchst eine »Bahnhofs-Szene«, eine bunte Mischung aus Alkoholikern, Obdachlosen, Drogenabhängigen, Kleinkriminellen und anderen Randfiguren der Gesellschaft. Ob Tristan vor seinem Tod Kontakt zu dieser Szene in Höchst hatte, können die Ermittler später nicht mit Sicherheit herausfinden. Dagegen steht für die Polizei fest, dass der noch näher zu beschreibende spätere Täter sich im Umfeld dieses speziellen Milieus bewegte. Es ist jedenfalls nicht völlig auszuschließen, dass Tristan seinem Mörder bereits längere Zeit vor der Tat schon einmal oder mehrfach auf der Straße begegnet war.

An dem Tag, an dem Tristans Leben ein so grauenvolles Ende nehmen sollte, an jenem Donnerstag, dem 26. März 1998, verließ sein Vater, Bernd Brübach, wie immer morgens um halb fünf die Wohnung und ging zur Arbeit. Tristan stand wie üblich um sieben allein auf, um zur Schule zu gehen. Allerdings sollte dieser Tag von Anfang an nicht wie so viele andere davor verlaufen. Denn gegen acht Uhr klingelte das Telefon an Bernds Arbeitsplatz. Tristan rief ihn von einer Telefonzelle in der Nähe der Wohnung an, da die Familie über keinen Telefonanschluss verfügte. Er sagte, er habe Rückenschmerzen und wolle nicht zur Schule. Sein Vater überredete ihn, doch zur Schule zu gehen und erst danach zu ihrem Hausarzt.

Tristan ließ sich überreden, legte auf, schnappte sich seinen Schulrucksack und ging los. Auf der Straße traf er einen seiner wenige Freunde, einen gleichaltrigen Jungen namens Boris. Die beiden rauchten vor der Schule erst noch eine Zigarette in einem nahegelegenen Park. Dadurch verspätete sich Tristan und kam erst gegen neun Uhr, also zur zweiten Stunde zum Unterricht.

Seine Klassenlehrerin sagte aus, dass Tristan ab neun Uhr ganz normal am Unterricht teilgenommen und auch um halb eins in der Schulkantine zu Mittag gegessen habe. Danach sei er zu ihr gekommen und habe um Erlaubnis gebeten, zum Arzt zu gehen, weil er Rückenschmerzen habe. Er sei einen Tag zuvor vom Baum gefallen. Tatsächlich war er während einer der bei Jugendlichen im vordigitalen Zeitalter so beliebten »Steinschlachten« – zwei im Idealfall gleichstarke Gruppen bewerfen sich mit kleineren, manchmal auch größeren Steinen – durch ein Wurfgeschoss am Rücken verletzt worden. Die Lehrerin erlaubte ihm den Arztbesuch. Tristan verließ daher gegen halb zwei das Schulgebäude. Zu diesem Zeitpunkt hatte er noch zwei Stunden zu leben.

Eine Mitschülerin sah Tristan, wie er vor der Schule in den Bus Richtung Bahnhof Höchst stieg. Er setzte sich wie immer in die hinterste Sitzreihe. Zwischen zwei und halb drei sah sein Freund Boris ihn im Bus fahrend. Boris saß in einem anderen Bus und winkte Tristan zu. Der bekam die Signale seines Freundes aber nicht mit. Daher stieg Boris an der nächsten Haltestelle aus und rannte zu Fuß durch die Höchster Fußgängerzone, um auf schnellstem Weg zum Bahnhof zu kommen, da er davon ausging, dort Tristan zu treffen. Am Höchster Bahnhof angekommen, konnte Boris Tristan jedoch an keinem der üblichen Treffpunkte finden und ging nach Hause.

Ein anderer Mitschüler sah Tristan gegen halb drei, wie er allein auf einer Bank in der östlich an den Bahnhof anschließenden Parkanlage saß und rauchte. Es war ein kühler, aber sonniger Tag. Eine Frau – eine Nachhilfelehrerin oder eine Hundebesitzerin, da sind sich die Berichterstatter nicht einig – die im Park kurz mit ihm ins Gespräch kam, sah beim Weitergehen, wie sich zwei Männer neben Tristan auf die Parkbank setzten.

Um Viertel vor drei spielten einige Kinder auf einem Spielplatz nördlich der Gleisanlagen des Höchster Bahnhofs, an dem zehn parallele Schienenstränge in Ost-West-Richtung entlanglaufen. Sie wollten in den Park auf der anderen, südlichen Seite der Gleisanlagen und beschlossen, die bekannte Abkürzung durch den knapp hundert Meter langen Liederbach-Tunnel zu nehmen. In diesem für Fußgänger eigentlich gesperrten Tunnel unterquert ein Bachlauf, der Liederbach, die Gleistrassen von Nord nach Süd. Der Tunnel ist knapp mannshoch und zwei Meter breit. Für die Kinder der Gegend war es eine bequeme Abkürzung und gleichzeitig eine Mutprobe, durch den unbeleuchteten Tunnel zu gehen.

Als die Kinder den Tunnel von Norden her betraten, sahen sie etwa in der Tunnelmitte die Silhouette eines Mannes im Halbdunkel, der sich über einen Gegenstand beugte. Die Kinder beobachteten den Mann kurz und entschlossen sich dann, weil ihnen die Situation unheimlich war, doch die normale Fußgängerunterführung hundert Meter weiter zu nehmen. Was ihnen vermutlich das Leben rettete.

Mit an Sicherheit grenzender Wahrscheinlichkeit haben diese Kinder den Mörder von Tristan bei seiner Tat gesehen. Dass gerade ein Mord geschehen war und ein psychopathischer Täter sich anschickte, die Leiche zu zerstückeln, konnten sie auf die Entfernung im Halbdunkel zum Glück nicht erkennen. Doch konnten sie später zumindest eine ansatzweise Täterbeschreibung abgeben.

Kurz nach 17 Uhr ging bei der Polizei die Meldung ein, in einer Unterführung des Liederbachs westlich des Bahnhofes Frankfurt-Höchst, also im Liederbach-Tunnel, sei eine Leiche gefunden worden. Die Meldung kam von einem Betreuer der in Tatortnähe liegenden Kindertagesstätte. Ihm hatten zwei Kinder gesagt, dass dort ein Toter liege. Die beiden Kinder waren gegen 16 Uhr durch die Abkürzung im Tunnel zur anderen Seite der Gleisanlagen gegangen. Nachdem der Betreuer sich davon überzeugt hatte, dass die Kinder ihm keinen Unsinn erzählt hatten, hatte er die Polizei verständigt.

Den Beamten bot sich ein Bild des Grauens. Wie die spätere Rekonstruktion ergab, war Tristan mit extremer

Gewalt geschlagen worden. So heftig, dass sein Gesicht kaum noch erkennbar war. Der Täter hatte ihn auch gewürgt. Als der Junge ohnmächtig oder zumindest nicht mehr in der Lage gewesen war, Widerstand zu leisten, hatte der Täter ein Messer gezogen und seinem Opfer einen heftigen Schnitt in den Hals versetzt. So tief, dass der Kopf nahezu abgetrennt wurde. Dann ließ der Täter, der offenbar keinerlei Angst vor Entdeckung hatte oder völlig im Rausch der Gewalt war, die Leiche im Bach am Tunneleingang ausbluten. Erst dann schleppte er sie ins Dunkel des Tunnels hinein. Im von draußen hereinscheinenden Restlicht nahm er jetzt weitere Manipulationen an der Leiche vor.

Er zog ihr Hose und Unterhose herunter, öffnete den Unterbauch mit dem Messer über dem Schambein und entfernte auf diesem Weg der Leiche beide Hoden. Anschließend schnitt er Tristan Muskelfleisch aus Gesäß und Oberschenkeln. Von den abgeschnittenen Körperteilen fand sich rund um den Tatort keine Spur. Offenbar nahm der Täter sie mit. Die Art, wie die Schnitte geführt wurden, verrieten anatomische Grundkenntnisse oder zumindest Erfahrungen im Metzgereibereich. Einer der Beamten vor Ort sagte, es sah aus wie auf einer Schlachtbank.

Am Ende legte der Täter die Leiche auf einem Betonsockel ab. Er zog Tristan die Hose wieder hoch, so gut das ging, und bedeckte so die tiefen Schnitte an Bein und Po. Außerdem stellte er beide Schuhe, die das Kind entweder während der Tat verloren hatte oder die der Täter ihm ausgezogen hatte, akkurat parallel zueinander auf die Leiche. Tristans Rucksack mit seinen Schulsachen war am Tatort nicht zu sehen. Offenbar nahm der Täter ihn mit.

Die polizeilichen Ermittlungen gestalteten sich schwierig. Ein Jahr später, im März 1999, fanden Waldarbeiter

Tristans Rucksack in einem Forstabschnitt bei Niedernhausen, über 25 Kilometer vom Tatort entfernt. Die Schulsachen waren nicht mehr vorhanden. Stattdessen entdeckten die Ermittler im Rucksack eine Deutschlandstraßenkarte in tschechischer Sprache. Daraufhin wurden entsprechende Presseaufrufe mit der Bitte um Hinweise auch in Tschechien und in der Slowakei ausgestrahlt. Doch vergeblich. Es ergaben sich keine neuen Anhaltspunkte. Möglicherweise handelte es sich bei der Karte um eine bewusst gelegte falsche Fährte.

Da auf einem Schulheft von Tristan, dass am Tatort gefunden worden war, ein blutiger Fingerabdruck gesichert werden konnte, der nicht von dem Jungen stammte, versuchte die Polizei auf diesem Weg dem Täter auf die Spur zu kommen. Ab 2002 begann in einer aufsehenerregenden Aktion, wie sie in dieser Größenordnung in der BRD bis zu diesem Zeitpunkt noch nie durchgeführt worden war, eine verdachtsunabhängige Reihenuntersuchung nach Fingerabdrücken. Alle damaligen männlichen Einwohner der Frankfurter Stadtteile Höchst und Unterliederbach im Alter von 15 bis 45 Jahren sowie Berufspendler wurden aufgefordert, bei der Polizei ihre Fingerabdrücke nehmen zu lassen.

Insgesamt dauerte die Aktion einige Jahre. Bis 2014 hatten über 98 Prozent der Höchster und 93 Prozent der Unterliederbacher Einwohner ihre Fingerabdrücke abgegeben. Doch ein Treffer war nicht darunter. Die Ermittler waren allerdings alarmiert, als sie eine Nachricht aus den USA erreichte. Eine Frau beschuldigte ihren Ex-Mann, einen in Frankfurt lebenden Bauingenieur, mit konkreten Angaben der Tat. Umgehend wurde der Verdächtige einer polizeilichen Ermittlung unterzogen, sein Umfeld und sein Alibi abgeklärt, DNA- und Fingerabdruckproben genommen. Es stellte sich jedoch nach wenigen Tagen heraus, dass es sich um den Rachefeldzug einer verlassenen Ehefrau handelte. Der Mann hatte nichts mit dem Mord zu tun.

Mitte Mai 2016 dann der nächste Hoffnungsschimmer. Das Hessische Landeskriminalamt in Wiesbaden gab bekannt, dass der 2014 verstorbene Sexualmörder Manfred Seel, der mehrere Frauen auf sadistisch-psychopathische Weise ermordet hatte, möglicherweise auch für das Verbrechen an Tristan verantwortlich sei. Dafür gebe es deutliche Indizien. Im Oktober 2017 kam dann der Rückzieher. Die Frankfurter Polizei teilte kleinlaut mit, Seel sei nach vielen Überprüfungen als Täter auszuschließen. Daher werde nun die öffentliche Fahndung nach Tristans Mörder wieder aufgenommen.

Die Ermittler konzentrierten sich nun auf die Phantomzeichnung, die mithilfe der Aussagen der Kinder angefertigt worden war. Sie hatten den Verdächtigen zur Tatzeit im Tunnel gesehen, auch wenn sie wegen der Lichtverhältnisse nichts Genaues erkennen konnten. Die Ermittler fahndeten nach einem zur Tatzeit etwa zwanzig bis dreißig Jahre alten Mann mit auffälliger Hasenscharte oder Narbe an der Oberlippe. Die Kinder hatten ihn als ungepflegte Erscheinung beschrieben. Außer den Kindern hatten noch mehrere andere Zeugen diesen Mann am Tattag im Umfeld des Bahnhofs gesehen. Die Polizei dehnte die Suche nach ihm auf Gebiete jenseits der deutschen Landesgrenzen aus, doch nirgends war eine in Frage kommende Person bekannt.

Außer den Kindern gab es noch eine weitere Zeugin, die Angaben über das Aussehen des Verdächtigen machen konnte. Denn sie hatte ihn kurz nach der Tat, gegen 15.50 Uhr am Liederbach-Tunnel aus einem Gebüsch kommen sehen. Das zwölfjährige Mädchen beschrieb eine Person mit Mütze und Pferdeschwanz oder Zopf. Eine Woche später hatte ein genauso aussehender Mann die Kanzlei eines Frankfurter Rechtsanwalts betreten. Gegenüber der Anwaltsgehilfin hatte er gesagt, er sei gerade aus dem Knast entlassen worden und habe schon wieder Mist gebaut. Die Anwaltsgehilfin schickte ihn daraufhin zu einer benachbarten Strafrechts-Kanzlei. Dort sprach der Unbekannte aber nie vor.

Eine Woche später meldete sich eine weitere Zeugin. Ihre Aussage war besonders interessant, weil sie Tristan persönlich gekannt und ihm regelmäßig Nachhilfe gegeben hatte. Sie sagte aus, sie habe Tristan wenige Tage vor dem Mord in Begleitung eines Mannes gesehen, der genauso aussah wie der Verdächtige vom Phantombild. Sie war sicher, diesen Mann rund um den Bahnhof Frankfurt-Höchst öfter gesehen zu haben.

Eine andere Zeugin stellte die Situation kurz vor der Tat etwas anders dar. Sie sagte aus, sie habe Tristan im Bruno-Asch-Park neben dem Bahnhof um 15.20 Uhr gesehen. Er hatte zu diesem Zeitpunkt auf einer Parkbank gesessen und eine Zigarette geraucht. Die Zeugin hatte sich kurz mit ihm unterhalten und war kurze Zeit später weitergegangen. Als sie sich einige Schritte von der Parkbank entfernt hatte, drehte sie sich um. In diesem Augenblick setzten sich zwei Männer rechts und links von Tristan auf die Parkbank. Das muss nach Angaben der Ermittler etwa zehn bis fünfzehn Minuten vor der schrecklichen Gewalttat gewesen sein. Wer diese Männer waren, konnte bis heute nicht ermittelt werden.

Am 7. April 1998, einen Tag nach Tristans Beerdigung, rief ein bislang unbekannter Mann bei der Polizei an und behauptete, er sei Tristans Mörder. Er stehe in einer Telefonzelle am Höchster Bahnhof und wolle festgenommen werden. Als sofort in Marsch gesetzte Polizisten dort eintrafen, war die Telefonzelle jedoch leer und auch im Umfeld niemand zu sehen, auf den die Beschreibung zutraf.

Die Polizei hatte jedoch die Stimme des Anrufers auf Band. Doch obwohl die Aufnahme ab September 1998 bundesweit abgehört werden konnte, meldete sich niemand, der die Stimme kannte. Wer der Anrufer war, konnte bis heute nicht ermittelt werden. Nicht einmal vor dem Grab des bedauernswerten Mordopfers schreckten Unbekannte zurück, die im Oktober 1999 nachts den Friedhof Höchst betraten und dort eine mehr als einen Meter tiefe Grube aushoben. Ihr Ziel bestand offenbar darin, an den Sarg zu gelangen. Doch offenbar wurden sie gestört, brachen ihr Vorhaben ab und verschwanden.

Für die Grabstelle hatte Bernds Vater bis März 2018 die Friedhofsgebühren im Voraus bezahlt. Nachdem er 2015 starb, gründete sich eine Bürgerinitiative zum Erhalt des Grabes. Im März 2018 wurde sie in eine Gedenkstätte für Tristan umgewidmet.

Auch eine zeitweise sehr hohe Belohnung vermochte nicht den entscheidenden Durchbruch im Mordfall zu erbringen. So hat die Staatsanwaltschaft Frankfurt am Main bis heute für Hinweise, die zur Verhaftung von Tristans Mörder führen, eine Belohnung von 15.000 Euro ausgesetzt. Eine Privatperson erhöhte diese Summe nochmals um 5.000 Euro. In einer gesonderten Aktion bot eine weitere Privatperson befristet bis Mai 2016 eine zusätzliche Belohnung von 80.000 Euro an. Vorübergehend stand also die erstaunliche Summe von 100.000 Euro als Belohnung zur Verfügung. Als jedoch trotzdem monatelang keine zielführenden Hinweise eingingen, wurde diese gesonderte Belohnung wieder zurückgezogen.

2013, zum 15. Jahrestag der grausamen Ermordung Tristans, unternahm die Polizei einen neuen Anlauf, den Täter zu fassen. Auf der Basis von Persönlichkeitsanalysen durch Profiler wurde eine neue Beschreibung der Täterpersönlichkeit erstellt. Der Mörder wäre demnach zur Tatzeit 1998 zwischen 25 und 35 Jahre alt gewesen und habe aufgrund seiner sexuellen Neigungen Kontakt zu Kindern gesucht. Er lebte höchstwahrscheinlich sozial sehr zurückgezogen, ohne eigene Intimbeziehung. Zudem müsse er biographische oder berufliche Kontakte zum Frankfurter Stadtteil Höchst und zu Hofheim am Taunus gehabt haben. Denn mittlerweile lagen Zeugenaussagen vor, denen zufolge ein dem Phantom ähnelnder Mann in Hofheim ebenfalls Kinder angesprochen habe. Bei dem Mörder von Tristan handle es sich um einen Einzeltäter, einen »einsamen Wolf«.

Viele weitere Fragen zur Täterpersönlichkeit konnten die Profiler aufgrund der kargen Spurenlage allerdings bis heute nicht beantworten. Handelte es sich möglicherweise um einen nach außen hin völlig biederen Familienvater? Der wie der mutmaßliche Foltermörder Seel scheinbar ein ganz ehrbares Leben lebte? Wohnte der Täter in Frankfurt oder Umgebung? Pendelte er zu einer Arbeitsstelle in Frankfurt? Warum wurde gerade Tristan von ihm als Opfer ausgewählt? Warum ermordete er Tristan auf so bestialische Weise? Was machte der Täter mit den verschwundenen Leichenteilen? Ist er womöglich in der kannibalistischen Szene bekannt?

Auch der vom Täter gewählte Tatort warf Fragen auf, die bis heute ihrer Beantwortung harren. Denn rund um den Tatort hielten sich häufig Kinder auf. Suchte der Täter dort also gezielt nach einem jugendlichen Opfer? Handelte es sich also um eine gezielte, geplante Tat? Oder im

Gegenteil um eine spontane, die situativen Gegebenheiten ausnutzende Tat, bei der die Opferauswahl völlig zufällig stattfand? Das Opfer stellte für den Täter laut Polizei offenbar ein austauschbares Objekt dar – ein anderes Kind wäre ihm ebenso recht gewesen. Was die Wahrheit ist, wird sich erst – wenn überhaupt – im Prozess gegen den Täter herausstellen. Falls es jemals dazu kommen sollte. Genauso gut kann es jedoch sein, dass der »einsame Wolf« als »Jäger« schon länger nach geeigneter Beute Ausschau gehalten hatte. Dass er den immer wieder nachmittags am Bahnhof auftauchenden Tristan beobachtete und ihn sich als Opfer ausgewählt hatte.

Fest steht, dass sich der Täter auf seine Tat gründlich vorbereitet hatte, sowohl psychologisch als auch mit einem offenbar vorher zurechtgelegten Instrumentarium. Er folgte einem von ihm sorgfältig festgelegten Ablauf. Von der Neutralisierung des Opfers durch Schläge und Würgen über den Schnitt durch die Kehle bis zum Ausblutenlassen. Der Täter wollte nach dem planmäßig durchgeführten Mord Blutspuren an der eigenen Kleidung während der anstehenden Zerstückelung des Opfers gezielt vermeiden. Auch das spricht dafür, dass der Täter über Grundkenntnisse aus der Fleischverarbeitung in Metzgereibetrieben oder Schlachthöfen verfügte, dort möglicherweise in der Vergangenheit gearbeitet hatte.

Dann folgte die gezielte Entnahme der Hoden, entweder als Fetisch oder zum Verzehr, ebenso wie die Teile aus Oberschenkel und Po. Hier hatte sich jemand eine Menge Gedanken gemacht, um in einem stringenten, zielgerichteten Ablauf bis zu diesem Punkt zu kommen. Und auch die weiteren Schritte verrieten eine Menge Planung, denn für die entnommenen Fleischstücke musste der Täter vorbereitete Plastikbeutel oder ähnliche Behältnisse mitgeführt haben, um die abgeteilten Fleischstücke einpacken und unauffällig mitnehmen zu können.

Zuletzt zog er die Leiche wieder an und drapierte die Schuhe des Opfers auf der Leiche – für die Profiler kein Zufall, sondern ebenfalls eine vorher geplante Geste. Dann verschwand der Täter wie ein Geist. Als sei er unsichtbar geworden. Nach dem Gemetzel im Tunnel, das ja wie jedes Verbrechen immer auch eine Kommunikation mit der Öffentlichkeit darstellt. Schaut her, ich kann das machen, ungestraft, und komme auch damit davon! Und ich vermag es sogar, wieder abzutauchen in die völlige Anonymität. Obwohl mich mehrere Zeugen, die Kinder im Tunnel und das Mädchen, das mich aus dem Gebüsch kommen sah, beschreiben konnten.

Die Profiler sind mittlerweile davon überzeugt, dass es dem Täter hauptsächlich um die abgetrennten Körperteile ging. Darum, sie von einem männlichen, kindlichen Opfer loszuschneiden. Um damit später seine sexuellen Fantasien in die Realität umzusetzen.

Über 25.000 Hinweise und Spuren hat die Polizei in dem seit der schrecklichen Tat vergangenen knappen Vierteljahrhundert überprüft. Ohne Ergebnis. Doch zuletzt schöpften die Ermittler neue Hoffnung. Denn 2020 ergaben sich Anhaltspunkte, die recht konkret auf einen ganz neuen Verdächtigen hinwiesen. Der auch noch dem Phantombild von 1998 verblüffend ähnlich sah.

Es handelte sich um jenen Mann, der mittlerweile dringend verdächtigt wird, der Täter im Entführungsfall der kleinen Maddie McCann zu sein. Diese wurde fast genau neun Jahre nach der Höchster Untat 2007 in Portugal aus einer Ferienanlage verschleppt und ist seitdem spurlos verschwunden. Für die deutschen Ermittler steht fest, dass Maddie mit an Sicherheit grenzender Wahrscheinlichkeit tot ist. Der Verdächtige, Christian B., könnte auch mit dem Tod von Tristan zu tun haben. Die Oberstaatsanwaltschaft nannte seinerzeit einige der Gründe, warum sie im Hinblick auf die Ermordung von Tristan auf Christian B. aufmerksam wurde. Entscheidend hierfür waren der spezifische Tathergang und die ziemlich verblüffende Ähnlichkeit mit dem Phantombild von 1998. Spezifischere Einzelheiten konnte sie mit Rücksicht auf die laufenden Ermittlungen noch nicht nennen.

Auffällig ist: Beide Kinder waren nur kurze Zeit ohne Aufsicht, als sie verschwanden. Beide entsprachen einem gewissen Schönheitsideal. Der als gewalttätig bekannte Verdächtige führte in den letzten Jahrzehnten jedoch einen unsteten Lebenswandel, was die Ermittlungen bis heute erschwert. Dennoch steht nach Informationen des BKA offenbar fest, dass der Verdächtige zum Zeitpunkt der Ermordung Tristans in Frankfurt oder Umgebung, also im Main-Taunus-Kreis, unterwegs gewesen war.

Was die Ermittlung des tatsächlichen Täters zusätzlich erschwert, ist die Singularität dieser Mordhandlung. Die Ermittler haben in mehr als achtzig Ländern nach vergleichbaren Fällen gesucht, vergeblich. Das Verletzungsbild ist weltweit einmalig. Auf diese Art und Weise hat bisher, zumindest nach Aktenlage, kein anderer Täter sein Opfer zu Tode gebracht.

Allerdings meldete sich nach der Ausstrahlung des Falls bei »Aktenzeichen XY… ungelöst« ein HNO-Arzt bei der Polizei mit einem wichtigen Hinweis. Die Polizei möge doch einmal die örtlichen Krankenhäuser abklappern. Der Verdächtige, der laut Zeugenaussagen beim Sprechen »nuschelte«, weise offenbar eine spezifische Missbildung auf, eine Lippen-Kiefer-Gaumensegel-Spalte. Eine solche Missbildung werde bei der Geburt in jeder Klinik aktenmäßig festgehalten. Sollte der Täter aus dem Großraum Frankfurt stammen, müsste sich das in den Aktenarchiven der Krankenhäuser feststellen lassen. Doch das Frankfurter Amtsgericht lehnte die Durchsuchung der Krankenhausarchive aus Gründen des Datenschutzes und der Persönlichkeitsrechte ab. Daher konnte diese Spur nicht weiterverfolgt werden.

Die Ermittler sind mittlerweile sicher, dass Tristan seinen Mörder gekannt haben muss. Vermutlich stammte er aus der kleinkriminellen Szene rund um den Höchster Bahnhof. Da dort auch mit Drogen gehandelt wird, muss die Möglichkeit in Betracht gezogen werden, dass der Täter selbst mit Drogen Umgang hatte, trotz der planmäßigen Ausführung der Tat. Daraus folgt weiter, dass der Täter heute möglicherweise gar nicht mehr lebt, sondern seiner Drogensucht zum Opfer fiel. Möglicherweise kam er sogar schon kurz nach der Tat ums Leben. Was erklären würde, warum es – entgegen den sonstigen Gesetzmäßigkeiten bei derart grausam-psychopathischen Verbrechen – keine vergleichbaren Folgetaten gab.

Die Zerstörung einer Familie

Auch im folgenden Fall geht es darum, wie das Schicksal in das Leben einer unbescholtenen, gutbürgerlichen Familie einbricht. Ein Verbrechen, offenbar von langer Hand geplant, führt zum Tod von zwei Menschen und zerstört das Leben der überlebenden Familienmitglieder für immer.

Ein freundlicher, sonniger Tag. So bleibt dieser Montag, der 12. Mai 2010, den meisten Menschen in der Region Ostschwaben in Erinnerung. Und so begann er auch für Familie Bögerl. Während die anderen Familienmitglieder früh zur Arbeit oder zum Studium aus dem Haus gehen, bleibt die Hausfrau und Mutter Maria Bögerl noch zu Hause. Die Familie lebt in einer komfortablen Villa im schwäbischen Schnaitheim, einem nördlichen Vorort der Kreisstadt Heidenheim an der Brenz. Hier im Osten Württembergs, direkt an der Grenze zu Bayern, geht das Leben normalerweise seinen beschaulichen, übersichtlichen Gang. Doch an diesem Morgen tritt ein Ereignis ein, welches das Leben der Familie Bögerl für immer aus der Bahn wirft.

Unbekannte Kriminelle – ob es einer oder mehrere Täter waren, ist bis heute umstritten – dringen, nachdem sie das Haus und die Lebensgewohnheiten der Familie Bögerl offenbar über einen längeren Zeitraum ausgekundschaftet hatten, am späten Vormittag in das Haus der Familie ein. Sie überwältigen und entführen – unbemerkt von Nachbarn und Passanten – Maria Bögerl. Sie zwingen sie, in ihren Wagen zu steigen, eine schwarze A-Klasse mit dem Kennzeichen HDH–MB 770, und mit ihnen davonzufahren.

Kurz darauf erhält ihr Ehemann, der Vorstandsvorsitzende der örtlichen Kreissparkasse Thomas Bögerl, vom Handy seiner Frau aus einen Anruf. Eine ihm unbekannte, einen schwäbischen Akzent verratende Männerstimme fordert 300.000 Euro Lösegeld im Tausch für das Leben von Maria Bögerl. Das Lösegeld soll in einer speziellen, schwierig zu beschaffenden Stückelung innerhalb von drei Stunden an einem bestimmten Punkt zur Übergabe bereitgestellt werden. Und zwar an einer Unterquerung der Autobahn A7 Richtung Würzburg. Diese Fernstraße führt in Nord-Süd-Richtung östlich an Heidenheim vorbei. Der Entführer sagt, er habe die Stelle nördlich von Heidenheim mit einer Deutschlandflagge markiert. Thomas Bögerl informiert die Polizei, dann seine Kinder.

Normalerweise übernimmt die Polizei in Zusammenarbeit mit der jeweiligen Landesbank die Bereitstellung von Lösegeldsummen. Dabei werden routinemäßig die Geldscheine fotografiert, um die entsprechenden Seriennummern zu dokumentieren. Doch nicht in diesem Fall. Von der Polizei erfährt Herr Bögerl, dass er sich um das Lösegeld kümmern solle. Es gehe vermutlich am schnellsten, er sei ja vom Fach und könne bei der Landeszentralbank in Ulm umgehend das Geld bekommen.

Inzwischen ist es Mittag. In der Landeszentralbankfiliale Ulm wird Pause gemacht. Die entsprechenden Sachbearbeiter sind nicht vor Ort, die Bereitstellung einer so großen Summe erfordert einen ziemlichen Verwaltungs- und Genehmigungsaufwand. Für den Fall eines Verbrechens mit Lösegeldforderung hat man hier keine Vorbereitungen getroffen, gibt es keine vorab festgelegte Notfallplanung. Warum? Weil man hier in der heilen Welt der Provinz noch nie mit einem solchen Fall zu tun hatte.

Daher muss erst die Rückkehr verschiedener Personen aus der Mittagspause abgewartet werden. So verrinnt die Zeit. Eine Stunde später als vom Entführer gefordert hält Bögerl mit seinem Fahrzeug auf der Autobahn an der bezeichneten Stelle an und stellt das in einem Müllbeutel verborgene Lösegeld neben der Deutschlandfahne ab. Dann setzt er sich wieder in sein Auto und fährt nach Hause. Dort haben Polizeibeamte derweil eine telefonische Fangschaltung eingerichtet.

Jetzt beginnt das Warten. Der Entführer sagte in dem ersten Telefonat, dass er sich wieder melden werde, wenn das Geld in seiner Hand sei. Dann werde er mitteilen, wann und wo er Maria Bögerl freilasse. Doch Stunde um Stunde verrinnt, ohne dass das Telefon klingelt.

Die Polizei rät den vom ausbleibenden Anruf des Entführers beunruhigten Angehörigen zur Gelassenheit, er werde sich schon wieder melden. Auch das Geld, das den ganzen restlichen Tag über laut Beobachtung der Polizei nicht angerührt worden war, könne jederzeit noch abgeholt werden. Am nächsten Morgen entdeckt die Polizei, dass das Geld nun verschwunden ist. Die Angehörigen schöpfen wieder Hoffnung.

Zunächst geht die Polizei davon aus, dass es der Täter trotz der polizeilichen Überwachung des Übergabeortes geschafft habe, das Geld unbemerkt mitzunehmen. Doch wenig später meldet sich die Autobahnmeisterei bei der Polizei. Es stellt sich heraus, dass ein Reinigungsfahrzeug der Autobahnmeisterei den Müllsack entdeckte und als vermeintliches Abfallgut mitgenommen habe. Bei der Öffnung des Sacks war dann das Geld entdeckt und die Polizei verständigt worden.

Erst 48 Stunden nach der Entführung gibt es Neuigkeiten. Das seit der Entführung verschwundene Auto von Maria Bögerl wird im Hof des Klosters Neresheim, zwanzig Kilometer von Heidenheim entfernt, sichergestellt. In seinem Inneren finden die Kriminaltechniker größere Blutflecken, die laut DNA-Analyse von Maria Bögerl stammen. Jetzt ist klar, dass entweder das Leben der Entführten in größter Gefahr oder sie schon tot ist.

Die Fundstelle des Fahrzeugs wirft neue Fragen auf. Zum einen gibt es im Klosterinnenhof regen Publikumsverkehr, zum anderen ist Frau Bögerl hier gut bekannt, hat sie doch öfters im Klosterladen ausgeholfen. Oder spekulierte der Täter darauf, dass der Wagen von Frau Bögerl genau deswegen nicht auffallen würde, weil er bekannt war? Andererseits wird zu diesem Zeitpunkt schon nach dem Wagen gefahndet. Es war also riskant für den Täter, ihn ausgerechnet dort – vermutlich nachts – abzustellen. Oder geht er davon aus, dass die Polizei nur auf den Straßen der Umgebung nach dem Fahrzeug suchen würde, aber nicht im Inneren des Klosters?

Die Polizei beginnt nun mit einer großen Öffentlichkeitsfahndung. Auf Anweisung der Ermittler richten die Angehörigen von Maria Bögerl einen verzweifelten Aufruf an die Entführer, Maria Bögerl zu ihrer Familie zurückkehren zu lassen. Doch vergeblich. Weder meldet sich der Entführer noch gehen sachdienliche Hinweise ein, die zur Ergreifung des Täters führen könnten.

Drei Wochen nach der Entführung dann die furchtbare Gewissheit: In einem Waldstück am Rande der nördlich von Heidenheim gelegenen Gemeinde Ebnat, das die Polizei zuvor bereits mit Spürhunden durchkämmt hatte, findet ein Spaziergänger am Donnerstag, dem 3. Juni 2010, die Leiche von Maria Bögerl. Der Fundort liegt nur wenige Hundert Meter von der Geldablagestelle an der nahegelegenen Autobahn entfernt. Wie die gerichtsmedizinische

Untersuchung ergibt, ist das Opfer erstochen worden. Abwehrverletzungen an den Händen und den Unterarmen zeigen, dass Maria Bögerl um ihr Leben kämpfte. Der Täter stach offenbar wie von Sinnen auf ihren Oberkörper und ihren Hals ein. Dabei traf er auch lebenswichtige Organe, so dass Maria Bögerl verblutete.

Die polizeilichen Ermittlungen, geleitet durch die kleinste Landespolizeidirektion Baden-Württembergs, eben jener von Heidenheim, gehen weiter, ohne dass Fortschritte zu verzeichnen sind. Stattdessen machen von interessierter Seite gestreute Gerüchte die Runde. Der Vater sei in die Tat verwickelt, er habe seit Jahren ein außereheliches Verhältnis, seine Frau sei ihm lästig geworden. Damit nicht genug werden anonym auch der Sohn und der Lebensgefährte der Tochter beschuldigt, die Entführung mitorganisiert zu haben.

Sogar die Polizei ermittelt zeitweise gegen die Familienangehörigen. Grund ist ein von der hauseigenen Telefonanlage aufgezeichnetes Gespräch, das Tage vor der Entführung stattgefunden haben muss. Erst nach einiger Zeit stellt sich heraus, dass fehlerhaft gespeicherte Uhrzeitdaten in der Telefonanlage für die Fehlannahme verantwortlich sind. Die zuständige Staatsanwaltschaft Ellwangen beeilt sich daher, öffentlich zu bekräftigen, dass die Ermittlungen keinerlei Anhaltspunkte für eine Mittäterschaft von Familienmitgliedern ergeben hätten.

Thomas Bögerl nehmen die Verdächtigungen und anonymen Verleumdungen nervlich sehr mit. Er wird seines Lebens nicht mehr froh, gerät in eine gefährliche depressive Phase. Trotz längerer Behandlung will sich keine Besserung einstellen, zumal er auch von seinem Arbeitgeber unter Druck gesetzt wird, entweder gesund zu werden oder das Unternehmen zu verlassen. Schließlich begeht Thomas Bögerl am Ende seiner psychischen Kräfte Selbstmord. Die Putzfrau findet ihn erhängt im Fitnessraum der Villa. Bögerl wird neben seiner Frau im heimatlichen Herrieden, etwa neunzig Kilometer nördlich von Heidenheim, auf der bayerischen Seite der Landesgrenze, beigesetzt.

Nach seinem Suizid wird bekannt, dass sich Bögerl verschiedentlich über die Arbeit der Polizei beschwert hatte. So forderte er in einem Brief an die Polizei Aufklärung über die polizeiliche Pressearbeit und die missglückte Lösegeldübergabe. Den Brief hatte er an den Regierungspräsidenten in Stuttgart sowie den damaligen Präsidenten des Deutschen Sparkassen- und Giroverbandes geschickt.

Und tatsächlich ist im Nachhinein schwer zu verstehen, wie der Polizei in den entscheidenden Phasen der Entführung so viele Fehler passieren konnten. Erklären lässt sich das damit, dass die Polizeidirektion Heidenheim zuvor noch mit keiner Entführung zu tun gehabt hatte, Die vom Landeskriminalamt sofort in Marsch gesetzten Spezialisten kämpften zudem mit Problemen, mit der Einsatzführung vor Ort zu kommunizieren. So sorgten widersprüchliche Angaben zur Lösegeldübergabe kurz nach der Entführung und in den anschließenden Wochen für Verwirrung. Laut Polizei war es nicht möglich gewesen, die Summe in der geforderten Stückelung innerhalb von drei Stunden bereitzustellen.

Die Bögerl-Kinder Carina und Christoph erklärten 2012 in einem Interview ihre Sicht des Ablaufs der Dinge einschließlich des Suizids ihres Vaters und unter Bekanntgabe von bis zu diesem Zeitpunkt unveröffentlichten Details. Dabei äußerten auch sie scharfe Kritik an der Arbeit der Polizei. Unter anderem warfen sie den Ermittlern vor, weder die Bögerl-Villa, in der ja die Entführung stattgefunden hatte, noch die Garage, wohin Maria Bögerl verschleppt und dann mit dem Auto entführt worden war, im Hinblick auf Spuren zeitnah untersucht zu haben. Die Garage, von der aus der Wagen von Frau Bögerl am Tattag losgefahren war, wurde angeblich erst Monate später spurentechnisch ausgewertet. Die Kinder erklärten auch, nicht verstehen zu können, wie die Leiche ihrer Mutter bei den Suchmaßnahmen der Polizei im betreffenden Waldstück bereits einige Tage vor dem späteren Fund der Leiche hatte übersehen werden können.

Als problematisch wurde auch von den Ermittlern selbst im Rückblick der mit der Polizei abgestimmte Auftritt von Ehemann und Kindern in der Fernsehsendung »Aktenzeichen XY... ungelöst« kurz nach der Entführung gesehen. Damals hatten sie unter Tränen an den oder die Täter appelliert, Maria Bögerl, die Ehefrau respektive Mutter, freizulassen. Nach dem Auftritt berichtete die Presse, Zuschauer hätten Angst und Sorge der Bögerls für gespielt gehalten. Daraufhin seien neuerlich Gerüchten in die Welt gesetzt worden, die Familie sei in den Fall verwickelt.

Österreichische Ermittler schlossen sich der Kritik an der Polizeidirektion Heidenheim an. Dort habe man im Sommer 2011 für die Überprüfung des Alibis eines Österreichers, der wegen Beteiligung an einem vergleichbaren Verbrechen in Österreich und wegen seiner Ähnlichkeit mit dem Phantombild als verdächtig galt, mehrere Wochen benötigt. Die Heidenheimer Polizei entgegnete darauf, dass wegen Urlaubszeit viele Zeugen nicht erreichbar gewesen seien.

2012 strahlte die Redaktion der Sendung »Aktenzeichen XY... ungelöst« einen halbstündigen Sonderbeitrag zum Fall Maria Bögerl aus. Nochmals wurde der Tatablauf von der Entführung bis zum Leichenfund rekonstruiert.

Die Ermittler gaben erstmals Details bekannt, die vorher der Öffentlichkeit vorenthalten worden waren. Es handelte sich bei dem Beitrag um die bis dahin längste Einzelfilmdarstellung in der Sendungsgeschichte.

Die Mühen schienen sich gelohnt zu haben. Denn kurz nach der Sendung meldete sich ein Mann bei der Polizei und gab an, er wisse, wer die Tat begangen habe. Nach ersten Kontakten machte der Mann gegenüber der Polizei detailliertere Angaben, zwei Russen hätten die Tat durchgeführt. Für seine Hinweise erhielt er mehrere Tausend Euro Belohnung. Erst 2013 stellte sich endgültig heraus, dass sämtliche Angaben des Mannes frei erfunden gewesen waren. Er wurde daraufhin vom Amtsgericht Heidenheim zu zwei Jahren Bewährungsstrafe verurteilt.

2014 führte die Polizei Heidenheim – das ermittelnde Team war nach der Pannenserie mittlerweile komplett ausgetauscht worden – einen Massengentest in der Region durch, der auf freiwilliger Basis erfolgte. 3.000 Männer von 21 bis 68 Jahren aus Neresheim sollten freiwillig Speichelproben abgeben und wurden entsprechend angeschrieben. 1.300 gaben im ersten Anlauf eine Probe ab. Weitere 500 nach erneuter Aufforderung. Nach mehreren Monaten fehlten der Sonderkommission aber noch immer über 500 Proben.

Die für den Fall zuständige »SoKo Flagge« wurde zum Jahresende 2015 aufgelöst. Doch im Juli 2016 schien sich eine sensationelle Wende im Fall anzubahnen. Denn in einer Gaststätte in der Altstadt des nordrhein-westfälischen Ortes Hagen, also Hunderte Kilometer vom Tatort entfernt, wurden zwei junge Männer von einem alkoholisierten Mann mit stark schwäbischem Akzent angesprochen. Er prahlte damit, genau über den Entführungsfall Bögerl Bescheid zu wissen. Die beiden jungen Männer schnitten Teile des Gesprächs auf ihrem Mobiltelefon mit. Der Verdächtige entfernte sich kurz darauf. Die beiden verständigten umgehend die Polizei. Eine sofort eingeleitete Fahndung nach dem Verdächtigen blieb jedoch erfolglos.

Nachdem sich die Ermittler die Aufnahmen angehört hatten, stand für sie fest, dass der Verdächtige über Täterwissen verfügte. Sie konzentrierten die Fahndung daher auf diesen Unbekannten. Dazu wurden die Sprachaufzeichnung der Öffentlichkeit und der Presse zur Verfügung gestellt sowie ein Phantombild erstellt. Einige Monate später dann der erlösende Moment, als der Verdächtige im April 2017 in Königsbronn, direkt neben Schnaitheim, dem Wohnort der Bögerls gelegen, festgenommen werden konnte.

Doch wenig später die erneute Enttäuschung: Ein Abgleich der DNA des Verdächtigen mit den Spuren im Fahrzeug von Frau Bögerl ergab keinen Treffer. Im Zuge weiterer Verhöre gab der Verdächtige zu, gelogen zu haben, als er mit dem vermeintlichen Täterwissen angab. Die ausgeplauderten Fakten hatte er sich über die Gerüchteküche im Dorf angeeignet.

Knapp zehn Jahre nach der schrecklichen Tat, im Januar 2020, schien eine Klärung des Verbrechens erneut in Reichweite. Die Polizei durchsuchte ein Anwesen in Weipertshofen sowie ein Gebäude im angrenzenden Bayern. Es wurden einige Dinge sichergestellt und DNA-Proben von Verdächtigen genommen. Doch der Verdacht gegen drei Personen, darunter ein Ehepaar, dessen Firmenwagen 2010 in der Nähe des Tatorts gesehen worden sein soll, ließ sich nicht erhärten. Auch diese Spur lief ins Leere. Seitdem ist nur noch ein Beamter des Polizeipräsidiums Ulm für den Fall zuständig, da die Polizeidirektion Heidenheim im Zuge einer Polizeistrukturreform in Baden-Württemberg 2012 aufgelöst wurde.

Der verbliebene Ermittler soll die bisher gesammelten zehntausend Hinweise und Spuren regelmäßig auf neue Erkenntnisse überprüfen. Die DNA-Spuren aus dem Fahrzeug von Frau Bögerl wurden in nationale und internationale Datenbanken eingepflegt, so dass von dort sofort eine Meldung kommen würde, wenn bei einem festgenommenen Kriminellen eine Übereinstimmung des genetischen Fingerabdrucks vorliegt.

Verschiedene Umstände der Tat unterschieden sie gravierend von anderen, vergleichbaren Fällen. Da ist einmal die vergleichsweise niedrige Lösegeldsumme. In anderen Fällen ähnlicher Art waren diese deutlich höher, meist im Millionenbereich. Die vergleichsweise niedrige Summe sprach laut Aussage der Polizei für einen konkreten, kurzfristigen Geldbedarf des Täters, den dieser schnell befriedigen wollte. Zum anderen fiel die kurze Zeitspanne auf, die der Täter bis zur Übergabe ließ. Normalerweise laufen solche Entführungen gemächlicher ab. Sprich, üblicherweise richten der oder die Täter ein Versteck für das Entführungsopfer ein, bringen es dorthin und bereiten anschließend in Ruhe die Geldübergabe vor. Eine Lösegeldübergabe und die Freilassung des Opfers noch am Entführungstag kamen so gut wie nie vor.

Obwohl sich der oder die Täter in diesem Fall also offenbar längere Zeit auf die Tat vorbereitet hatten – die Lebensumstände der Familie waren augenscheinlich ausführlich ausgekundschaftet worden – musste es ihnen nach der Entführung auffällig schnell gehen. Für das Wissen um die Lebensumstände gab es jedoch noch eine andere Erklärung außer ein Auskundschaften. Es war durchaus möglich, dass der Täter aus dem Umfeld der Familie stammte. Damit wäre eine längere Aufklärung vor der Tat nicht nötig gewesen. Die Polizei suchte daher nach einem Mann aus dem familiären Umfeld, der sich damals in ziemlicher Geldnot befunden hatte, der beispielsweise schnell Geld brauchte, um anstehende Schulden zu bezahlen. Doch ließ sich keine solche Person finden.

Auffällig auch, dass sich der Täter nur ein einziges Mal gemeldet hatte. Der erste Anruf war gleichzeitig der letzte. Daher stellte sich für die Polizei die Frage, was diesen speziellen Tatablauf verursacht haben könnte. Entweder war der Täter sehr chaotisch-hektisch oder schlicht verzweifelt gewesen. Als er am geplanten Übergabeort des Geldes über eine Stunde vergeblich warten musste und möglicherweise die währenddessen anrückenden getarnten Polizeikräfte erkannt hatte, die sich in der Nähe auf die Lauer legten, hatte er sich vielleicht unauffällig zurückgezogen.

Eine weitere bis heute ungeklärte Frage ist, zu welchem Zeitpunkt Frau Bögerl ermordet wurde. Hatte der Täter die gescheiterte Geldübergabe noch abgewartet und sie erst dann getötet? Oder hatte er sie noch vor der geplanten Geldübergabe ermordet, um sich Handlungsfreiheit nach der Tat für die Flucht zu verschaffen? Eine Möglichkeit wäre auch, dass Frau Bögerl den Täter erkannt hat. Dann hätte der Mord der Spurenverwischung gedient.

Es stellte sich natürlich auch die Frage, warum ein so brutaler Verbrecher anschließend nie mehr auftauchte, sprich nirgendwo anders Spuren hinterließ. An allen Tatorten von Verbrechen werden seit vielen Jahren routinemäßig DNA-Spuren sichergestellt und anschließend in nationale und internationale Datenbanken überspielt. Doch es gab nie einen Treffer, nie eine Übereinstimmung mit der Spur im Fall Bögerl. Daher muss in Betracht gezogen werden, dass der Täter nach der gescheiterten Entführung entweder Selbstmord beging, oder selbst einem

Verbrechen, einer tödlichen Krankheit oder einem Unfall zum Opfer fiel.

Vergegenwärtigt man sich, dass nur sieben Prozent aller Entführungen tödlich enden, muss in diesem Fall etwas auf tragische, ungeplante Weise schief gegangen sein. Das führte womöglich in der Konsequenz dazu, dass der Täter Frau Bögerl tötete und keinen Versuch für eine weitere Geldübergabe machte.

Warum die heute mit dem Fall befassten Ermittler in genauer Kenntnis der Aktenlage davon sprechen können, es habe sich um einen bestens vorbereiteten Täter gehandelt, ist nicht nachvollziehbar. Wie gesehen, spricht vieles, wenn nicht gar alles, dagegen. Der gesamte Tatablauf wirkt auf absurde Weise improvisiert, kurzfristig-hektisch umgesetzt und schließlich auf vorhersehbare Weise zum Scheitern verurteilt.

Um den Fall zu lösen, hat die Polizei noch einen letzten Trumpf im Ärmel, den sie derzeit einzusetzen versucht: Ungefähr eine Million Telefondaten aus der Gegend rund um den Tatort werden Schritt für Schritt analysiert und auf ihre Aussagekräftigkeit hin untersucht. Die Ermittler sind optimistisch, dass sich darunter auch das Handy des Mörders von Maria Bögerl befindet, und dass es nur noch eine Frage der Zeit ist, bis sie die richtige Nummer herausgefiltert haben.

Die Affäre Grégory

Auch in Frankreich dreht sich einer der berühmtesten ungeklärten Mordfälle um ein kleines Kind. Um den erst vierjährigen Grégory Villemin. Seine Mutter Christine meldete sich am frühen Abend des 16. Oktober 1984 bei der Polizei und gab an, Grégory sei kurz zuvor aus seinem Elternhaus in Lépanges-sur-Vologne (Vogesen) verschwunden. Nach sofort eingeleiteten Suchmaßnahmen fanden Feuerwehrmänner gegen 21 Uhr etwa sieben Kilometer vom Elternhaus entfernt die Leiche des Kleinen. Füße und Hände waren mit einer Schnur gefesselt, die auch um den Hals herumgeführt worden war. Eine heruntergezogene Wollmütze bedeckte Grégorys Gesicht.

Vater des 1980 geborenen kleinen Grégory war der damals 32-jährige Jean-Marie Villemin, Vorarbeiter bei einem Automobilzulieferbetrieb in der Region. Grégorys Mutter, die damals 30-jährige Christine Villemin, arbeitete als Näherin bei einem Damenmodehersteller. Die Eltern waren zum Zeitpunkt der Geburt von Grégory etwas mehr als ein Jahr verheiratet gewesen und hatten kurz zuvor ihr neu errichtetes Häuschen bezogen. Vier Tage nach der Entdeckung von Grégorys Leiche wurde das tote Kind auf dem örtlichen Friedhof unter großer Anteilnahme der Bevölkerung und begleitet von einem riesigen Medienaufgebot beigesetzt.

Vor dem Zweiten Weltkrieg hatte es in der Familie von Grégorys Vater schon einmal eine Tragödie um ein Kind gegeben. 1931 kam der vierjährige Etienne, der Bruder des Großvaters von Grégory, unter bis heute ungeklärten Umständen zu Tode.

Zum Zeitpunkt von Grégorys Tod galt die Familie seines Vaters als heillos zerstritten. Die Fronten verliefen dabei folgendermaßen: Auf der einen Seite standen Grégorys Großeltern und sein Vater, auf der anderen Seite der Bruder von Grégorys Großmutter, Marcel Jacob, seine Frau Jacqueline und deren Neffe Bernard Laroche, damals 29 Jahre alt. Die Mitglieder beider Familien hatten den Ruf von zurückgebliebenen Hinterwäldlern, in deren Reihen Totschlag und Inzest gang und gäbe wären.

So hatten Jean-Marie und Christine bald nach dem Einzug in ihr neues Häuschen anonyme Anrufe mit Schmähungen und Beschimpfungen erhalten. Ähnliche Anrufe waren bei Jean-Maries Eltern, Albert und Monique, eingegangen. Der Anrufer schien über intime Details des Familienlebens Bescheid zu wissen. Albert und Monique erstatteten Anzeige, doch ohne Erfolg. Der Anrufer konnte nicht dingfest gemacht werden. Wenig später wurde am neuen Haus eine Scheibe eingeschlagen und die Reifen ihres neuen Autos zerstochen. Schon seit März 1983 hatte Jean-Marie darüber hinaus anonyme Drohbriefe erhalten.

Doch zurück zum Mord an Grégory. Was hatte sich am Tattag genau ereignet? An diesem 16. Oktober hatte Christine den kleinen Grégory auf dem Rückweg von der Arbeit um 17 Uhr bei seiner Tagesmutter abgeholt und war mit ihm heimgegangen. Sie bereitete in der Küche das Abendessen zu. Der Kleine wollte währenddessen noch vor dem Haus spielen, wo seit den Bauarbeiten ein großer Sandhaufen lockte. Da es zu dieser Jahreszeit draußen schon empfindlich kalt war, zog sie ihm zusätzlich zu seiner Jacke eine Wollmütze an. Grégory hüpfte hinaus, seine Mutter ging zurück in die Küche, um zu kochen.

Zwanzig Minuten später ging sie in den Garten, um Grégory zum Abendessen hereinzuholen. Doch er war nirgends zu finden. Angesichts der Situation mit den eingeworfenen Scheiben, den zerstochenen Reifen und den Drohbriefen geriet Grégorys Mutter in Panik. Sie suchte ihn im weiteren Umfeld des Häuschens und der Siedlung, fragte alle Passanten und Nachbarn, doch vergeblich.

Gegen 18 Uhr verständigte sie die Polizei. Gleichzeitig gingen beim Bruder von Jean-Marie zwei anonyme Anrufe ein, in denen ihm die Ermordung des Kleinen mitgeteilt wurde.

Um 21 Uhr entdeckten dann die Feuerwehrleute den Körper des kleinen Grégory. Er befand sich an einem Stauwehr des Flusses Vologne im sieben Kilometer entfernten Städtchen Docelles. Der Albtraum der Eltern war Realität geworden: Ihr geliebter kleiner Sohn war tot.

Am nächsten Tag übernahm der erst 32 Jahre alte Untersuchungsrichter Jean-Michel Lambert die Leitung der Ermittlungen. Er sollte im weiteren Verlauf eine entscheidende Rolle spielen, denn er verursachte zahlreiche Pannen, die eine Aufklärung des Falls behinderten. Gleichzeitig traf ein anonymer Brief bei den Eltern ein. Darin schrieb ein Unbekannter, er habe sich an Jean-Marie gerächt, all sein Geld könne sein Kind nicht mehr lebendig machen, die Rache sei vollzogen.

Der Leichnam des Kleinen wurde zur Obduktion in die Gerichtsmedizin überstellt. Die Ärzte fanden keine Spuren von Misshandlungen. Auch keine Spuren von einem längeren Verbleib im Wasser. Das bedeutete, dass das Kind nur kurze Zeit vor seiner Entdeckung in den Fluss geworfen worden war. In der Nähe des Fundorts der Leiche, am Ufer der Vologne, wurden Reifenspuren und ein weiblicher Schuhabdruck sichergestellt.

Einen wichtigen Ermittlungsansatz boten die zahlreichen anonymen Briefe. Um Licht in das Rätsel um deren

Verfasser zu bringen, der offenbar jemand sein musste, der mit den Feinheiten der Familiengeschichte bestens vertraut war, wurden 140 Mitglieder der Familie um Schriftproben gebeten. Die Ermittler hofften, auf diesem Wege den Briefeschreiber zu entlarven.

Am 30. Oktober 1984 kamen in der Präfektur der Regionalhauptstadt Nancy die Experten verschiedener polizeilicher Abteilungen zusammen, um ihre Erkenntnisse zum Fall auszutauschen. Die Schriftexperten äußerten den Verdacht, dass es sich beim Briefeschreiber um Bernard Laroche handeln könne. Als er überprüft wurde, konnte er jedoch ein Alibi für die Tatzeit vorbringen. Er sagte, er habe einen Kollegen besuchen wollen, diesen aber nicht angetroffen, vielmehr begegnete er bei seiner Tante seiner 15-jährigen Cousine Murielle Bolle, die das bezeugen könne.

Murielle Bolle bestätigte zunächst Laroches Alibi, widerrief es aber später. Nun belastete sie Laroche schwer. Sie sagte abweichend aus, sie habe ihn nicht im Haus der Tante angetroffen, sondern dieser habe sie mit seinem ebenfalls vierjährigen Sohn Sébastien von der Schule abgeholt. Gemeinsam seien sie nach Lépanges zum Haus der Villemins gefahren. Dort hätten sie Grégory abgeholt und seien mit ihm weitergefahren. In Docelles habe Laroche angehalten, sei mit Grégory ausgestiegen und weggegangen, aber allein zurückgekehrt.

Murielle wiederholte ihre belastende Aussage am 5. November vor dem Untersuchungsrichter Lambert. Dieser beging nun den ersten schwerwiegenden Verfahrensfehler. Denn er entließ Murielle aus der Untersuchungshaft, ohne sie bis zum nächsten Termin von der Familie zu isolieren. So kam, was kommen musste: Ihre Familie setzte Murielle massiv unter Druck, die Aussage zu widerrufen.

Was diese am nächsten Tag umgehend machte. Seither hat sie jede weitere Aussage zur Sache verweigert.

Damit hatten die Ermittler ihre zentrale Belastungszeugin in diesem Mordfall verloren. Ein weiteres Belastungsmoment gegen Laroche bestand darin, dass auf dem anonymen Selbstbezichtigungsschreiben ein Durchdruck der Initialen LB gefunden worden war. Mit solchen pflegte Laroche kurze Mitteilungen zu signieren.

Am Ort, an dem die Leiche des kleinen Grégory entdeckt worden war, fanden Polizisten drei Wochen später bei einer neuen Fundortbegehung eine leere Einwegspritze sowie eine leere Insulin-Ampulle. Beides war im Elternhaus von Laroche vorhanden, weil eine Verwandte an schwerer Diabetes litt. Bekannt war der Familie auch, dass eine Insulingabe an Gesunde zum sofortigen Koma führen kann. Die Ermittler gingen daher davon aus, dass der oder die Täter Grégory mittels Insulin ins Koma versetzt, gefesselt und dann in den Fluss geworfen hatten. Da die Autopsie des Kleinen außerordentlich schlampig durchgeführt worden war, war es zu diesem Zeitpunkt nicht mehr möglich, zu überprüfen, ob in seinem Körper eine erhöhte Insulindosis oder die üblichen Folgen einer überhöhten Insulindosis vorhanden waren.

Neben der ursprünglichen Aussage von Murielle konnten zwei weitere Beweismittel nicht mehr im Verfahren verwendet werden: Bei der Auswahl der Graphologie-Experten war Untersuchungsrichter Lambert ein Verfahrensfehler unterlaufen, der dazu führte, dass das Gutachten wertlos war. Zudem konnte das Blatt, auf dem die Initialen LB gefunden worden waren, nicht mehr auf DNA-Spuren untersucht werden, da der damals verwendete Graphitstaub zur Sicherung von Fingerabdrücken auf dem Blatt vorhandene DNA-Spuren zerstört hatte. Die logische Folge: Bernard Laroche, zwischenzeitlich verhaftet, musste am 4. Februar 1985 freigelassen werden.

Jean-Marie Villemin kündigte nun vor Journalisten an, die Gerechtigkeit selbst in die Hand zu nehmen. Laroches Anwälte beantragten zwar Polizeischutz für ihren Mandanten, doch dieser wurde abgelehnt. Es kam, wie es kommen musste. Am 29. März, gegen Mittag, passte Jean-Marie seinen Schwager vor dessen Haus in Aumontzey ab, als er von seiner Arbeitsschicht in Begleitung von Frau und Kind zurückkehrte. Jean-Marie richtete ein Jagdgewehr auf dessen Brust und drückte ab. Der schwer verletzte Bernard starb noch an Ort und Stelle.

Jean-Marie wurde umgehend verhaftet und später angesichts der Eindeutigkeit seiner Schuld zu fünf Jahren wegen Mordes im Affekt verurteilt. In einer einigermaßen absurden Wendung richteten sich die Ankläger nun gegen Christine, die Mutter des ermordeten Kindes. Sie kam in Untersuchungshaft. Zum Belastungsmaterial gegen sie gehörten von ihr abgegebene Schriftproben, die nach einem neuen Gutachten nun angeblich mit den anonymen Briefen übereinstimmten. Auch die Schnüre, mit denen der kleine Grégory gefesselt worden war, belasteten nun die Mutter, denn identische waren im Keller des Hauses der Familie Villemin gefunden worden.

Am 2. April wurde die Leiche von Bernard Laroche auf dem örtlichen Friedhof beigesetzt. Christine, die vor ihrer Verhaftung schwanger und inzwischen im sechsten Monat war, begann Anfang Juli 1985 einen Hungerstreik, um ihre Freilassung zu erzwingen. Sie beharrte darauf, unschuldig zu sein. Zehn Tage später wurde sie vorläufig freigelassen.

Mit dem Fall ging eine in der französischen Justizgeschichte beispiellose Serie weiterer Pannen einher. Dazu gehörten die Verletzung von Dienstgeheimnissen, öffentliche Vorverurteilungen mal der einen, mal der anderen Person sowie die öffentlich ausgetragene Rivalität zwischen der örtlichen Gendarmerie und der Nationalpolizei Frankreichs.

Immer mehr kristallisierte sich die Unfähigkeit des leitenden Untersuchungsrichters Lambert heraus. Es kam so weit, dass Grégorys Eltern dem damaligen französischen Staatspräsidenten Mitterand schrieben und darum baten, Lambert von seinem Posten abzuziehen.

Währenddessen verwies das regionale Berufungsgericht in Nancy die Anklage gegen Christine Villemin auf der Basis einer denkbar schwachen Beweislage zurück an das örtliche Landgericht. Erst sieben Jahre später verwarf das oberste Berufungsgericht in Dijon schließlich jeglichen Verdacht gegen Christine als unbegründet.

Das Berufungsgericht brachte unter anderem vor, dass Christine insgesamt nur 19 Minuten Zeit gehabt hätte, ihr eigenes Kind ins sieben Kilometer entfernte Docelles zu bringen, es dort zu töten, ins Wasser zu werfen und wieder nach Hause zu fahren. Dass das ein Ding der Unmöglichkeit ist, sagt einem der gesunde Menschenverstand. Insgesamt 25 ähnlich schwache Indizienketten waren gegen Christine ins Feld geführt worden.

Die Verhandlung vor dem Berufungsgericht in Dijon wurde dadurch beeinflusst, dass kurz vor dem Urteilsspruch der leitende Richter Simon einen Hirnschlag erlitt, einige Tage im Koma lag und dann verstarb. Der zum Nachfolger ernannte Richter Martin musste sich erst wieder einarbeiten. Es hatte zeitweise wirklich den Anschein, als habe sich alles gegen Christine und ihren Mann verschworen.

Währenddessen hatte sogar die berühmte feministische Schriftstellerin Marguerite Duras zu diesem Fall öffentlich Stellung bezogen. Sie hatte sich dem Teil der Presse angeschlossen, der Christine für schuldig hielt. In einem Text zum Thema Kindstötung führte sie ihre Gründe über viele Seiten detailliert aus. Duras machte in diesem Fall die jahrtausendealte Unterdrückung der Frauen durch die Männer dafür verantwortlich, dass Christine Villemin angeblich in einem Akt der Verzweiflung ihr Kind getötet habe.

Das öffentliche Interesse an dem Fall führte zu regelrechten Pilgerscharen zu Grégorys Grab auf dem Friedhof von Lépanges. Grégorys Leichnam wurde deshalb dem Wunsch der Eltern gemäß 2004 exhumiert und in einem Krematorium eingeäschert. Die Urne befindet sich seither im Privatbesitz der Eltern.

Jean-Marie Villemin erhielt nach seiner Entlassung aus dem Gefängnis die Auflage, seinen Wohnort in einem anderen, weit entfernten Département Frankreichs zu nehmen, was er gemeinsam mit Christine auch tat. Dort leben sie bis heute mit ihren drei inzwischen geborenen weiteren Kindern.

Schon 1999 hatten sie eine Wiederaufnahme der Ermittlungen hinsichtlich der juristisch noch immer ungeklärten Ermordung Grégorys beantragt. Dabei hofften sie, dass die mittlerweile deutlich weiterentwickelte DNA-Analysetechnik weitere Aufschlüsse bieten könnte, wenn alle noch vorhandenen Beweismittel erneut untersucht werden würden. Daraufhin wurden im April 2000 tatsächlich die Ermittlungen wieder aufgenommen.

Im Zentrum des neuen Ermittlungsansatzes stand eine DNA-Untersuchung der Briefumschläge der Droh- und Beschuldigungsbriefe, speziell der offenbar mit Spucke auf den Umschlag geklebten Briefmarken. Leider erwies sich jedoch die unter der Briefmarke noch erhaltene DNA als unvollständig. Sie wurde zwar mit der von 280 im Umfeld der Tat stehenden Personen abgeglichen, konnte aber nicht als Beweismittel herangezogen werden.

2004 endete ein Pionierverfahren gegen den französischen Staat aufgrund der Verfahrensfehler im Fall Grégory und dem unterlassenen Polizeischutz für Bernard Laroche. Die Witwe Laroche und Murielle Bolle erhielten 30.000 beziehungsweise 15.000 Euro Schadenersatz. Christine und Jean-Marie Villemin bekamen 70.000 Euro, da die Fehler in der Untersuchung des Mordes an ihrem Sohn wohl dazu geführt haben, dass der Täter nie mehr zweifelsfrei ermittelt werden kann.

2008 wurden die Ermittlungen gegen Unbekannt im Mordfall Grégory erneut aufgenommen. Bei Analysen der Beweismittel wurden nun zwei verschiedene DNA-Spuren auf den Briefmarken gefunden. Diese stammten von einem Mann und einer Frau. Aber zweifelsfrei nicht von den Eltern des kleinen Grégory. Die Witwe von Bernard Laroche verkündete derweil öffentlich, dass sie einer Exhumierung der Leiche ihres Ehemanns zustimmen werde, falls das juristisch notwendig sein sollte. Auch DNA-Spuren beziehungsweise Reste davon auf der Kleidung des kleinen Grégory, auf seinen Fesseln und auf der Insulin-Spritze wurden untersucht, ergaben jedoch keinen eindeutigen Befund.

2010 wurden neue Analysen der noch vorhandenen Beweismittel durchgeführt, diesmal auf Antrag des Generalstaatsanwalts des Berufungsgerichts in Dijon. Es sollte dabei auch ein Haar untersucht werden, das erst kurz zuvor auf der archivierten Hose des kleinen Grégory gefunden worden war. Doch erneut ergaben sich keine eindeutigen Spuren beziehungsweise nur DNA-Spuren, die mit keiner der bisher bekannten übereinstimmten. Experten bezweifelten inzwischen, dass nach so vielen Jahren und so vielen Untersuchungen noch unzerstörtes, originales DNA-Material zu finden sein würde.

Dann 2017 eine erneute Wendung. Der Großonkel und die Großtante des kleinen Grégorys, die mit dessen Eltern zerstritten waren, Marcel Jacob und Jacqueline Jacob wurden festgenommen, ebenso Ginette Villemin, die Frau des Onkels von Grégory. Sie wurden nach Dijon gebracht, um dort verhört zu werden. Die Staatsanwaltschaft warf ihnen Beihilfe zum Mord, unterlassene Hilfeleistung, Verbergen einer Straftat, und unterlassene Verhinderung einer Straftat vor. Der Generalstaatsanwalt des Berufungsgerichts Dijon gab nun bekannt, dass die DNA-Analyse der Drohbriefe ergeben habe, dass diese von Jacqueline Jacob und Monique Villemin verschickt worden seien. Beide Beschuldigte verweigerten jedoch die Aussage.

Für die Staatsanwaltschaft stand fest, dass Monique Villemin offenbar mehrere anonyme Briefe geschrieben hatte. In diesen bezichtigte sie Bernard Laroche und Murielle Bolle der Tat. Indessen erhielt die Polizei das Gästebuch der Kirche von Lépanges von deren Pastorin. Darin hatte die Geistliche einen Eintrag aus dem Jahr 2008 gefunden, offenbar von Murielle Bolle, in dem diese sich selbst der Komplizenschaft mit Bernard Laroche bezichtigte. Gleichzeitig sagte der Cousin von Murielle vor der Polizei aus, diese sei nach ihrer ersten Aussage 1984, in der sie Bernard beschuldigt hatte, von der gesamten Verwandtschaft angeschrien, geschlagen und bedroht worden. So dass sie am nächsten Tag ihre Aussage zurückzog. Die Familie dementierte umgehend, dass eine solche Bedrohung jemals stattgefunden habe.

Dennoch wurde Murielle im Juni 2017 in Untersuchungshaft genommen. Die Staatsanwaltschaft warf ihr

Komplizenschaft und Beihilfe zum Mord vor. Murielle verweigerte die Aussage und begann im Juli 2017 einen Hungerstreik, um ihre Freilassung zu erzwingen. Sie beharrte darauf, dass sie unschuldig sei. Auch eine Gegenüberstellung mit dem Beschuldiger erbrachte keine weiteren Resultate. Wenig später musste Murielle wieder freigelassen werden.

Die Krankenschwester, welche die diabeteskranke Mutter von Murielle betreut und dieser die nötigen Insulinspritzen verabreicht hatte, hatte in einem mitgeschnittenen Telefonat bezeugt, dass Murielle ihr gestanden habe, mit Bernard im Auto den kleinen Grégory abgeholt und nach Docelles gebracht zu haben, und ohne ihn wieder zurückgefahren zu sein. Da die Krankenschwester zwischenzeitlich verstorben war, konnte diese Aussage nicht weiter verwendet werden.

Im Juli 2017 machte Untersuchungsrichter Lambert ein letztes Mal Schlagzeilen. Ihm war das Scheitern der ursprünglichen Ermittlungen gegen Bernard Laroche vorgeworfen worden. Über die seither vergangenen Jahrzehnte hatte er nie mehr ins psychische Gleichgewicht zurückgefunden, sondern stattdessen Versuche unternommen, sich als Schriftsteller ein neues Leben aufzubauen. Damit wer er jedoch grandios gescheitert. Und beging am Ende Selbstmord. In seinem Abschiedsbrief beklagte er die unaufhörlichen, immer wieder vorgebrachten Beschuldigungen gegen ihn, der eigentliche Versager gewesen zu sein, der Hauptschuldige daran, dass der Mörder niemals zweifelsfrei festgestellt werden konnte. Es handle sich um blinde Rachsucht, die in seiner Person ein dankbares Ziel gefunden habe. Er sei am Ende seiner Kräfte und könne angesichts dieser unaufhörlichen Angriffe nicht weiterleben.

Im September 2017 berichtete die Presse, dass dreißig Jahre nach der Tat erneut ein anonymer Brief eingetroffen sei, diesmal mit Drohungen gegen den neuen Untersuchungsrichter, der den Fall nach der Wiedereröffnung der Ermittlungen übernommen hatte. Der Urheber dieses Schreibens konnte einmal mehr nicht festgestellt werden.

Der Killer vom Prenzlauer Berg

Ein kleiner Friedhof in der Nähe von Kiel. Ein unauffälliger Grabstein, der nur wenige eingravierte Angaben aufweist: Stefan Lamprecht / 20. April 1982 – 2. August 1995. Es ist die letzte Ruhestätte eines Kindes, von seinen Bekannten als lebenslustiger, freundlicher Junge beschrieben. Was war passiert?

Rückblende: Mittwoch, 2. August 1995, ein warmer Hochsommertag in Berlin, ein Tag wie aus dem Bilderbuch, der sich dem Abend zuneigt. Auf der Schönhauser Allee im Berliner Stadtteil Prenzlauer Berg, einer belebten Einkaufsstraße, schlendert ein 13-jähriger Junge nach Hause – er ist auf dem Weg zu seiner Oma in die Seelower Straße. Bekleidet ist er mit einer kurzen, verwaschenen Jeans, einem ärmellosen grünen T-Shirt und Sandalen. In der Hand trägt er eine weiße Plastiktüte. Darin sind seine Schwimmsachen, die er bei einem Freund in der Pankower Sellinstraße vergessen hatte. Deshalb war er von der Oma auch noch einmal losgeschickt worden. »Sonst schimpft die Mutti.« Der Junge und sein Freund hatten den Tag zusammen im Sommerbad Pankow verbracht. Inzwischen ist es kurz vor vier Uhr nachmittags. Der Junge freut sich auf den Abend, denn sein Vater hat ihm versprochen, mit ihm zum Nachtangeln zu gehen, einem der größten Abenteuer, die der Junge sich vorstellen kann.

Der Junge, um den es hier geht, ist Stefan Lamprecht. Er war am 16. Juli nach Berlin gekommen, wo er die Ferien wie immer bei seinem Vater verbrachte. Den Rest des Jahres lebte Stefan bei seiner Mutter in der Nähe von Kiel. Vater und Mutter hatten sich vor längerer Zeit getrennt und waren bereits geschieden. Die Mutter war mit dem kleinen Stefan noch vor der Wende in den Westen gegangen. Der Vater war in der DDR geblieben.

Der 2. August sollte Stefans letzter Ferientag in Berlin sein. Am nächsten Tag, so der Plan, würde er nach Kiel zurückfahren. Er schlenderte die Schönhauser Allee immer weiter hinunter. Doch zuhause kam er nie an.

Die Erste, die sich Sorgen machte, war seine Oma. Sie hatte für Hin- und Rückweg eine Stunde kalkuliert. Stefan hatte das Haus um 15 Uhr verlassen, hätte also gegen 16.30 Uhr längst wieder bei ihr sein müssen. Sie wurde immer unruhiger. Als Stefans Vater um 18 Uhr zum gemeinsamen Abendessen zu ihr kam, berichtete sie ihm, dass Stefan seine vergessenen Badesachen holen gegangen, aber noch nicht zurückgekehrt sei. Inzwischen machte sie sich Vorwürfe, den Jungen losgeschickt zu haben. Wegen einer Badehose und eines alten Handtuchs im Wert von wenigen D-Mark. Vorwürfe, die sie den Rest ihres Lebens nicht mehr loslassen werden.

Stefans Vater machte sich umgehend auf den Weg. Er wusste, dass sein Sohn mit der Stadt bestens vertraut war. Er kannte den Weg zum Sommerbad Pankow, zu seinem Freund in der Sellinstraße und zurück zur Oma in die Seelower Straße im Schlaf. Wenn er nach zwei Stunden noch nicht wieder zurück war, blieb nur eine Schlussfolgerung: Es musste etwas passiert sein.

Der Vater entschloss sich, den Weg zunächst zu Fuß abzugehen, in der Hoffnung, Stefan irgendwo zu sehen. Vielleicht war der Junge aufgehalten worden und quatschte mit Freunden. Vielleicht war sein Freund mitgekommen auf den Spaziergang Richtung Oma. Vielleicht kickten beide auf einem der Sportplätze am Weg noch mit anderen Jungs. Vielleicht. Vieles war möglich.

Doch Stefan war nirgends zu sehen. Am Haus des Freundes in Pankow angekommen, bekam der Vater die Auskunft, dass Stefan wie vereinbart nur die Tüte mit den Schwimmsachen abgeholt hätte und gleich wieder losgegangen sei. Zurück zur Oma.

Beim Vater machte sich langsam Panik breit. Er ging zurück Richtung Seelower Straße und horchte dabei angestrengt, ob irgendwo Sirenen von Krankenwagen zu hören wären. Vielleicht hatte es einen Verkehrsunfall gegeben. Sollte ein Auto Stefan angefahren haben? Jemand, der beim Abbiegen nicht aufgepasst hatte? Oder sollte Stefan zwischen zwei geparkten Autos einfach losgerannt sein, um die Straße zu überqueren, ohne nach rechts und links zu schauen? Das konnte nicht sein, das hatte er oft genug mit ihm geübt. Das saß und war Stefan in Fleisch und Blut übergegangen. Wenn Stefan nirgends zu finden war …

Stefans Vater steuerte das nächste Polizeirevier an und erstattete eine Vermisstenanzeige. Den Rest des Abends patrouillierte er ruhelos zwischen der Sellinstraße und der Seelower Straße hin und her. Bis er mitten in der Nacht abbrach. Nirgends eine Spur von Stefan. Sein Sohn hatte keine Freunde getroffen, hatte nicht beim Fußballspielen die Zeit vergessen. Er war einfach weg.

Die nächsten sechs Tage waren eine Zeit bangen Wartens. Starren aufs Telefon. Hoffen auf den erlösenden Anruf. Der nicht kam. Doch dann, am Dienstag, dem 8. August, klingelte endlich das Telefon in der Wohnung der Oma. Stefans Vater riss den Hörer von der Gabel, betete, dass es die erwartete gute Nachricht sei: Stefan ist gefunden. Er ist gesund und munter. Er hat einen spontanen Ausflug gemacht. Er ist bald wieder da.

Doch es gab kein Happy End. Die Polizei überbrachte Stefans Vater eine furchtbare Nachricht. Stefan war tot.

Müllwerker hatten seine Leiche auf der Deponie Schöneiche südlich von Berlin gefunden. Sie hatte, in Plastiksäcke eingehüllt, in einem Waggon des Müllzuges aus Berlin gelegen. Beim Entladen des Waggons hatte es eine Störung gegeben. Daher war der Müll zunächst am Umladeort abgeschüttet worden. Nur deshalb hatte man die Leiche entdeckt. Sonst wäre sie unter Tonnen weiteren Mülls begraben worden. Ohne dass jemals jemand etwas mitbekommen hätte.

Für Stefans Vater und Oma ändert die Nachricht alles. Das Leben, wie sie es bisher gekannt hatten, war zu Ende. Stefan würde nie mehr wiederkommen.

Die Arbeit der Polizei ging danach ihren geregelten Gang. Entsprechend den Vorschriften und eingeübten Abläufen. Ein Täterprofil wurde erstellt. Um was für eine Täterpersönlichkeit handelte es sich? Wer konnte so etwas tun? Wer konnte einen freundlichen 13-jährigen Jungen umbringen?

Die gerichtsmedizinische Untersuchung ergab, dass Stefan vor seiner Ermordung vergewaltigt worden war. An seinem Anus fanden sich mehrere Verletzungen. Zudem war die Leiche übersät mit Stich- und Schnittwunden. Jemand hatte sich regelrecht ausgetobt, seinen dunklen, perversen Trieben freien Lauf gelassen. Die Experten sind sich einig: Vermutlich ist der Täter jemand, der sozial integriert lebt. Unauffällig. Der möglicherweise sogar sicher und selbstbewusst agiert.

Der Täter war bei seinem Verbrechen zielgerichtet, geradezu systematisch vorgegangen. Offenbar hatte er dem Jungen eine größere Menge Alkohol eingeflößt. Um ihn benommen oder gar bewusstlos zu machen. Vom Alkohol war bei der gerichtsmedizinischen Untersuchung der Leiche noch immer ein erhebliches Quantum im Blut vorhanden. Daraus schlossen die Ermittler, dass Stefans Martyrium vermutlich mehrere Tage angedauert hatte. Dass er immer wieder vergewaltigt und gequält, immer wieder unter Alkohol gesetzt worden war.

Der Täter hatte noch etwas Eigentümliches getan. Er hatte die Leiche am Schluss mit blauen Müllsäcken bekleidet. Nicht nur mit einem, sondern mehreren. In diese hatte er Löcher für Kopf und Arme gerissen, um sie dem kleinen Körper überziehen zu können. Offenbar geschah dies, als Stefan schon tot war. Stand der Täter also auf Müllsäcke? Handelte es sich um einen ganz persönlichen Fetisch, der hier ausgelebt worden war?

Bevor der Täter Stefans Leiche in die Müllsäcke gekleidet hatte, muss er den Jungen in einem mit Braunkohle gefüllten, vermutlich abschließbaren und nicht einsehbaren Keller zwischengelagert haben. Denn Stefans Leiche war bei seiner Entdeckung mit einer dicken Schicht Braunkohlestaub bedeckt gewesen. Das eigentliche Verbrechen hatte wohl in einer Wohnung stattgefunden. Möglicherweise in einem leerstehenden, heruntergekommenen Haus ohne allzu viele Bewohner. Denn niemand hatte von Schmerzensschreien berichtet. Nach der Tat muss der Mörder die Leiche in den Keller geschleppt und sie dort abgelegt haben.

Wie Stefans toter Körper in den Müllwaggon gelangte, ist bis heute unbekannt. Entweder wurde die Leiche in einem der Müllcontainer entlang der Schönhauser Allee oder ihrer nördlichen Verlängerung, der Berliner Straße, abgelegt. Oder der Täter warf sie direkt in den oben offenen Waggon des Müllzuges, bevor dieser für die Fahrt von Berlin nach Schöneiche mit einem starken, auf allen Seiten stramm verzurrten Netz bedeckt wurde. Dieses Netz wird angebracht, damit während der Fahrt keine Müllbestandteile vom Zug geweht werden. Die Verzurrung aller Waggons war – soweit sich die Zeugen erinnern konnten – bei der Ankunft in Schöneiche intakt. Um die Leiche des Kindes nach der Beladung dort ablegen zu können, hätte der Täter das Netz also teilweise losschneiden und dann wieder behelfsmäßig befestigen müssen. Doch davon war angeblich keine Spur zu sehen.

Umgebracht wurde Stefan am 7. August. Zwischen Tötung und Ablage im Müll kann nicht allzu viel Zeit vergangen sein. Der Täter schleppte die Leiche also in den Keller und legte sie dort nackt ab. Dann kehrte er zurück, bekleidete die Leiche mit den Müllsäcken und brachte sie fort. Vermutlich in weitere, intakte Müllsäcke eingehüllt. Ein größerer Müllpacken. Nichts Auffälliges. Stefan war eher klein und schmächtig für sein Alter, gerade mal 1,54 Meter groß und dünn. Sein toter Körper hätte nicht viel Platz eingenommen.

Aber wie ist der Täter überhaupt an sein Opfer herangekommen? Stefan war ein freundlicher, hilfsbereiter Junge. Hätte ihn jemand angesprochen und um Hilfe gebeten, wäre er mit Sicherheit mitgegangen. In einen Hauseingang. Zu einem Hinterhof. Oder wo auch immer der Täter ihn dann überwältigt hat. Zudem hatte Stefan wie viele Jungs seines Alters ein »Hobby«, das ihm in seinen Augen eine erstrebenswerte Coolness verlieh: Er rauchte. Möglicherweise hat ihn der Täter darauf angesprochen. Oder ihm eine Zigarette angeboten. Hat er ihn auf der Schönhauser Allee auf einer Bank sitzen gesehen, rauchend?

Die Polizei versuchte parallel zu den Ermittlungen mit Lautsprecherdurchsagen im Gebiet der Sellinstraße und Schönhauser Allee Zeugen ausfindig zu machen. Außerdem hängte sie überall in Berlin Fahndungsplakate auf. Schließlich setzten die Behörden eine Belohnung von

10.000 D-Mark aus. Die Presse berichtete intensiv über den außergewöhnlich brutalen Mordfall. Dennoch ergaben sich bis heute keine zur Ergreifung des Täters führenden Ermittlungsansätze.

Die Jahre vergingen. Bis heute ruft die Berliner Polizei in regelmäßigen Abständen Zeugen dazu auf, sich zu melden. Wer hat damals etwas Merkwürdiges gesehen? Wem ist der kleine Junge aufgefallen, wie er, womöglich rauchend, mit seiner Plastiktüte die Schönhauser Allee entlangschlenderte? Hat jemand gesehen, wie der Junge von einem Mann, vom Täter, angesprochen wurde? Heute Erwachsene könnten sich an Dinge erinnern, die sie damals als Kinder nicht für wichtig hielten. So die Hoffnung der ermittelnden Beamten.

Bis heute sucht die Polizei außerdem nach Personen, die Mitte der neunziger Jahre im Gebiet der Schönhauser Allee und Berliner Straße durch ihre Verhaltensweisen aufgefallen sind. Die Kontakt zu minderjährigen Jungen gesucht haben oder Zugang zu einer Räumlichkeit mit einem Braunkohlekeller oder einem Braunkohlebunker besaßen. Auch die befremdliche Bekleidung des Opfers mit den Müllsäcken könnte in Gesprächen oder Begegnungen Dritter mit dem Täter eine Rolle gespielt haben. Möglicherweise sprach der Täter später mit jemandem über den Mord oder versuchte, seine sadistischen Fantasien erneut auszuleben.

Viele Fragen sind in diesem Fall offen. Ist Stefan auf dem Heimweg zu Fuß gegangen? Oder hat er möglicherweise die auf der Schönhauser Allee verkehrende Straßenbahn genommen? Hat jemand Stefans Bekleidung, die seit der Tat verschwunden ist, gesehen oder gefunden? Seine Sandalen oder die Badesachen, eine dunkle Badehose in Radlerhosenform und ein dunkles Handtuch mit Blumenmotiv? Es ist denkbar, dass der Täter sie nach der Tat als »Andenken« aufbewahrte und sie sich noch heute in seinem Besitz befinden. Es könnte sein, dass Stefans Bekleidung irgendwo aufgetaucht ist, ohne dass der Finder deren Bedeutung kennt.

Auch bezüglich der Unterkunft des Täters tappen die Ermittler im Dunkeln. Wie musste diese Unterkunft beschaffen sein? Wo könnte sie gelegen haben? Wo befand sich der Tatort? Falls der Täter Stefan nicht an einem ganz anderen Ort, womöglich sogar außerhalb Berlins, gefangen gehalten und ihn lediglich im Gebiet der Schönhauser Allee »entsorgt« hatte. Dann könnte er noch heute in dieser Gegend wohnen – für Anwohner:innen ein schauderhafter Gedanke. Dass unter ihnen ein perverser Sexualmörder lebt. Unerkannt. Unauffällig.

Die Polizei zog bei ihren Ermittlungen auch in Betracht, dass es sich beim Tatort eventuell um ein öffentliches Gebäude handeln könnte. Eines, das wegen der Ferienzeit geschlossen gewesen war. Eine Schule. Oder eine Bibliothek. Ein Gebäude, das dennoch für einen kleinen Personenkreis zugänglich blieb. Für einen Hausmeister. Einen Handwerker. Auch die Bezirksschornsteinfeger wurden befragt, ob ihnen etwas aufgefallen sei. Ebenso die Braunkohlelieferanten. Vergeblich.

Dass Stefan aus freien Stücken ein paar Tage abgetaucht und erst kurz vor seinem Tod vom Täter überfallen worden war, glauben die Ermittler nicht. Dazu hing der Junge zu sehr am Vater. Und freute sich, wie er seinem Freund gesagt hatte, auf das versprochene Nachtangeln am selben Abend. Und doch. Was, wenn der Junge nicht mehr nach Kiel wollte? Es war sein letzter Berliner Abend. Am nächsten Tag sollte er zurückfahren. Hatte er Angst vor der Rückkehr? Wollte Stefan seinen Berlinaufenthalt noch etwas verlängern? Hat er sich in Hinterhöfen herumgetrieben, auf der Suche nach einer Unterkunft, und war dort auf seinen Mörder gestoßen?

Die Ermittler gehen inzwischen davon aus, dass Stefan ein zufälliges Opfer eines ihm zuvor unbekannten Täters wurde. Dieser war tatbereit, also in der »kritischen Phase« der Vorbereitung eines Verbrechens. Er traf Stefan und nutzte die Gelegenheit. Das Verletzungsbild an Stefans Leiche spricht dafür, dass der Täter sadistisch-pervers veranlagt ist. Die entsprechenden Mord- und Folterphantasien könnte er bereits zuvor umgesetzt oder jemandem mitgeteilt haben.

Doch es stand noch eine weitere Hypothese zu diesem grausamen Mordfall im Raum. So stellte sich heraus, dass es eine ganz andere Spur gab, die zum Täter führen könnte. Denn offenbar hatte bereits in Kiel ein pädophil veranlagter Mann Stefan belästigt. Stefan hatte diesen Mann ohne Wissen seiner Mutter bei der Polizei angezeigt. Nach seiner Rückkehr aus Berlin sollte er hierzu vernommen werden. Auch zu diesem Ermittlungsansatz werden bis heute Zeugen gesucht.

Sollte Stefan tatsächlich Angst davor gehabt haben, nach Kiel zurückzukehren? Vater und Großmutter sagten aus, dass ihnen an Stefans Verhalten nichts Ungewöhnliches aufgefallen sei. Er habe nicht ängstlich oder eingeschüchtert gewirkt. Er sei unbeschwert gewesen. Wie immer. Sollte er seine Angst wirklich so gut überspielt haben? Oder hat er einfach keine gehabt, und diese Vermutung führt in die Irre?

Stefans Vater teilte damals jedoch mit, dass nach Stefans Ermordung einem Kieler Freund seines Sohns gedroht worden sei, dass ihm, falls er nicht schweige, das Gleiche passiere wie Stefan. Der Freund habe sich seitdem aus

Angst geweigert, den Namen des Mannes zu nennen, der ihm drohte. In diesem Zusammenhang wurde auch vermutet, dass es sein könne, dass der von Stefan angezeigte Pädophile entweder selbst nach Berlin gereist sei, um den Jungen zu bedrohen, was dann zum Mord führte. Oder dass dieser eine dritte Person aus Berlin damit beauftragt habe, Stefan zu beseitigen. Belege für diese Hypothese konnten bis heute nicht gefunden werden.

Stefans Mutter beauftragte einige Zeit nach dem Mord einen Privatdetektiv, zusätzliche Ermittlungen anzustellen, um den Täter doch noch zu fassen. Der Detektiv sagte gegenüber der Presse, er gehe davon aus, dass Stefan in einen Kinderpornografie-Ring geraten sei und deshalb sterben musste.

Ebenfalls nicht geklärt werden konnte, ob die Aussage von Stefans Stiefschwester stimmt, der zufolge Stefans Verhalten sich ein halbes Jahr vor seiner Ermordung dramatisch verändert habe. So sei er plötzlich sehr verschlossen gewesen. Er habe mit einem Messer auf seine Kuscheltiere eingestochen. Ein solches Verhalten würde ein ganz neues Licht auf die Geschehnisse in Kiel vor Stefans Ermordung werfen. Dann müsste man davon ausgehen, dass zu diesem Zeitpunkt schon ein Missbrauch stattgefunden hatte, der die Verhaltensänderung begründen könnte. Doch all das sind bis heute nur Vermutungen. Vage Thesen. Möglichkeiten. Das tatsächliche Geschehen um den Mord an Stefan wird vielleicht nie mehr aufzuklären sein.

Der Schlächter von Mons

Mons ist eine Stadt in Belgien, etwa sechzig Kilometer südwestlich der Hauptstadt Brüssel und kurz vor der französischen Grenze gelegen, mit knapp 100.000 Einwohner:innen. Die Geschichte der Siedlung reicht zweitausend Jahre zurück – ein Kastell der Römer stand am Anfang der Ortsentwicklung. Im Mittelalter bildete ein Kloster das Zentrum der Gemeinde, die bald von einer Stadtmauer umgeben und mit einer Burg befestigt wurde. Die reichen Steinkohlevorkommen der Region förderten die Entstehung vieler verschiedener Gewerbebetriebe, die seit der Neuzeit für den wirtschaftlichen Wohlstand der Gemeinde sorgten. Das spiegelt sich bis heute im prächtigen Baubestand: vom riesigen barocken Bergfried bis zum spätmittelalterlichen Rathaus und der schönen Altstadt. Doch der Niedergang der Kohleindustrie im zwanzigsten Jahrhundert hat seine Spuren hinterlassen. Mons ist heute Teil des Armenhauses Belgiens, mit unterdurchschnittlichen Einkommen und überdurchschnittlicher Arbeitslosigkeit.

Was ist sonst noch bemerkenswert an Mons? Der Stadtteil Cuesmes rühmt sich eines Hauses, in dem für einige Zeit der Maler Vincent von Gogh lebte. Und seit 1967 sitzt im Vorort Casteau das militärische Oberkommando der NATO, das Supreme Headquarter Allied Powers Europe (SHAPE). Doch Mons steht auch für eine Reihe furchtbarer Verbrechen, die bis heute nicht restlos aufgeklärt werden konnten. Ein Serienmörder brachte in den achtzehn Monaten zwischen Januar 1996 und Juli 1997 vermutlich in und bei Mons fünf Frauen auf entsetzliche Weise um. In der Presse wurde ihm der Name »Schlächter von Mons«

verliehen, da er die Leichen mit einem hohen Maß an zerlegetechnischen Kenntnissen zerstückelte.

Entdeckt wurden die ersten der fünf Opfer am Samstag, dem 22. März 1997. An der Böschung einer Durchgangsstraße im Ortsteil Cuesmes spielte eine Katze mit einem halb aufgeplatzten Müllsack. Ein vorbeikommender Polizeibeamter bemerkte allerdings erst auf den zweiten Blick, dass das, womit die Katze da spielte, offenbar eine menschliche Hand war. Er alarmierte umgehend die Kollegen der Mordkommission und der Spurensicherung. Die Beamten fanden entlang der Straße insgesamt acht Müllsäcke voller menschlicher Körperteile.

Die Gerichtsmediziner machten sich daran, die Körperteile zu sortieren und kamen zu der Auffassung, dass die einzelnen abgetrennten Glieder offenbar von drei verschiedenen Körpern stammten. Allesamt Frauenkörper. Fünf der Müllsäcke schienen dem Aufdruck zufolge von der Abfallentsorgung der Gemeinde Knokke-Heist zu stammen. Am folgenden Tag wurde entlang derselben Straßenböschung noch ein neunter Müllsack mit abgetrennten Körperteilen gefunden. Ob dieser bei der ersten Durchsuchung übersehen oder während der Nacht dort abgestellt worden war, konnte nicht geklärt werden.

Zwei Tage später, am 24. März 1997, fanden Mitarbeiter der Straßenreinigung einen zehnten Müllsack. Dieser enthielt den Kopf einer Frau. Drei Wochen später wurden zwei weitere Müllsäcke an der Zufahrtsstraße zur Mülldeponie in Havré gefunden, einige Kilometer östlich von Mons. Sie enthielten einen Fuß, ein Bein und einen Kopf. Neben den Körperteilen befand sich in den Müllsäcken grellfarbige Damenunterwäsche.

Als erstes Opfer wurde Carmelina Russo identifiziert. Die 42-Jährige war am 4. Januar 1996 verschwunden, über ein Jahr vor dem Fund des ersten Müllsacks. Ihr unterer Torso war bereits am 21. Januar 1996 aus der Schelde gefischt worden. Jenseits der belgischen Landesgrenze im benachbarten Nordfrankreich.

Beim zweiten Opfer handelte es sich um die 43 Jahre alte Französin Martine Bohn. Die ehemalige Prostituierte war am 21. Juli 1996 vermisst gemeldet worden. Ihr Torso wurde im selben Monat aus dem Flüsschen Haine gefischt, in der Nähe von Mons.

Das dritte Opfer, Jacqueline Leclercq, war am 22. Dezember 1996 verschwunden. Die Arme und Beine der 33-jährigen Mutter von vier Kindern waren in dem ersten der Müllsäcke von Cuesmes entdeckt worden, der den Fall ins Rollen gebracht hatte. Kurz nach Jacquelines Verschwinden hatte ein Unbekannter versucht, mit ihrer Scheckkarte an einem Geldautomaten Geld abzuheben. Da er die PIN zweimal falsch eingab, wurde die Karte jedoch eingezogen.

Das vierte Opfer, Nathalie Godart (21), verschwand vermutlich im März 1997. Ihr Torso wurde ebenfalls im Flüsschen Haine bei Mons entdeckt. Das bis heute letzte bekannte Opfer dieser Serie war Begonia Valencia (38). Sie verschwand im Sommer 1997 aus dem von ihrer Familie bewohnten Haus in Frameries bei Mons. Ihr Schädel wurde im benachbarten Hyon gefunden.

Die belgische Polizei richtete umgehend eine Sonderkommission namens »Corpus« ein. Diese war jedoch von vornherein unterbesetzt, da der Fall als lokales Vorkommnis angesehen wurde. So konnten gerade in der Frühphase der Ermittlungen wichtige Spuren und Hinweise nicht oder nur unzureichend überprüft werden, insbesondere, wenn sie über die Ortsgrenzen hinausführten. Fest stand, dass alle Opfer in der Prostituierten- und Drogenszene rund um den Bahnhof Mons verkehrt hatten und dass alle aus prekären Verhältnissen kamen.

Während der Ermittlungen wurden Tausende Spuren und Hinweise überprüft, ohne zunächst einen konkreten Verdächtigen benennen zu können. Erst zehn Jahre nach dem Fund der Müllsäcke bei Mons änderte sich das. Im Februar 2007 wurde ein älterer Mann namens Ismail »Smail« Tulja (alias Dzurlic), knapp über 1,60 Meter groß und korpulent, in Montenegro verhaftet. Den Haftbefehl hatten US-Behörden beantragt, die den Mann verdächtigten, 1990 in New York eine Frau namens Mary Beal ermordet zu haben. Anfang September 1990 waren in mehreren Müllsäcken jenseits der New Yorker Stadtgrenze Körperteile gefunden worden. Einige Tage später konnte der Fall der zunächst unbekannten Toten mit der Vermisstenmeldung der Immobilienmaklerin Mary Beal in Verbindung gebracht werden. Verwandte von ihr hatten angegeben, sie habe sich vor kurzem den linken Knöchel gebrochen. Und tatsächlich fand sich unter den Körperteilen in den Müllsäcken ein linker Knöchel, der Zeichen einer Fraktur aufwies.

Beal, die Serbokroatisch sprach und als Gerichtsdolmetscherin tätig gewesen war, hatte in den achtziger Jahren bei der Verhandlung der Scheidung von Ismail Dzurlic und dessen zweiter Ehefrau gedolmetscht. Beide hatten anschließend offenbar eine Beziehung begonnen und diese über mehrere Jahre geführt. Währenddessen heiratete Dzurlic ein drittes Mal. Die Überprüfung von Beals Telefondaten ergab, dass sie jeden Tag mehrfach mit Dzurlic telefoniert hatte, bis zum Tag ihres Verschwindens. Auf ihrem Anrufbeantworter entdeckten die amerikanischen Ermittler zudem mehrere Nachrichten von Dzurlic, in denen dieser Beal auf derb-ordinäre Art zum Beischlaf aufforderte. Gegenüber Bekannten hatte sich Beal zuletzt über die ungehobelte Art Dzurlics beschwert, der sie psychisch und physisch mehr und mehr unter Druck setzte.

Die amerikanischen Polizisten begannen, nach Dzurlic zu fahnden. Sie vermuteten in ihm mindestens einen Zeugen des Mordes an Beal, wenn nicht gar den Täter. Doch Dzurlic war seit einigen Tagen verschwunden. Zusammen mit seiner dritten Frau Sadija Agovic.

Dzurlic stammte ursprünglich aus Plav, einem kleinen, muslimisch dominierten Ort im südlichen Jugoslawien, kurz vor der albanischen Grenze, dem heutigen Montenegro. Er war 1971 nach New York emigriert, zusammen mit seiner ersten Frau und den drei gemeinsamen Kindern. Er hatte damals tagsüber als Taxifahrer, nachts als Türsteher gearbeitet und war einige Male wegen kleinerer Vergehen mit dem Gesetz in Konflikt geraten. Bei der späteren Scheidung von seiner zweiten Frau Zrinka beschuldigte diese ihn vor Gericht der Körperverletzung. Ansonsten galt Dzurlic, der kurz vor seinem Verschwinden zwei der begehrten Taxi-Lizenzen von New York erworben und die entsprechenden Fahrzeuge geleast hatte, den Behörden als ordentlicher Einwohner. Er bezahlte Steuern und Abgaben immer pünktlich und war bei den Finanzinstitutionen als guter Zahler vermerkt. Im Juni 1990 hatte er ein Reihenhaus in der Bronx erworben, in dem er mit seiner dritten Frau Sadija lebte. Bis zu seinem spurlosen Verschwinden. Den Kauf hatte Beal vermittelt.

Sadija war indessen schon vor Dzurlics Verschwinden aus dem Haus ausgezogen. Bei der Durchsuchung fanden die Ermittler typische Spuren eines seit längerer Zeit verlassenen Hausstands vor. Der Briefkasten quoll über, in der Küche türmten sich dreckiges Geschirr und vergammelte Lebensmittel. Was sie außerdem fanden, war ein blutiges Messer. Weitere Untersuchungen ergaben große, nachträglich abgewischte Blutflecke im gesamten Haus. Die Blutgruppe stimmte mit der Beals überein. Zudem wurden schwarze Müllsäcke gefunden, die denen entsprachen, in denen die Leichenteile Beals verpackt worden waren.

Da Dzurlic wie vom Erdboden verschluckt blieb, wurden die Ermittlungen zunächst eingestellt. 1994 wurde seine inzwischen geschiedene Frau Sadija ein weiteres Mal zu dem nach wie ungeklärten Mord an Beal vernommen. Diese Vernehmung fand per Telefon statt, da sie inzwischen nach Belgien umgezogen war. Sadija stritt jegliche Kenntnis von Auseinandersetzungen zwischen Dzurlic und Beal ab. Doch gab sie an, Dzurlics Schwester Muzafera habe ihn in einem Brief als Mörder bezeichnet. Daraufhin wandten sich die Ermittler an Muzafera, die nach wie vor in der Bronx lebte. Sie gab unter Eid zu, dass Dzurlic ihr den Mord an Beal im September 1990 gestanden habe.

Inzwischen war es der Polizei gelungen herauszufinden, dass Dzurlic die USA vermutlich verlassen und sich ebenfalls in Belgien niedergelassen hatte. Doch gab es keine offizielle Information zu seinem aktuellen Wohnort. Die belgische Polizei teilte ihren US-Kollegen mit, dass Dzurlic ihren Informationen zufolge nicht in Belgien sei, sondern nach Jugoslawien zurückgekehrt wäre.

Zehn Jahre vergingen. 2004 griffen Beamte des *Cold Case Squad*, also der Einheit, die sich um ungeklärte Kriminalfälle kümmert, den Mordfall Beal wieder auf, neue Ermittlungen begannen. Doch auch das FBI konnte den New Yorker Mordermittlern nicht weiterhelfen. Dzurlic schien wie vom Erdboden verschwunden. Erst das Jahr 2006 brachte die Wende. FBI-Beamte waren an Mordermittlungen in Albanien beteiligt. In einem See bei Tirana, der albanischen Hauptstadt, waren Müllsäcke mit Leichenteilen gefunden worden. Da die albanischen Polizisten mit ihren Ermittlungen nicht vorwärts kamen, wandten sie sich an die Strafverfolgungsbehörden jenes Landes, das zu den engsten Verbündeten des nachkommunistischen Albaniens gehört: den USA. Sie kontaktierten das FBI zwecks Amtshilfe.

Daraufhin machte sich ein *Special Agent* des FBI auf den Weg nach Tirana. Eigentlich mit Terrorismusabwehr und Organisierter Kriminalität (OK) befasst, ließ er sich von den albanischen Kollegen den Stand der Ermittlungen zu diesem Mordfall erläutern. Er meldete ins Hauptquartier nach Washington, D. C., dass eine direkte Beziehung zu vergleichbaren amerikanischen Fällen auf Anhieb nicht erkennbar sei. Es könne jedoch vorteilhaft sein, den Fall per Amtshilfe zu begleiten, um damit das albanische Entgegenkommen bei künftigen Fällen von Terrorismus- und OK-Ermittlungen zu verstärken.

Daraufhin wurden drei weitere FBI-Beamte von Washington aus in Marsch gesetzt. Ein Gerichtsmediziner und zwei Profiler. Der Gerichtsmediziner konnte nicht viel tun, weder im Leichenschauhaus noch am Tatort waren verwertbare Spuren vorhanden. Doch die beiden Profiler begannen, eine Skizze des mutmaßlichen Tätercharakters zu erstellen. Der Gerichtsmediziner empfahl derweil, die Leiche in die USA zu bringen, um mit den dort vorhandenen, besseren technischen Gerätschaften eine weitere Autopsie der Leiche im FBI-Hauptquartier vorzunehmen. Die albanischen Behörden stimmten zu. Fest stand, dass die Ermordete durch Schläge auf den Kopf gestorben und erst nach ihrem Tod zerlegt worden war.

Bei einem informellen Besuch von New Yorker Mordermittlern im FBI-Büro in Sofia kam das Gespräch zufällig auf den Fall aus Tirana. Einer der New Yorker Polizisten erinnerte sich an den Fall Beal und den nach wie verschwundenen Dzurlic. Er erinnerte sich auch, dass das Vorgehen des Täters in beiden Fällen ähnlich war: Erschlagen des Opfers, Zerlegen nach dem Tod, Verpacken der Leichenteile in Müllsäcke, Verteilen der Müllsäcke in der Umgebung. Dem FBI waren auch die Fälle aus dem belgischen Mons bekannt, die eine ähnliche Vorgehensweise, einen ähnlichen Modus Operandi (MO) des Täters verrieten.

Das FBI kontaktierte nun die Behörden in Montenegro, um herauszufinden, ob rund um Dzurlics Geburtsort in Plav etwas über dessen Verbleib bekannt sei. Bei einer Dienstreise nach Podgorica konnte bei den dortigen Polizeibehörden in Erfahrung gebracht werden, dass tatsächlich jemand, der Dzurlic sehr ähnlich sah, mittlerweile in Podgorica ansässig sei. Der Mann arbeite als Taxifahrer, trage immer eine auffällige Basecap des Baseballteams New York Yankees und kümmere sich ansonsten liebevoll um einen großen Obstgarten. Doch der Familienname des Mannes war nicht Dzurlic, sondern Tulja.

Die in Podgorica vorhandenen Fingerabdrücke von Tulja wurden kopiert und an das FBI-Fingerabdruckzentrum in den USA geschickt. Wenige Stunden später das Ergebnis: Dzurlic und Tulja waren mit an Sicherheit grenzender Wahrscheinlichkeit ein und dieselbe Person. Doch es gab ein Problem für die US-Ermittler, die den Mann vor ein US-Gericht bringen wollten. Montenegro liefert – wie die meisten Staaten und auch die USA – keine eigenen Staatsbürger in ein anderes Land aus. Es blieben also nur zwei Möglichkeiten: entweder Dzurlic/Tulja außer Landes zu locken und dann in einem Drittland festzunehmen oder das Verfahren wegen des Mordfalls in New York der

Justiz in Montenegro zu überlassen und alle in den USA vorhandenen Erkenntnisse und Indizien über Amtshilfe zu übermitteln.

Den Angaben der örtlichen Polizei zufolge hatte Tulja in Podgorica anfangs mit einer Albanerin zusammengewohnt, diese nach einem Streit aber angeblich in ihre Heimat zurückgeschickt – wo sie nie auftauchte. Die albanische Polizei vermutete, dass er auch sie umbrachte. In Podgorica lebte Tulja laut seinen Nachbarn von der Vermietung von Wohnungen, aber auch von Geld, das ihm seine Kinder aus den USA überwiesen. Seine Mieter waren mit ihm als Immobilienbesitzer sehr zufrieden. Nie habe er Druck gemacht, wenn mal jemand mit der Miete im Rückstand war. Immer sei er verständnisvoll gewesen.

Seine Nachbarn schätzten ihn als netten und stets hilfsbereiten älteren Herrn. Dass es sich bei Tulja möglicherweise um einen Serienmörder handelte, der mindestens sieben Frauen in den USA, Belgien und Albanien auf dem Gewissen hatte, sorgte für grenzenloses Entsetzen. Der nette Nachbar war meistens in seinem Garten anzutreffen gewesen, wo er sich ausgiebig um seine Blumen und Bäume gekümmert hätte. Die befragten Zeugen verwiesen darauf, dass Dzurlic von geringer Körpergröße sei und einen so sanften Blick habe. Nichts habe darauf hingedeutet, dass er ein Serienmörder sein könne.

Dzurlic wurde in seinem Haus bei Podgorica verhaftet und vor Gericht gestellt. Gleichzeitig flogen die US-Ermittler nach Belgien, um sich mit den dortigen Behörden bezüglich der auffällig ähnlichen Mordfälle in Mons auszutauschen. Sollte Dzurlic auch der »Schlächter von Mons« sein? Doch die belgischen Ermittler waren zunächst nicht davon überzeugt, dass ihr Täter auch anderswo gemordet haben könnte. Sie führten Dzurlic zunächst nur als Zeugen, nicht als Verdächtigen. Denn die belgischen Behörden gingen davon aus, dass er Belgien schon im Juni 1995 Richtung Podgorica verlassen hatte, also sechs Monate vor dem ersten Mordfall in Mons. Sie hatten zu diesem Zeitpunkt kein Interesse daran, den in montenegrinischer Haft befindlichen Dzurlic/Tulja zu vernehmen.

In Podgorica begann 2008 der Prozess im Mordfall Mary Beal gegen Dzurlic, der seine Unschuld beteuerte. Das FBI versuche, so Dzurlic, ihm etwas anzuhängen. Die Gründe dafür seien ihm unbekannt. Im weiteren Verlauf des Prozesses verweigerte er die Aussage. Die amerikanischen Zeugen der Anklage sagten per Videokonferenzen aus, die von den USA nach Podgorica übertragen wurden. Am Ende wurde Dzurlic wegen der Ermordung Beals zu zwölf Jahren Haft verurteilt. Gegenüber der Presse beteuerte er bis zu seinem Ableben 2012 im Gefängnis seine Unschuld.

Derweil nahm die belgische Polizei Anfang 2010 in Mons den aus Frankreich stammenden Arzt Jacques Antoine (62) fest. Eine 27-jährige Kosmetikerin beschuldigte den HNO-Spezialisten der Körperverletzung. Der Arzt habe sie einige Zeit geradezu verfolgt und gewollt, dass sie seine Freundin werde, fügte sie hinzu.

Kurz zuvor waren zwei Briefe bei der Polizei eingegangen, die vom Sohn Dr. Antoines geschrieben worden waren. Darin hatte dieser seinen Vater beschuldigt, der »Schlächter von Mons« zu sein. Jacques Antoine habe zwischen 1985 und 1995 sehr oft die belgische Gemeinde Knokke-Heist besucht, aus der ein Teil der Müllsäcke stammte, in denen die Opfer in Mons aufgefunden worden waren. Zudem sei sein Vater ein Waffennarr, schrieb der Sohn weiter. Die Ermittlungen ergaben jedoch, dass die Säcke zwar mit dem Stadtsiegel von Knokke-Heist bedruckt, aber nicht dorthin ausgeliefert worden waren. Stattdessen waren sie in Mons in den Verkauf gelangt.

Die Angaben des Sohns ließen keine Verbindung zu den Mordfällen in Mons erkennen, da die Verletzungen nicht mit Schusswaffen, sondern ausschließlich mit Messern beigebracht worden waren. Auch das Auto des Arztes stimmte nicht mit den Fahrzeugangaben überein, die ein Zeuge gemacht hatte. Da sich auch sonst keinerlei Verdachtsmomente gegen den Arzt hinsichtlich der Verbrechen ins Mons ergaben, wurde er wieder laufengelassen. Insgesamt gingen bei der Polizei im Lauf der Jahre über tausend anonyme Beschuldigungen ein. Keine davon führte zum Täter.

Zwischenzeitlich verdächtigte die Polizei Léopold Bogaert, den Ex-Freund des vierten Opfers, Natalie Godart, als Täter und nahm ihn in Untersuchungshaft. Er wurde jedoch nach kurzer Zeit wieder freigelassen, da die Überprüfung seiner DNA keinerlei Übereinstimmung mit den DNA-Spuren an den Leichen ergab.

Die belgischen Polizisten ermittelten auch im NATO-Hauptquartier SHAPE in Casteau. Sie gingen davon aus, dass der »Schlächter« möglicherweise für die NATO arbeitete oder eventuell als Zivilangestellter dort beschäftigt worden war, ehe er in sein Heimatland zurückkehrte. Doch die Kontrolle der Personallisten ergab keinen Treffer.

Das Problem für die Ermittler: Es gelang im Lauf der Jahre weder den jeweiligen Tatort der fünf Morde herauszufinden noch die genauen Todesumstände oder auch nur die genaue Beschaffenheit der verwendeten Stichwaffen. Auf keinem der eingesammelten Körperteile konnte mit den damaligen Mitteln fremde DNA sichergestellt werden. Das war auch der Grund, warum sich eine Verbindung zu den von Dzurlic verübten Morden in den USA und vermutlich auch in Albanien nie gerichtsfest beweisen ließ. Denn Dzurlic wohnte zum Zeitpunkt der Mordfälle zwar in Belgien, aber in anderen Landesteilen. Unter anderem in Arlon und Virton, rund hundert Kilometer von Mons entfernt. Und es konnte nie nachgewiesen werden, dass er tatsächlich eine Verbindung nach Mons hatte. Was für einen Grund hätte er haben sollen, alle Opfer dort zu suchen und ihre Überreste dort abzulegen?

Doch noch eine ganz andere Frage harrt bis heute ihrer Beantwortung: Warum endete die Serie in Mons so plötzlich, wie sie anfing? Wurde der Täter wegen einer anderen Straftat verhaftet, ohne dass seine Verbindung zu den Mordfällen aufflog? Kam er ums Leben? Erlag er einer Krankheit? Hatte er einen Unfall, der ihn in der Folge so sehr körperlich einschränkte, dass er keine weiteren Taten mehr begehen konnte? Hatte ihn ein unbekanntes psychisches Erlebnis von weiteren Mordtaten abgebracht?

Die belgischen Ermittler, die in stark verringerter Besetzung weiterhin an dem Fall arbeiten, haben die Hoffnung nicht aufgegeben, den Täter doch noch schnappen zu können. Sie setzen auf die stark verbesserten Möglichkeiten der DNA-Analyse. Mittlerweile reichen auch kleinste Spuren, ja einzelne Körperzellen, um ein aussagekräftiges DNA-Profil zu erstellen. Und tatsächlich konnten zwischenzeitlich an den nach wie vor in der Gerichtsmedizin von Mons verwahrten Leichenteilen kleinste DNA-Spuren sichergestellt werden, die nicht zu den Opfern gehören.